真田幸村の遺言（上）
奇謀

鳥羽 亮

祥伝社文庫

目次

太閤秀吉は日本一の名将なり（紀州政事鏡より）

第一章　吉宗《よしむね》誕生

1

茜《あかね》色の残照を掃《は》いた空に、三層の大天守がそびえたっていた。紀州《きしゅう》、和歌山《わかやま》城である。「南海の鎮《しずめ》」の役割を担い、徳川《とくがわ》家の西国の拠点にふさわしい偉容を誇っている。

天守の建つ虎伏山《とらふすやま》はふたつの丘陵からなり、大天守のほかに小天守、乾櫓《いぬいやぐら》、二の門櫓などが建ち並び、松、樫《かし》、楠《くすのき》などの葉叢《はむら》の間からは、本丸御殿の甍《いらか》や石垣が垣《かい》間《ま》見えていた。

加納平次右衛門政直《かのうへいじえもんまさなお》は、吹上《ふきあげ》の屋敷の庭から城下を睥睨《へいげい》するように建っている大天守を見上げていた。加納は紀伊《きい》藩の大番組頭《おおばんくみがしら》で、禄高《ろくだか》二千石である。

もっとも、加納平次右衛門は表の顔で、真の顔は真田幸真《さなだゆきまさ》、大坂夏の陣で家康《いえやす》を震《ふる》え上がらせた真田幸村《ゆきむら》の曾孫《ひまご》にあたる男だった。幸真は幸村の一字をもらって名付けられたものである。

すでに、真田家は幸村、大助《だいすけ》、喬政《たかまさ》（若くして死亡）、幸真と四代にわたって紀州に根を下ろしているが、幸真の素性もその名も知る者は、ごく限られた者たちだけである。

庭先を暮色がつつみ始めていた。城の南方の吹上と呼ばれる地域は大小の武家屋敷がつづき、幸真の立っている庭先からも屋敷の屋根が折り重なるようにつづいているのが見渡せた。

暮れ六ツ（午後六時）ごろである。どの屋敷も薄墨を掃いたような闇のなかに沈み、ひっそりと静まっている。

――まだ、殿の手は付かぬか。

幸真はここ数日陽が沈むと庭先に立ち、城を見上げながら何度も同じ言葉をつぶやいていた。

殿というのは、紀州藩五十五万五千石、二代藩主徳川光貞《みつさだ》のことである。

幸真は、ここ十年来、配下のくノ一（女忍者）を奥女中や湯殿掛として光貞の身辺で奉公させ、手の付くのを待っていた。過去に五人の女を送り込んでいたが、まだ一度も光貞の手は付いていなかった。

現在も、ふたりのくノ一が城内にいた。腰元と湯殿掛である。ふたりとも、懇意《こんい》にしている重臣に頼み込んで奥奉公させた女である。

――殿ももう歳《とし》だ。だめなら、次の手を打たねばならぬが。

この年（天和《てんな》二年、一六八二）、光貞は五十七歳になる。色欲も減退し、女に手を付ける気など起こらぬのかもしれない。幸真は今年中に光貞の手が付かなければ光貞をあきらめ、二十歳になる嫡男の綱教《つなのり》に的を変えようとも考えていた。

幸真は何としても配下のくノ一に紀州藩主の手を付けさせたかった。藩主の胤《たね》が欲しかったわけではない。藩主に抱かれたという事実が欲しかったのである。

幸真をつつむ夕闇が濃くなっていた。虎伏山にそびえたつ大天守も闇に溶け、わずかに黒い輪郭が見えるだけである。

幸真が、今日もだめか、と思い、きびすを返して屋敷内にもどろうとしたときだった。

通りに面した枝折《しお》り戸の方から、何かが近寄ってくるかすかな気配がした。足音はまったく聞こえなかった。夜闇のなかを獣が疾走するような気配が迫ってくる。幸真はこの気配の主を知っていた。

動く気配が、幸真の背後でとまった。

「平蔵《へいぞう》か」

幸真は振り返らずに訊《き》いた。

「ハッ」

配下の西村《にしむら》平蔵である。

平蔵は、紀州流の忍者だった。紀州流は新楠《しんくすのき》流とも呼ばれ、天正《てんしょう》九年（一五八一）織田信長《おだのぶなが》の伊賀《いが》攻めで敗れた伊賀流忍者が紀州の根来《ねごろ》に逃れてきて伝えたとされる流である。したがって、伊賀流の一派とみてもいいのかもしれない。

西村家は平蔵の祖父、庄平《しょうへい》が紀州領の九度《くど》山に配流《はいる》されていた真田幸村の家臣となり、それ以来真田家の家臣として仕えてきた。もっともそれは裏のことで、表向きは平蔵も紀州藩士であった。

「首尾は」

夜陰に閉ざされていく城に目をむけたまま幸真が訊いた。

「おゆらに殿の手が付きました」

おゆらは、幸真が湯殿掛として光貞の身辺に送り込んでいたくノ一のひとりである。

「なに、手が付いたか！」

思わず幸真は声を上げ、振り返った。

ひざまずいた平蔵が幸真を見て、目を細めていた。平蔵は四十がらみ、丸顔で小鼻のはったひょうきんな顔をしていた。薄ぎたない木綿《もめん》の紋付に裁着袴《たっつけばかま》。腰に粗末なこしらえの大小を帯びている。忍者などには見えない。闇に溶ける黒っぽい衣装を除けば、どこにでもいる下級藩士の風体である。

「殿は、湯殿でおゆらを組み伏し、着物を剝《は》ぎ取りましてございます」

平蔵は目を細めたまま淡々と話した。この男、いつも笑っているような顔をしている。頼りなげな風貌だが、忍びの腕は確かである。

「そうか、とうとう手が付いたか」

幸真が昂《たかぶ》った声で言った。


この日、おゆらは湯殿掛として光貞の世話をしていた。世話といっても、奥女中などとちがって身分は低く、粗末な衣装で湯加減などを見るだけである。

光貞は湯殿から、竈《かまど》の前にかがんでいるおゆらを目にとめた。色の浅黒い大柄な女である。赤い二布《ふたの》の間からはち切れそうな太腿が覗《のぞ》いている。

光貞は戯《たわむ》れに風呂の湯を手ですくっておゆらにかけた。

「殿さま、何を遊ばされます」

おゆらは立ち上がり、脇の引き戸をあけて湯殿に入っていくと、そばにあった手桶の水を手ですくって光貞にかけ返した。

「こ、これ、何をする」

光貞は驚いた。と同時に、この女、おもしろいやつだ、と思った。湯殿掛のような身分の低い女が、藩主に水をかけてきたのである。しかも、恐れもせず無邪気な顔をして、である。

おゆらの方は、必死だった。やっと、光貞が自分に目をとめたのである。恐れ入って身を竦《すく》ませていたのでは、それで終わりである。

すこしでも光貞に近付き、色香を見せ、欲情をかきたてねばならない。

光貞は笑いながら、さらに水をかけてきた。おゆらは光貞に近付き、すこしだけ水をかけ返した。光貞の興が、怒りに変わったら生きてはいられない。

だが、おゆらの懸念をよそに、光貞はおもしろがって両手で水をすくってかけてきた。

おゆらは、その水が胸元にかかるように巧《たく》みに身をくねらせた。

「あれえ、こんなに濡れて……」

おゆらは、襟元をひろげて濡れた胸元を覗いた。

はち切れそうな乳房の谷間が、濡れてひかっている。おゆらはくやしそうな顔をして、光貞の胸元に水をかけ返した。

「これは、たまらぬ」

光貞はそう言って、首を横に振った。

光貞の顔から笑いが消えていた。おゆらを見つめた目に、欲情の色があった。

華奢《きやしや》な上臈《じようろう》の色香に飽いていた光貞の目に、野性的な女のはち切れんばかりの肉体が新鮮なものに映ったようだ。それに、脂粉のただよう薄暗い寝間ではなく、湯殿という場所も光貞の色欲をおおいに刺激したにちがいない。

興奮した光貞はおゆらの肩に手をかけて抱き寄せると、すのこの上におゆらの体を押し倒した。

「あれ、あれ、何をなさいます」

おゆらは、巧みに光貞を誘導した。

くノ一として、性の秘技を教え込まれたおゆらである。いったんその気にさせれば、光貞のような情交に飽いた男でも思いのままにあやつることができるのだ。

この様子を、湯殿からすこし離れた御殿の陰にひそんで見ていたのが平蔵である。

平蔵から一部始終を耳にした幸真は、

「その後、おゆらは」

と、目をひからせて訊いた。

「今夜は、中村惣市《なかむらそういち》どのの屋敷へもどるはずでございます」

「それはよい」

惣市は七十石の馬廻り役で、幸真の配下のひとりであった。

おゆらは、奥奉公に上がる前は中村家の下女として働いていた。中村家の親族の娘が光貞の中臈を務めており、下女を探していた。おゆらはその中臈の下女として奥へ上がり、やがてその働きぶりが認められて光貞の湯殿掛になったのだ。むろん、その背後には、惣市や加納平次右衛門（幸真）の中臈に対する働きかけがあった。

もともと、おゆらは巡礼の子だった。母親とともに和歌山城下の大立寺《だいりゅうじ》に立ち寄った際、母親が急病にかかり寺の山門の陰に伏したまま動けなくなってしまった。

不憫《ふびん》に思った寺の和尚が衣類や薬餌《やくじ》を与え、ちかくの借家に世話してやった。ところが、貸家に移り住んでまもなく、母親は病が再発して亡くなり、幼いおゆらひとりが取り残されてしまった。

このことを知った惣市がおゆらを養女として引き取り、くノ一として育てたのである。惣市は根来に住む郷士で、平蔵と同じように紀州流の忍びの術を会得していた。とくに、中村家は代々馬術が巧みで、惣市の父親が藩祖である徳川頼宣《よりのぶ》の目にとまり馬廻り役として出仕するようになり、惣市がそれを引き継いでいたのだ。

幸真と惣市は十数年前に主従関係になった。惣市は豪放で奇抜なことの好きな男だった。紀州藩士でありながら豊臣贔屓《とよとみびいき》であった。幸真は酒を飲みながら惣市と腹を割って話し、豊臣家再興のために一肌脱がぬかと誘ったのである。

惣市は莞爾《かんじ》と笑い、

「夢のような大望が、おもしろうござる」

と言って、配下にくわわった。

「よし、今夜にも、おゆらを慶林寺《けいりんじ》に連れていってくれ」

幸真が声を低くして言った。

「承知」

平蔵は低頭し、すぐにその場を去った。

2

屋敷内にもどった幸真は、すぐに奥座敷へ足を運んだ。そこに夜具がのべてあり、行灯《あんどん》の淡い灯《ひ》に横たわっている老爺の顔がぼんやりと浮かび上がっていた。白髪白髯《はくはつはくぜん》、鼻梁の高い男である。老いた顔の半分ほどに大きな火傷《やけど》の痕《あと》があった。眠っているのか、目を閉じたままである。

「爺《じい》さま」

幸真は枕元に端座して声をかけた。

老爺は目をあけた。皺《しわ》だらけの醜い顔だが、幸真にむけた双眸《そうぼう》には他者を射竦《いすく》めるような鋭さがあった。

この老人が、幸真の祖父の真田大助である。この年、大助は八十二歳の高齢だった。

真田大助幸昌《ゆきまさ》は幸村の嫡男として、ここ紀州領内の九度山で生まれた。

慶長《けいちょう》十九年（一六一四）十月、父幸村とともに九度山を発ち大坂冬の陣に参戦して徳川勢をおおいに苦しめた。大助、十四歳のときである。

冬の陣は和議が成り一息つくが、翌年（元和《げんな》元年五月）、夏の陣の火蓋《ひぶた》が切られると、大助は父とともに茶臼山《ちゃうすやま》に布陣して徳川勢の大軍を迎え撃つことになった。

このとき、幸村が大助を呼び、

「大助、これより城へ行き、秀頼《ひでより》公に侍し、わしに二心のないことを明らかにせよ」

と、命じた。幸村は兄の信之《のぶゆき》が徳川側にいたので、大坂方が裏切るのではないかと疑っていることが無念でならなかったのである。

「いやです。大助は父上の許を離れたくはございませぬ。父上といっしょに討ち死にしとうございます」

と、大助は泣いて訴えた。

だれが見ても、大坂方の敗戦は明らかで、幸村親子も討ち死にする覚悟で茶臼山に陣取っていたのだ。

大助のけなげな言葉に、その場に控えていた幸村の手勢はみな声を上げて泣いた。

幸村も涕泣《ていきゅう》し、

「大助、城へ行くのも忠孝の道じゃ。冥途《めいど》で逢おうぞ！」

涙をぬぐって大声でそう言い放った後、急に声を落とし、

「わしは、この場で死に花を咲かせるつもりじゃが、わが真田一族の戦いを、このま終わりにはさせぬ。大助、向後の徳川との合戦はおまえが引き継げ」

そう言って、さらに身を寄せ、

「城に入り、落城の騒ぎにまぎれて秀頼公を落とし、豊臣家の再興をわが真田の手ではたすのじゃ。そのための手筈はととのえてある」

そう、底びかりのする目で大助を見つめながらささやいた。

「……………！」

大助は絶句した。この期に及んで、父は豊臣家の再興を真田の手ではたせと口にし、それをわが子にたくそうとしているのだ。

大助は、あらためて父の徳川家に対する怨念の深さと深謀に震撼《しんかん》した。まさに、真田幸隆《ゆきたか》（曾祖父）、昌幸《まさゆき》（祖父）、幸村の三代にわたり戦国武将の間で「表裏比興《ひようりひきよう》の者（策士）」として恐れられた者の面目躍如だった。

「行けい！　大助」

幸村は大声を上げた。

その声には、最後の大舞台に立って呵々大笑《かかたいしよう》しているような快活なひびきがあった。幸村は、討ち死にしかない最後の合戦を楽しんでいるふうでさえあった。

大坂城にむかう大助に、九度山から大助に臣従している高梨采女《たかなしうねめ》と木村弥平太《きむらやへいた》がしたがった。高梨は親子二代にわたり、真田一族が信州上田《うえだ》の居城で戦国武将として活躍していたころからの家臣である。

一方、木村の一族の祖は修験者で、戸隠《とがくし》流忍術も家伝として継承していた。

真田家の居城のあった信濃《しなの》には白山《はくさん》大権現のある四阿山《あずまやま》があり、山岳信仰が盛んであった。真田家も古くから修験者や山伏とかかわりをもっていた。しかも、戸隠流忍術の発祥地である戸隠山も近くにあった。

真田家はそうした修験者や山伏、また忍びの者などを家臣にし、情報収集にあたらせるとともに、かれらを使っての奇策、奇計のゲリラ戦術を多用してきたのである。

幸隆、昌幸、幸村の三代にわたり、「表裏比興の者」とか「神出鬼没の智将」と呼ばれたのは、そうした忍者団の影の活躍があったからでもある。

大助たちが城に入って間もなく、城内から火の手が上がった。包丁人のひとりが逆心して火を放ったのである。

火は見る見る燃えひろがり、淀君《よどぎみ》、秀頼のいる千畳敷にも燃え移った。側近が、母子を芦田曲輪《あしだくるわ》に避難させようとするが、狂乱した家臣や逃げ戻ってきた武将などで、城内は混乱の坩堝《るつぼ》と化した。

大助は高梨、木村とともに秀頼にしたがい、城内から脱出させる機をうかがっていた。

やっとのことで秀頼母子が曲輪の矢倉に逃げ込んだ翌日、城方は使者を派遣して家康に母子の助命を請うが聞き入れられず、矢倉に逃げのびた者たちはやむなく切腹の覚悟を決めた。

いよいよ最後のときである。

大助は、矢倉の隅にうずくまっている秀頼のそばににじり寄り、

「秀頼さま、われら真田の者とともに脱出を。手筈はととのえてございます」

と、ささやきかけた。

秀頼は驚いたような顔で大助を見つめていたが、その蒼《あお》ざめた顔に朱が差し、切腹も敵勢に討たれて死ぬも同じことじゃな、とつぶやいた。

大助から話を聞いた淀君は、

「真田の忠義は、冥途へいっても忘れぬぞ」

と言って涙を流し、大助に秀頼の身をたくした。

秀頼の上意で、秀頼と大助に似た小姓が選ばれ、その衣類を着せられた。そして、秀頼、大助、高梨、木村の主従四人は、用意しておいた徳川側の雑兵のつける腹当や

陣笠などを身にまとい、戦塵のなかをかいくぐってきたように顔や体を汚して身を変えた。

そして、矢倉に逃げのびていた秀頼の供衆三十人ほどが切腹をし、矢倉に火を放ったのである。

矢倉が燃え上がって間もなく、城内に徳川勢がなだれ込んできた。大混乱のなかで、まだ城内に生き残っていた城兵や女たちへの殺戮《さつりく》が始まった。

大助たちは、秀頼をかこむようにして徳川勢の兵にまぎれ、混乱のなかを城から脱出した。

押し寄せる徳川勢は、だれもが秀頼や名のある武将の首級をあげようとして、甲《かっ》冑《ちゅう》武者や焼け残った殿舎、矢倉などに目をこらすが、味方にまぎれている雑兵などに目をむける者はいなかった。それに、城主の秀頼や真田大助が味方の雑兵に身を変えているなどとは思ってもみないのだ。

大助たち四人は城の裏手から京橋《きょうばし》口へ逃れ、天満川《てんまがわ》の岸辺に繋いでおいた小舟に乗ろうとした。

そのとき、数人の雑兵を連れた徳川側の武者が通りかかり、

「あれにいるは、城方の奴原《やつばら》であろう」

と声を上げ、駆け寄ってきた。舟で逃げようとしている四人の雑兵に不審を持ったのであろう。

すると、大助のそばに従っていた高梨が、

「ここは、てまえにおまかせあれ」

と声を上げ、駆け寄る武者たちの前に立ちふさがった。

この間に大助たち三人は舟に乗り移り、木村が竿を手にして舟を岸から離した。

――高梨、そなたの忠義、忘れぬぞ！

大助は、数人の雑兵に取り囲まれて刀をふるっている高梨に舟の上から手を合わせた。

舟が岸から離れて半町（約五十四メートル）ほど進んだとき、絶叫を上げて倒れる高梨の姿が見えた。

高梨を討ち取った武者も、舟で逃げる大助たちを追おうとはしなかった。名もない城方の雑兵が逃げると見たのであろう。

秀頼を乗せた舟は天満川から淀川《よどがわ》へ出て、大坂湾へと下った。

淀川の河口ちかくの桟橋に、数人の水夫《かこ》の乗った漁船が待っていた。この日のために、幸村が九度山に残してきた家臣の西村庄平に命じて調達しておいた紀州船であった。

　庄平は西村平蔵の祖父にあたる男である。庄平は根来に住む郷士だったが、幸村が九度山に配流蟄居《ちっきょ》していたころ、その武名と生き様に感銘を受け家臣にくわわったのである。

3

　大助たちを乗せた船は、一路薩摩《さつま》にむかった。

「城から逃れた後は、島津《しまづ》どのを頼れ」

と、大助は幸村に耳打ちされていたのだ。

　島津は関《せき》ヶ原《はら》の戦いのとき、西軍についた猛将だった。西軍が敗れると、島津は死中に活を求めて家康の陣を中央突破し、逃げのびることができた。

　大坂の陣では、豊臣方にくわわらなかったが、秀頼と知ればかくまってくれるだろうと幸村は読んだ。

　薩摩の地へたどり着いた大助は、秀頼とともに六年間薩摩にとどまった後、豊臣方の残党狩りが収まったころを見計らって、秀頼を連れてひそかに紀州へもどったのである。

元和七年（一六二一）五月であった。大助、二十一歳。秀頼、二十九歳である。

このとき、紀州は家康の十男、徳川頼宣が駿府《すんぷ》から入封し、大規模な城の改修、拡張工事に着手し、大藩にふさわしい家臣団の編成に取り組んでいた。

大助が紀州の地にもどったのには、幾つかの理由があった。

ひとつは、藩主、頼宣が軍事力を強化するため諸国の浪人を集めて家臣にくわえていたことがある。他国の武士が紀州に足を踏み入れても疑念をもたれなかった上に、大助にしたがっていた者たち数人も出自《しゅつじ》を隠し、浪人として紀州藩の家臣に取りたてられる可能性があったのだ。

第二の理由は、幸村の遺言でもある「豊臣家の再興をわが真田の手ではたす」ためである。

すでに、合戦の時代は終焉《しゅうえん》していた。徳川が天下統一し、その政権は磐石だった。諸大名はすべて徳川の麾下《きか》に収まり、顔色をうかがうばかりで反旗をひるがえそうとする者など皆無である。いまさら、豊臣や真田などの名を持ち出して反徳川を口にすれば、狂人と思われるか、その場で捕らえられて首を刎《は》ねられるかである。

それでも、大助はあきらめなかった。何か策があるはずである。長い間熟考した末、徳川の身内に対立を生み、内部からくずすしかないとの結論に達した。

狙《ねら》いは御三家だった。

尾張《おわり》藩、紀州藩、水戸《みと》藩を見渡したところ、もっともくずせそうなのが紀州藩だった。まず、紀州が江戸から遠いこと、豊臣贔屓《びいき》の多い西方に位置していること、紀州領内に住む根来衆や地侍には反骨の気風が残っていること、などがその理由だった。

大助は紀州藩が幕府と対立するようにしむけるためには、紀州の地に住まねばならぬと思ったのである。

第三の理由は、父幸村とともに領内の九度山に配流されていたので、郷士のなかに主従の関係を持った者たちが居住していることだった。その者たちを使って紀州藩に働きかけることもできるのだ。

だが、紀州は危険な地でもあった。

九度山にいたころ真田家にしたがっていた者たちすべてが大助の味方ではない。顔を知っている多くの土地の者も、大助と知れば、徳川方に売るだろう。

大助はそのことも承知していた。

そこで、一時信頼のおける庄平の屋敷に身を隠し、大助は己の顔と名を変えることにした。

大助は、庄平と木村に、

「わしと、顔と体付きの似ている紀州藩士を探してくれ。千石から二千石の者がよい」

と、命じた。

そして、探してきたのが、加納家であった。そのころは、加納平次右衛門の祖父の五郎左衛門《ごろうざえもん》が当主で、二千石を食《は》んでいた。加納家は、家康の代から徳川家に仕える直参《じきさん》だという。

その夜、大助は庄平たち手勢七人を連れて加納屋敷に忍び込み、五郎左衛門をはじめ家士や女中など屋敷内にいた者十数人すべてを斬殺した後、死体の周囲に油をまいて火を放った。ただ、当主である五郎左衛門だけは庄平たちが運び去って九度山の麓《ふもと》に埋めた。

火は一気に燃え上がり、屋敷をつつんだ。

屋敷がくずれ落ちる直前、大助は己の顔の半分を焼いた後、付近の住人が集まっている前に、あたかも燃え盛る火のなかから脱出してきたようにふらふらと歩み出た。

その後、焼け跡から五郎左衛門の家族や家士と思われる者たち十数人の焼死体が発見された。いずれも男女の別も判別できないほど焼け焦《こ》げていた。むろん、刀傷も分からない。

その夜から、大助は加納五郎左衛門になりすました。

七年後、五郎左衛門になりすました大助は、おたえという百石取りの紀州藩士の娘と結婚し、男子が生まれた。名は与左衛門《よざえもん》（喬政）。この与左衛門の嫡男が平次右衛門（幸真）である。

父喬政は幸真が生まれた二年後に他界したので、幸真は祖父大助に育てられることになった。大助（五郎左衛門）から加納家を継いだのが、幸真（平次右衛門）ということになる。したがって、大助と幸真の間には、父子のようなかかわりもあったのである。

幸真は物心ついたころ、加納平次右衛門は素性を隠すための仮の名で、真の名は真田幸真であることを知った。しかも、戦国の名将として名を馳せた幸隆、昌幸、幸村、いまも徳川への怨念を晴らす機を狙う大助、若くして死んだ喬政とつづく真田一族の当主として、徳川を倒すために命を賭けねばならぬ運命《さだめ》であることも知ったのだ。

戦国の世から、真田家は徳川との戦いのなかで生きてきたといっても過言ではない。

信濃の小豪族だった真田家は、甲斐《かい》の武田《たけだ》、越後《えちご》の上杉《うえすぎ》、相模《さがみ》の北条《ほうじょう》、三河《みかわ》の徳川などの大国に挟まれ、巧みに合戦と和睦をくりかえしながら過酷な戦乱の世を生き抜いてきた。

なかでも、徳川家康は宿敵だった。信濃を麾下に収めようと何度も大軍を送ってきた家康を、昌幸や幸村は智略と勇猛とで打ち破ってきたのである。

そして、天下分け目の関ヶ原である。智謀に長《た》けた昌幸は嫡男の信之を徳川に味方させ、己は幸村を連れて豊臣方にまわった。どちらが勝っても、真田の血を絶やさぬためである。

関ヶ原の合戦は徳川が大勝し、昌幸と幸村は捕らわれの身となった。本来なら、昌幸も幸村も死罪である。だが、徳川方についた信之が、「わが戦功に代えても」と、父と弟の命乞いをしたため、流罪となった。

その配流の地が、紀州の九度山であった。昌幸は配所で、徳川への怨念を胸にひめたまま苦悶のなかで死んでいった。

配所での鬱屈《うっくつ》した十五年が過ぎ、老いを感じ始めた幸村の許に豊臣方からの招聘《しょうへい》の使いが来た。いよいよ豊臣と徳川の最後の合戦である。幸村は、配所で生まれた大助と長年幸村に従った家臣を引き連れ、九度山を脱出し大坂城に入った。

大坂冬の陣である。

それから六十八年もの歳月が流れたのだ。

「とうとう、餌《えさ》に食いついたか」

幸真を見つめた大助の目に、燃えるようなひかりが宿っていた。

「はい、やっと。おゆらが、殿と」

「そうか。だが、まだこれからじゃぞ」

大助は笑ったようだったが、歯のない口元が奇妙にゆがんだだけだった。

徳川の世をくつがえすため紀州藩主に配下のくノ一を抱かせるという奇策を考えだしたのが、大助だった。

その策はこうである。

くノ一は、藩主に抱かれるが胤《たね》は宿さない。くノ一の巧みな性技なら可能である。そして、抱かれた後、すぐに豊臣の直系の者と情交し、その胤を宿す。そうすれば、生まれてくる子は豊臣家の者であり、その者が幕府の実権を握れば、やがて豊臣の血が徳川のそれを駆逐《くちく》するのではないか。

太平の時代、合戦で徳川の世をくつがえすことはできない。豊臣の血で、徳川の血を権勢の座から一掃させるのである。

この奇策を実行するため、大助は藩祖の頼宣にも試みていたが、手が付くどころかそばに近付くことがやっとだった。その後、父の喬政もくノ一を城内に送り込んだが、いずれも失敗に終わっている。いわば、紀州藩主にくノ一を抱かせるという奇策は、大助、喬政、幸真と三代にわたってつづいていたのだ。恐るべき執念である。

「承知しております。まだ、種が地に落ちただけでございます。芽が出るかどうかも、分かりませぬ」

「そのとおりじゃ」

「ですが、この策、実がなるまで、つづけねばなりませぬ。徳川の世を真田の手でくつがえすまで」

幸真の双眸がひかり、智謀に長けた真田一族らしい面貌《おもて》をしていた。幸真はふたつの顔を巧みに使いわけていた。加納平次右衛門としての表の顔と徳川に挑む真田一族の頭目としての顔である。

「フフフ……。幸真、似ておるぞ」

大助が目を細めて嬉しそうに言った。

「だれに、似ているのでございます」

幸真は大助の顔を覗き込むようにして訊いた。

「大坂夏の陣で討ち死にしたわしの父、幸村にじゃ。……大坂方は滅びたのではない。われら真田一族の合戦は、いまもつづいておるのじゃ」

大助は子供のように目をかがやかせて言った。

4

慶林寺は九度山の山間《やまあい》にある小刹《こさつ》だった。

昌幸と幸村は、配流されたとき高野山《こうやさん》蓮華《れんげ》定院《じょういん》の末寺、善名《ぜんみょう》称院《しょういん》に幽閉されていたが、女人禁制だったため、九度山の麓《ふもと》に居館を建てて一族が住み、郎党も付近に家を建てて住んでいた。

一族郎党の住んでいた家屋敷を真田屋敷と呼んでいたが、いまはない。慶林寺はその真田屋敷から数町離れた山間にあった。

薩摩から紀州にもどった大助と秀頼が、いっしょに住むわけにはいかなかった。そうでなくとも、大柄で、貴人らしい振る舞いの多い秀頼は目につく。

一考した大助は、世間の目をあざむくため、秀頼に出家するよう勧めた。当初は嫌がっていた秀頼も、このままの姿では生きられないことを悟り、しぶしぶ承知した。

秀頼を連れていったのが、慶林寺だった。幸村と住職が昵懇《じっこん》だったのと、聚落《しゅうらく》から離れた山間にあったので人目を忍んで暮らすにはいい場所だったからである。

秀頼は頭を丸め納所《なっしょ》として暮らすようになった。ただ、それは世間をあざむく仮の姿で、秀頼の暮らしぶりは、いたって呑気なものだった。秀頼は経もあげなければ、寺の掃除もしなかった。和歌を詠《よ》んだり、画を描いたり、気が向くと近くを散策したりして暮らしていた。しかも寺の近くにちいさな家を建て、女を住まわせて子供も産ませた。

もっとも、秀頼に女をあてがい子供を産ませたのは、大助の差し金だった。徳川の世をくつがえすためには、どうしても豊臣の血が必要だったのである。

いま、慶林寺に住んでいるのは、秀頼の孫にあたる吉頼《よしのり》、三十二歳だった。秀吉と秀頼から一字ずつとって付けた名である。

吉頼は現在、秀雲《しゅううん》と名乗り、慶林寺の住職をしていた。秀頼の子の代に、住職が急逝《きゅうせい》し跡を継いだのである。

慶林寺の庫裏《くり》に、四人の男とひとりの女がいた。吉頼、幸真、惣市、平蔵、それにおゆらである。

「おゆら、でかしたぞ」

かたわらにかしこまって座しているおゆらに、幸真がねぎらいの言葉をかけた。

おゆらは恥ずかしげに浅黒い顔を赤く染め、大柄な体を縮《ちぢ》めただけである。くノ一といっても、他のくノ一から性技を教え込まれただけで、忍びの術はおろか、手裏剣を手にしたこともない。暮らしぶりは、他の娘とまったく変わりないのである。

「それで、情交《まぐわい》のさい、殿の胤《たね》は受け入れなかったのだな」

育ての親である惣市が、念を押すように訊いた。

娘の女体を、道具のように使う。むごいようだが、惣市もおゆらもそうした情交を忍びの術のひとつとみていたので、世間の娘のように恥ずかしがりはするが、心が傷ついたりはしないのだ。

それに、奇抜なことを好む惣市は、当然のこととしてこの策を受け入れていた。

おゆらは無言でうなずいた。

「では、吉頼さまの御胤《おたね》を受け入れてくれ」

幸真が言った。

着古した法衣を身にまとっている吉頼は、おゆらと顔を見合わせてうなずき合った。ふたりは立ち上がり、奥の寝間にむかった。

その場に残された三人は、無言のまま座していた。いっときすると、夜具を動かすかすかな音とおゆらの喘《あえ》ぎ声が奥から聞こえてきた。ふたりの情交が始まったようである。

「うまく、吉頼さまのお子を身籠もってくれるといいのだが……」

惣市がつぶやくような声で言った。

おゆらの喘ぎ声はしだいに激しくなった。呻《うめ》くような吉頼の声も聞こえてくる。

「おゆらなら、身籠もると思うが。……はたして、男か女か」

次の問題はそれだった。生まれてきた子が女だったら、またの機会を待たねばならないのだ。

「お頭、それで、男の子が生まれたらどうします」

平蔵が訊いた。ふだんは、加納さまと呼んでいるが、仲間内だけになるとお頭と呼ぶ。惣市やおゆらもそうだった。

「まずは、光貞の子として育て、成人した後に、紀州藩主の座に座ってもらうつもりだ」

幸真は策謀の一端を口にした。すでに、惣市たちには生まれてきた子が男であれば、いずれ紀州藩の藩主の座を狙わせることは話してあった。

こうした仲間内だけのとき、幸真は光貞を殿と呼ばずに呼び捨てていた。紀州藩士、加納平次右衛門ではなく、真田幸真として口をきいているのだ。

「ですが、三番目ですからなァ」

年配の惣市が首をひねった。

藩主、光貞にはすでに三人の男の子がいた。嫡男綱教二十歳、次男次郎吉《じろきち》、三男頼職《よりもと》（このときは幼名長七《ちようしち》）五歳である。生まれてくる子は四男だが、次郎吉は早世していたので、実質的には三男ということになる。

生まれてくる子が男であっても、庶子である。どうあがいても、藩主にはなれない。しかも、三男ということになれば、一生部屋住みの可能性も高いのだ。

「なに、人の運はどうひらくか分からぬ。徳川家にしてもそうだ。家康の跡を継いだ秀忠《ひでただ》は、三男ではないか」

むろん、幸真の胸のなかには庶子を藩主にするための策謀もあった。

「たしかに……」

惣市は口をつぐんだ。

そんな話をしているうちに、奥の喘ぎ声は聞こえなくなった。乱れた夜具をなおしているような音がする。情交は終わったようだ。

いっときすると、おゆらと吉頼がもどってきた。ふたりとも、上気したようにかすかに顔や首筋に朱を掃いている。ふたりとも何も言わなかった。おゆらが、幸真にちいさく頭を下げただけで、黙したままさきほどいた場所に座った。

「ごくろうだったな」

幸真が、いたわるように声をかけた。

「はい……」

おゆらは恥ずかしげに顔を伏せた。

「念のためじゃ。三晩ほどつづけてもらいたいが」

幸真がそう言うと、おゆらと吉頼がちいさくうなずいた。

5

加納家の庭の隅の桜がほころんできていた。春らしい暖かな風が吹いている。紀州の春は早かった。暖かい黒潮の影響である。二月（旧暦）の中旬には、早咲きの桜がひらきはじめる。

幸真は庭に立って、虎伏山にたつ和歌山城の大天守に目をやっていた。城内にも桜の木があり、新緑のなかに淡い桜色が彩りを添えていた。

そのとき、背後でパタパタと足音がした。

振り返ると、孫市《まごいち》が木刀を手にして走り寄ってくる。孫市は妻のおしずとの間に生まれた嫡男だった。今年、六つになる。この孫市が後に角兵衛《かくべえ》、久通《ひさみち》と名を改め吉宗の側近として活躍することになるのだ。

手にした木刀は二尺ほどの細く短い物で、幸真が奉公人に作らせて玩具として与えたものである。

加納家には家臣、下働きの者、女中など十数人の奉公人がいた。だれも、加納平次右衛門が真田幸真だとは知らない。妻のおしずも加納平次右衛門と信じて疑わなかった。それだけ、祖父の大助と幸真は巧《たく》みにふたつの顔を使い分けていたのである。

「父上、剣術を教えてください」

孫市が、幸真を見上げて言った。唇をきつく結び、丸く目を剝《む》いて見つめている。利《き》かん気そうな面構《つらがま》えである。

「両手で柄を握って、振り下ろしてみろ」

そう言って、幸真は目を細めた。まだ、剣術は無理である。ときどき、幸真がなまった体を鍛《きた》えなおすつもりで庭で木刀を振っているのを見て、真似《まね》がしたくなったのであろう。

孫市は、はい、と答えて、木刀を振り始めた。どうにも様にならない。振るというより、振り上げて地面をたたいているといった方がいい。それも、腰が据わらずよろけながら振っているのだ。

「そのくらいにしておけ、長くやるとな、手の皮が破れるぞ」

幸真がそう言うと、孫市は木刀を振るのをやめ、自分の手を食い入るように見つめた。掌《てのひら》がすこし赤くなったので、心配になったようだ。

「痛いか」

幸真が訊くと、孫市は首を横に振った。

「痛くないなら、心配はいらぬ。それにな、剣術の稽古《けいこ》をするようになると、何度も手の皮がむけるぞ。そうして、剣術も手も強くなるのだ」

幸真がそう言ったとき、通りに面した枝折り戸のあく音がした。だれか、来たようである。

「孫市、家へもどれ。だれか来たようだ」

孫市はすぐに、木刀を持って戸口の方へ駆けだした。

姿を見せたのは、西村平蔵だった。薄汚れた紋付とよれよれの袴、郷士か軽格の藩士のような格好である。

急いで来たのか、丸い顔が赤く染まっていた。あいかわらず、目を細めて笑っているような顔をしている。忍びの達者らしからぬ風貌である。加納家の奉公人には、平蔵のことを徒組《かちぐみ》の者だと話してあった。

「平蔵、どうした」

「身籠もりましたぞ、おゆらどのが」

平蔵は幸真に身を寄せて小声で言った。

「そうか、いよいよ種が芽を出したわけだな」

幸真は、城の大天守に目をやった。春の陽光のなかに、三層の白壁がかがやいている。ふと、幸真の脳裏に、芽吹いた若葉がやがて大樹となり、城をおおいつくす光景がよぎった。

「して、おゆらは、いまどこにおる」

城に目をむけたまま、幸真が訊いた。現在、おゆらは光貞の側室として城の奥御殿にいるはずだが、懐妊ということになればお側から離されるかもしれない。

「吹上の御誕生屋敷に」

城の南方の吹上に、御誕生屋敷とか和歌山吹上邸と呼ばれる屋敷があった。元四百石取りの家臣の屋敷だったが、光貞の二男次郎吉の誕生に先だってこの屋敷を召し上げ、家臣には別の替え地を与えたのだ。この屋敷で次郎吉が生まれたことから、誕生屋敷と呼ばれるようになったのである。

どうやら、おゆらも誕生屋敷で出産させるつもりのようだ。

「それで、おゆらは惣市の屋敷にはもどらぬのか」

「いえ、ときおり、もどっているようです」

「では、惣市に頼んでおくか」

幸真は、おゆらの産んだ子が男であれば、しばらくの間自分の手で育てねばならなかった。生まれてきた子が豊臣の血を受け継いでいても、庶子として部屋住みで終わったのでは何にもならなかったし、たとえ運良く大名になったとしても、徳川の者として一生を終えたのでは、これまた何のことはないのである。

大助と幸真の「豊臣家の再興をわが真田の手ではたす」ための謀計は、そんなものではなかった。

己が秀吉の直系であることを知り、豊臣家として徳川幕府に挑み、天下をつかまねばならないのだ。側近を真田の家臣と豊臣恩顧の者でかため、真田の当主が策をめぐらし、戦いの指揮を取り、兵を動かして徳川を倒す。それが実現してはじめて、豊臣が真田の力で天下を取ったことになるだろう。そのためには、どうしても生まれてくる子を自分の手で育て、常にそばについていなければならなかったのだ。そのための策も練ってある。

翌日、幸真は中村惣市の屋敷に足を運んだ。平蔵から、今日は非番だと聞いていたので、屋敷内にいるはずである。

中村屋敷は、城の南部の寺町のちかくにあった。通りには百石前後の中、下級藩士の屋敷が建ち並んでいた。ときおり、供連れの藩士がすれちがっていく。幸真と顔見知りの者もいて、挨拶《あいさつ》をかわすこともあった。

粗末な木戸門をくぐり、玄関先へ歩を運ぶと庭先で、土いじりをしている惣市の姿が見えた。春の陽気にさそわれて、植木の世話でもしたくなったらしい。

幸真は玄関から惣市のいる庭先にまわった。

「これは、加納さま、ようこそ」

惣市は慌《あわ》てた様子で、手についた泥をたたいて落としながら近寄ってきた。

「非番だと聞いたのでな」

幸真は、平蔵が昨日来たことを言い添えた。暗に、おゆらが身籠もったことは承知している、と惣市に伝えたのである。

「ともかく、なかへ。浜江《はまえ》に茶でも淹《い》れさせましょう」

浜江というのが、惣市の妻女である。ほかに、惣市が三十半ばになって生まれた七つになる子がいるはずだが、声は聞こえなかった。

「いや、いい。長居はできぬのでな。ここを、借りようか」

そう言って、幸真は縁先に腰を下ろした。急ぎの用事があるわけではなかったが、妻女の手をわずらわせたくなかったのである。

「実は、惣市に頼みがあってな」

そう言って、幸真は周囲に目をくばった。他人に話を聞かれるわけにはいかなかったのだ。

「お頭、浜江は奥におりますし、庄助《しようすけ》は下働きの者と和歌浦《わかうら》へ浅蜊《あさり》を採りに行っておりますので、だれも聞いている者はおりませぬ」

惣市は声をあらためて言った。庄助というのが、七つになる嫡男である。

和歌浦は、紀州領内を流れる紀《き》ノ川《かわ》の河口近くの風光明媚《ふうこうめいび》な地である。

「そうか。……おゆらにな、こう話してくれ。光貞と会《お》うたときに、生まれてきた子が男であれば、一度捨て、五つになるまで加納家に育てさせるよう、紀州東照宮《とうしようぐう》を参詣したおり、お告げがあったと、光貞に伝えさせるのだ」

紀州東照宮の祭神は、東照大権現徳川家康であり、藩祖の頼宣も南龍《なんりゅう》大権現として祀《まつ》ってあった。紀州徳川家の守り神でもある。

生まれてきた子を一度捨てるのは、捨て子は丈夫に育つという俗信によるもので、次郎吉が死去していることもあり、もっともらしく聞こえるだろう。

「そのようなことが、できますでしょうか」

惣市が目をひからせながら言った。

「できる。その方が藩にとっても都合がよいからな」

幸真は、策どおりことは運ぶだろうと読んでいた。

紀州徳川家にとって、生まれてくる子は四男（実質的には三男）である。たとえ死んでも、世継ぎの心配はない。それに、光貞の側室とはいえおゆらの出自は卑《いや》しい巡礼である。城内で、嗣子《しし》の綱教や三男の長七と同じように育てるのは、はばかられるはずだ。

東照大権現のお告げという話は、藩にとっては渡りに船なのだ。それに、加納家という話も不自然ではない。おもて向き、加納家は三河以来の直参で、禄高も二千石とまずまずである。

もっとも、そうなることを読み、卑しい身分の女を藩主に近付けていたのであり、大助も幸真も長年加納家の面をかぶって生きてきたのである。

「おゆらが、男の子を産んでくれるといいが……」

幸真は、武家屋敷の家並の先にそびえる虎伏山と天守の偉容に目をむけてつぶやいた。

6

貞享《じようきよう》元年（一六八四）十月二十一日、おゆらは和歌山吹上邸で男の子を産んだ。おゆらによく似た大きな赤子であった。

いち早く、幸真に男子誕生を知らせたのは、惣市だった。城からの使いが、すぐにおゆらの育ての親である惣市にその吉報を伝えたのであろう。

「加納さま、おゆらが男の子を産みましたぞ」

玄関先で、惣市がはずんだ声で言った。さすがに、惣市も心が昂《たかぶ》っているようだ。

「よし、次にどう動くか。平蔵とともに探ってくれ」

幸真の指示に、惣市は目をひからせてうなずくと、すぐにきびすを返した。

ことは、幸真の筋書きどおりに動いた。

光貞はおゆらが口にしたお告げにしたがい、まず、生まれてきた子を捨て、その後、加納家で育てさせるよう命じたのである。

翌日、藩の重臣の使者が加納家を訪れ、

——汝《なんじ》が手元にて養育致すべし。

との藩主の命を伝えた。

幸真は、あまりに恐れ多いご沙汰《さた》、と言って、いったん渋った。後々、生まれてきた子とのかかわりに疑念をはさませないためである。

「お子を育てるのは、なんといっても女子《おなご》ゆえ、妻にも訊いてみましょう」

と、幸真は狼狽《ろうばい》した体《てい》で口にし、使者を待たせたまま奥へひっ込んでしまった。

こうした幸真の躊躇《ちゅうちょ》や慌《あわ》てぶりは、使者をとおして附家老《つけがろう》をはじめ重臣たちの耳にとどくはずである。

幸真はじゅうぶん使者を待たせてから、

「妻も、殿のお子をお育てするは、加納家の誉《ほま》れと喜んでおりますゆえ、つつしんでお受けいたします」

と、慇懃《いんぎん》に答えた。

使者はほっとしたような顔をして城へもどっていった。

生まれてきた子は、数日吹上邸にとどまり源六《げんろく》と名付けられ、和歌山城の南西端にある扇之芝《おうぎのしば》と呼ばれる地に捨て、岡の宮《おかのみや》（刺田彦《さたひこ》神社）の神主に拾わせることになった。もっとも、捨て子といっても真似事である。

岡の宮の神主、岡本諏訪守《おかもとすわのかみ》は烏帽子狩衣《えぼしかりぎぬ》姿で源六を抱え、用意した褥《しとね》の上に置くと、すぐに自分の手で拾い上げ、ただちに加納家にむかったのである。

幸真は威儀《いぎ》を正して源六を出迎え、妻のおしずとともに屋敷内に丁寧に運び入れた。

——間違いない、秀頼さまの血をひかれたお子だ。

幸真は、手のなかで眠っている赤子の顔をみつめながらつぶやいた。

一貫《かん》（三・七五キロ）の余もあろうか。浅黒い肌をした大きな赤子である。頬や顎《あご》のあたりのふくらみがおゆらに似ていたが、鼻筋や額のあたりが吉頼に似ているような気がした。

源六に、たきという乳母の乳《ちち》をじゅうぶん飲ませた後、幸真は奥座敷で寝ている大助のそばに連れていった。

天井に顔をむけて目をとじていた大助が、乳の匂いがする、と言って、視線を幸真の方にむけた。

「爺さま、これが太閤さまの血をひかれたお子でござるぞ」

幸真は抱いたまま源六の顔を大助の方にむけた。

「どれどれ、見せてみろ」

大助は、苦痛に顔をゆがめながらやっとのことで上半身を起こすと、腰まわりに丸めた褥を置いて体をささえた。

めずらしいことである。ちかごろ、とみに体の衰弱した大助は食事と厠《かわや》に行く以外は、寝たままだったのだ。

「おお、若いころの秀頼さまにも似ておるぞ」

大助は、赤子の顔を見つめて声を上げた。

腹がくちくなって満足したのか、源六は大きく目を剝き、瞬《まばた》きもせず大助を見つめている。何か、不思議な物でも見るような顔付きだった。

「このお方が、われら真田の主君となり、徳川の世をくつがえすのじゃな」

大助は、若やいだ声で言った。

「いかさま」

「この子の名は」

「源六にございます」

幼名である。いずれ、紀州徳川家の庶子らしい名が付けられることだろう。

「源六か。……幸真、まず、攻めとるのは紀州藩じゃが、ことを起こすには兵が足りぬ。有能な者を集め、源六のまわりをかためねばならぬぞ」

大助は、声を低くして言った。幸真を見つめた双眸が熾火《おきび》のようにひかり、老いた体に覇気がみなぎっていた。

大坂冬の陣、夏の陣の修羅場を生き抜き、豊臣秀頼とともに流浪の暮らしをつづけながら豊臣家再興の奇謀に命をかけてきた智将がよみがえったのである。

7

戛《かつ》、戛《かつ》、と木刀を打ち合う音がひびいてくる。幼い子供たちの甲高《かんだか》い気合やすこし大人びた男の声も聞こえてきた。

幸真は、居間で妻のおしずの淹《い》れた茶をすすっていたが、すこし、見てくるか、と言い置いて、腰を上げた。

幸真は加納平次右衛門として紀州藩の大番組頭の役にいた。大番組頭は主君の身辺警護にあたる番士の組頭である。ふだんは、城中で宿直《とのい》勤番にあたっていた。ただ、幸真は源六をあずかってから傅役《もりやく》という立場になり、組頭としての任務を免除され、屋敷内で源六のそばにいることが多くなった。

これも、幸真の狙《ねら》いであった。組頭としての任を解かれ、屋敷内にいることが可能になったことで、己の策謀のために存分に時を使うことができるようになったのだ。幸真は源六をあずかれば当然そうした立場に置かれるであろうことも読んでいたのである。

庭に八人の子供たちがいた。年齢は十五歳から七歳まで。すでに元服して髷《まげ》を結っている若者から頭に芥子坊《けしぼう》をつけた子供まで、入り乱れて木刀を振っている。

三月（旧暦）の下旬。いい陽気だった。桜も散り、若葉の季節である。幸真は虎伏山に目をむけた。新緑のなかに、三層の大天守がそびえ建ち、五十五万五千石の徳川御三家の居城にふさわしい偉容を誇っていた。紀州、和歌山城である。

――まず、源六をあの城の主にせねばならぬな。

幸真は胸の内でつぶやくと、縁先から下駄をつっかけて庭へ出た。

「父上、剣術の手解《てほど》きをお願いします」

素振りをやめ、孫市が走り寄ってきた。

額《ひたい》に汗が浮き、刺子《さしこ》の稽古着が汗にしみていた。孫市は今年十二歳になっていた。

まだ前髪だったが、大柄で歳よりは年長に見えた。

その孫市につづいて、他の子供たちも稽古をやめ、幸真のまわりに集まってきた。どの子も汗まみれで、目をかがやかせている。

「加納さま、源六どのの太刀筋が、だいぶしっかりしてきました」

最も年長の川村弥八郎《かわむらやはちろう》が言った。

弥八郎は一刀流《いっとう》の遣《つか》い手川村三郎右衛門《さぶろうえもん》の嫡男で十五歳、すでに元服を終え青年らしい面構《つらがま》えをしていた。幼いころから父親の三郎右衛門に一刀流の手解きを受け、いまでは父親に三本のうち一本は打ち返せるほどの腕になっていた。

ふだんは三郎右衛門が子供たちに手解きをしていたが、都合で加納家に来られないときは、弥八郎が稽古を見ていたのだ。

「そうか。源六どの、稽古に出精《しゅっせい》せねばなりませぬぞ」

幸真がかたわらに立っている男児に目をやって言った。前髪を結び中剃りをして、残りの髪を垂らしている。顔の浅黒い、目の大きな児《こ》だった。

源六は七歳だったが、大柄で顔も大きく、十歳ほどには見えた。

幸真を見上げた顔に、戸惑《とまど》いと不服そうな表情が浮いた。だが、何も言わず、コクリとうなずいただけである。

「もうすこし、稽古をつづけるがよい。わしも、すこし素振りでもしよう」

そう言うと、幸真は袴の股立《ももだち》をとり、木刀を手にした。

こうした様子は、温厚な父親そのものである。日頃こうした姿を目にしている紀州家の藩士や奉公人は、豊臣家再興の大望を抱き、策謀をめぐらせている真田家の末裔《まつえい》とは思ってもみないだろう。

すぐに、子供たちは庭に散り、年長の者はふたりで組んで一刀流の組太刀の稽古に取り組み、年少の者はすこし短めに作った木刀で素振りを始めた。

孫市は弥八郎たち三人と組太刀の稽古を始め、源六は他の年少の三人と並んで木刀を振っている。

八人の子供たちは、一年ほど前から加納家の庭に集まって剣術の稽古をするようになった。孫市と源六を除いた六人は、いずれも幸真の配下の家の嫡男や次男で、それぞれ家伝としている槍術、馬術、忍術、鉄砲術などを学びながら、同時に剣術の手解きも受けていたのである。

ここにも幸真の深謀があった。幸真はここに集まった子供たちをいずれ源六の側近として身辺をかためさせ、天下取りのために使おうとしたのである。

それから、半刻（一時間）ほど木刀を振り、幸真は稽古をやめた。晩春の陽射しのなかで体を動かしたせいか、びっしょりと汗をかいている。

幸真は子供たちに声をかけてから屋敷の裏手にある井戸のそばに行き、釣瓶《つるべ》で水を汲《く》んで喉《のど》をうるおした。そして、諸肌《もろはだ》脱ぎになると、手ぬぐいを水でしぼって体の汗をぬぐった。火照《ほて》った肌に、冷水がなんとも心地好かった。

木陰でいっとき涼み、汗がひくと、幸真は母屋にもどって奥座敷に足を運んだ。薄暗い部屋に夜具がのべてあり、老爺が寝ていた。皺だらけの顔に大きな火傷の痕がある。老醜といっていい顔である。天井にむけた目がしろくひかっているところを見ると、眠ってはいないらしい。

「爺《じい》さま、お目覚めでございますか」

幸真は枕元に座して声をかけた。

真田大助幸昌。この年九十歳になる老齢だった。ほとんど寝たきりだが、まだ頭はしっかりしている。

「どうだな、源六は」

大助は顔を幸真の方にむけた。

「剣術の飲み込みもいいようです。体も大きく、十歳ほどの者と並べても見劣りがいたしませせぬ」

「それはよい。われらの真田一族の大望を一身に背負っている男じゃからな」

幸真を見つめた目に、燃えるようなひかりが宿っている。

「そろそろ、城へもどるよう沙汰があるかもしれませぬ」

源六は五歳のおり、一度城内に入り藩主の光貞と顔を合わせていた。ただ、幸真は源六にお城の殿としか言わなかったし、光貞も特別な言葉はかけなかったので、源六は幸真を父親と思っているはずだった。

「うむ……。それで、おまえの考えは」

「まだ、すこし早いような気もいたしますが、そろそろ身分を明かしてもよいころかと」

幸真は、源六に紀州徳川家の若君の立場であることは知らせてもよいと思っていた。隠しておいても、妻のおしずから、そのことが洩れるかもしれない。それに、おしずは幸真が源六をただの庶子で終わらせないよう働きかけていることも知っていた。

おしずも藩主の子をあずかったときから、できれば大名ぐらいにはしてやりたい、との思いはあったのだ。

ただ、義祖父が真田大助であり、幸真が真田一党の大将として、紀州家を乗っ取り、さらに徳川幕府へ戦いを挑もうとしていることまでは気付いていない。もっとも、そこまで知っていたらおしずも平静に暮らしてはいられないだろう。

「豊臣家の嫡流として、徳川家に挑まねばならぬこともか」

大助が刮目《かつもく》して言った。老人とは思えぬ刺すような鋭いひかりがある。

「それは、まだ早うございましょう」

いかに、俊英の者でもまだ七歳である。心の内に秘めておくことは無理だろう。ただ、源六が紀州、徳川家の庶子の身であることは分かってもかまわない。

「そうだな」

「爺さま、これまで待ったのでございます。焦らずに、ゆるゆるとまいりましょうぞ」

豊臣家の嫡流を徳川に挑ませ、やがて豊臣の血筋の者が天下を取るという野望は、真田大助、喬政、幸真と三代にわたって受け継がれてきたのである。

「表裏比興の者（策士）とは、おまえのことかもしれぬな」

そう言って、大助はクックッと喉を鳴らして笑った。

8

「兄上、教えてくれ」

源六は、井戸端で体の汗をぬぐっている孫市のそばに近寄って小声で言った。弥八郎や他の者に聞かれたくなかったのだ。

「なんだ」

孫市は諸肌脱ぎになった体を濡れ手ぬぐいでこすりながら振り返った。

「なぜ、父上はおれのことを源六どのと呼ぶ」

源六は、どのにすこし力を込めて言った。物心ついたときから、そう呼ばれてきたので、つい最近まで、意識しなかったのだが、兄に対する両親の呼び方や加納家に剣術の稽古にくる他の門弟の親の呼び方などを耳にし、自分だけどのをつけて呼ばれるのが不思議に思えたのだ。

「そ、それは……」

孫市は言葉につまった。こわばった顔に、明らかに困惑と狼狽《ろうばい》の色がある。

「母上も、おれのことを源六どのと呼ぶ。それに、何だか変だ」

「何が、変なのだ」

「父上も母上も、おれを叱《しか》ったりせぬ。……兄上もそうだ。前は、源六、源六と呼んでいたのに、ちかごろは源六どのとか、源六さまとか、まるで余所《よそ》の偉い人を呼ぶようではないか」

源六の声が喉につまったようになり、顔がゆがんだ。なぜか、急に家族に捨てられたような気がして、悲痛が胸に衝《つ》き上げてきたのだ。

「…………」

孫市は返答に窮《きゅう》した。

「ど、どうして、おれだけちがうのだ」

源六が泣き声で言った。

「これには、わけがある。おれからは言えぬ。父上から、言ってはならぬと、口止めされているのだ。……源六どの、いや、源六、父上に訊いてみるといい」

孫市は、兄らしいやさしい声で言った。

「う、うん……」

源六は涙を手の甲でこすりながらうなずいた。

その日、源六は幸真から自分がなぜ他の子とちがうのか訊いてみようと決心した。

源六はおそるおそる居間にいる父親の許に足を運んだ。

源六の心ノ臓は早鐘のようになっていた。おまえは、明日から加納家の子ではない、そう告げられて、家を追い出されるのではあるまいか。幼い源六は、目も眩《くら》むような断崖の際に立っているような気がした。

障子をあけると、書見をしている父の背が見えた。その背がいつもとちがって、源六を拒絶しているように見えた。

「源六どのか」

父が書見台をずらせて、膝をこっちにむけた。

目を細めて笑みを浮かべていた。見慣れた丸顔が、いつもとちがってやさしそうである。

源六はその父の表情に勇気づけられたようにそばへ行き、正面で膝を折って、父の顔を見上げた。

「なにかな」

「父上、どうして……」

そこまで言ったとき、急に何かが胸に衝き上げてきて喉がつまった。

源六は歯を食いしばり、膝の上で拳を握りしめて泣き声を呑み込んだ。父は微笑を浮かべたまま、黙って源六を見つめている。

「ち、父上、わたしは加納家の子ではないのですか」

ふいに、源六が最も恐れていた言葉が喉からこぼれ出た。

「なぜ、そう思ったのだな」

父の顔から微笑が消えた。静かな声音だったが、どこかよそよそしさがある。それに、否定をしなかった。

源六は断崖から突き落とされたような衝撃を受けた。

「……み、みんな、源六どのと呼びます。それに、父上は兄上と同じように、わたしを叱ったりしません」

源六は叫ぶような大きな声で言った。泣き出すのを我慢して、しゃべったので大声になったのだ。

「そうか。そろそろ、真実を話せばならぬな。……わしはな、おまえの養い親じゃ」

「養い親……」

一瞬、源六は戸惑うような色を浮かべたが、すぐに絶望の表情におおわれた。七歳の子に、養い親の意味は分からなかったのかもしれない。だが、実の子でないことは直感した。

そのとき、幸真は座していた座布団から脇に座りなおし、威儀《いぎ》を正すと、

「貴方《あなた》さまは、紀州家の若君さまであらせられる」

そう言って、両手を畳について低頭した。

「若君……！」

源六は目を剝いた。息をつめて、幸真の顔を見つめている。

「源六さまは、城の殿、光貞さまのお子でございます」

「ど、どうして……」

夢のような話だった。源六には真実とは思えなかった。

「源六さまには、まだお分かりにならぬでしょうが、源六さまをわが加納家でお預かりいたしたのは殿のひろいお心によるものなのです。源六さまには、兄がふたりございます。いかに、紀州家が徳川御三家のお家柄とはいえ、ご三男まで大名にすることはかないませぬ。おそらく、殿は行く末のことを熟慮され、源六さまに大名の暮らしではなく、家臣の暮らしになじませるよう、ご配慮したものと存じます」

「…………」

幸真は静かな声音でつづけた。

源六には、幸真の言っていることが理解できなかった。ただ、大人たちの思惑と分

別があったことは、何となく分かった。

だが、源六の心はひどく傷ついた。いかなる理由があろうと、自分は実の親から捨てられたことに変わりがないではないか。自分は捨て子であり、もらい子なのだ。

「いやだ！　おれは、父上と母上の子だ」

城の若君より、加納家の子でありたかった。自分を捨てたお殿さまの子などに、なりたくはなかった。

そのとき、二年前幸真に連れられて城へ行ったときのことが脳裏をよぎった。豪奢《ごうしゃ》な座敷、表情のないお殿さま、憎んでいるように睨《にら》みつける若君、いかめしい顔の家臣たち、着飾った奥女中……。源六には、自分とはかかわりのない遠い国のような気がしたのである。

「わしは、そなたを実の子と思っておる」

幸真が声をあらためて言った。

「身分は若君だが、いままでどおり、そなたはわしの子であり、孫市の弟じゃ。よいな」

幸真の顔には、いつもの父親らしい優しさと威厳《いげん》がもどっていた。

幸真の胸の内には、ここで源六を手放すわけにはいかぬ、との思いがあった。今後も源六には父として敬《うやま》ってもらわねば、幸村の遺言でもある「豊臣家の再興をわが真田の手ではたす」ことは、実現できないのだ。

　源六に出自を明かすことは、自邸に引き取ったときから予定のうちだった。

　そのときのことを考え、幸真は父と子の絆《きずな》を強めるために、剣術などの武芸の他に朱子学も教えていた。人の生き方として仁義礼智信が大事であることにくわえ、父母への孝養を尽くすことも人の道であることをかみくだいて教えていたのである。そのため、幼いながら、源六の父母にたいする敬愛は他の子に負けぬ強いものがあるはずだった。

　これも、幸真の策謀のひとつだった。親子、師弟、主従、そうした結びつきで、豊臣の血をひく源六を中心に強く結束しなければ、徳川という巨大な権力と戦うことはできないと考えていたのだ。

「は、はい」

　幸真の深謀など知らぬ源六は、父の言葉にすくわれた気がした。父母として敬い甘えてきたふたりに、捨てられたら心を寄せる相手がいなくなってしまうのだ。

「源六、いままでどおりだ。まことの父、母と思って、甘えるがよいぞ」

「父上、源六は加納家の子でございます」

源六はふっきれたように声を上げた。

9

源六は武家屋敷の土塀の陰から、斜向《はす》かいの長屋門を覗いていた。

「あれが、御誕生屋敷だな」

「おゆらさまは、あの屋敷におられる」

角兵衛が小声で言った。角兵衛は加納孫市だった。元服して名を改めたのである。

ふたりのそばに、三人の男児がいた。中村三郎《さぶろう》、十三歳。中村惣市の嫡男の庄助で、元服して三郎と改めたのである。小柄ですばしっこそうな児が重市《しげいち》、西村平蔵の次男である。重市はまだ八歳だったが、紀州流の忍者である父の手解きを受けて忍術の修行をつづけていた。西村の嫡男は病死していた。もうひとり、背のひょろりとした児が文次郎《ぶんじろう》、十歳。雑賀《さいか》衆の明楽八郎兵衛《あけらはちろべえ》の嫡男で、やはり家伝の鉄砲術を学んでいた。

五人は加納家で剣術を学んでいる仲間だった。それぞれ身分や歳はちがったが、一刀流の同門ということになる。くわえて、それぞれの父親が幸真の配下だったので主従という結びつきもあった。

子供たちも、幸真の狙いどおり源六を中心にして固く結ばれていたのである。

この日、加納家での稽古を終えると、

「おゆらさまに会ってみたい」

と、源六が言いだした。

源六は幸真から己の素性を聞いた後、育ての母親であるおしずから産みの親がだれなのか訊いた。子供にしてみれば、やはり自分を産んだ母親は知りたかったのである。

「おゆらさまでございます。吹上の御誕生屋敷で、お暮らしでございますよ」

おしずは、涙ながらに教えてくれた。幼い源六の波乱の運命を哀れんだのか、それとも自分の子として育てた源六が、手から離れようとしているのを感じて悲しくなったのか。そのおしずの涙につられて、源六も涙ぐんだ。

源六は御誕生屋敷を知っていた。加納家からそう遠くない場所にある武家屋敷である。

城の御殿に住んでいるとばかり思っていた生母が、すぐ近くのしかも加納家と似たような武家屋敷に住んでいることを知って、源六は急に会いたくなったのだ。

「源六どの、遠くから見るだけだぞ」

五人のなかでは最年長の三郎がたしなめるように言った。

実は、三郎たち加納家の剣術稽古に通う者たちは、親から源六が城の若君であることは教えられていた。そして、源六を殿や生母であるおゆらに会わせてはならぬ、と強く命じられていたのだ。

「見るだけでいい」

源六は見るだけでじゅうぶんだと思っていた。

いかなる理由があろうと、自分を手放した母である。自分の方から会いにいってやるものか、という反発もあったのだ。

「屋敷から、出てくるのか」

もう、半刻（一時間）ちかくも、御誕生屋敷の門扉はとじられたままで人の出入りはなかった。

「ときどき、報恩寺《ほうおんじ》へお参りにいかれるそうだが……」

三郎が小声で言った。

報恩寺は紀州徳川家の菩提寺で御誕生屋敷の近くにあった。おゆらは、報恩寺によく参詣に出かけた。初代藩主、徳川頼宣の正室の揺林院《ようりんいん》の追善のために建てられた寺であり、おゆらにしてみれば藩祖の正室を敬う気持ちとわが子の行く末を祈願する思いがあったのかもしれない。むろん、子供たちにおゆらの胸の内は分からない。

「おい、門があくぞ」

角兵衛が声を上げた。

見ると、閉じられていた門扉が八文字にひらき、数人の人影と駕籠《かご》が見えた。四人の陸尺《ろくしやく》の担ぐ駕籠のまわりに、数人の供侍と御付の女中がしたがっている。

「駕籠か……」

源六はがっかりした。駕籠では、顔を見ることもできない。

「後を、ついていこう」

角兵衛が小声で言った。

「それがいい。報恩寺はすぐちかくだ」

重市が目をひからせて賛成した。

他のふたりもうなずく。どうやら子供たちにも、源六の生母であるおゆらを見てみたいという思いがあるようだ。

五人は、駕籠の後を尾《つ》け始めた。

すこし行くと、駕籠は石畳の参道へ入り、正面に豪壮な造りの山門が見えた。駕籠はしずしずと山門のなかへ入って行く。

山門の先に境内がひろがり、松や杉などの葉叢《はむら》の間から堂塔の甍《いらか》が見えていた。閑寂として、他の人影はない。

「駕籠を下りるぞ」

源六が声を上げて駆けだした。他の四人も、源六の後を追いかけていく。

五人は山門の陰に身を張り付けるようにして、駕籠の置かれた境内の方に首を伸ばした。

ちょうど、駕籠から華麗な衣装に身をつつんだ大柄な上臈《じようろう》が下りたつところだった。

「は、母上……」

ふいに、源六の口から予期しなかった言葉が洩れた。ただ、小声だったので、おゆらにはとどかなかったであろう。従者たちにも、その声に反応した者はいなかった。

だが、そのとき、おゆらが源六のいる方を振り返った。声は聞こえなかったが、何か気配を感じ取ったのかもしれない。

おゆらは目を見張った。そして、源六を見つめたおゆらの顔が一瞬こわばり、何か言いたそうな表情が浮いた。だが、それだけだった。

おゆらは源六から視線を移し、思いつめたような顔で虚空に目をとめていたが、すぐに本堂の方に顔をむけると、供侍と御付の女中を従えてゆっくりと歩きだした。

――母上、母上……。

源六は、遠ざかって行くおゆらの背を見送りながら何度も胸の内でつぶやいた。

その日、幸真は源六と三郎たちを呼んで叱《しか》った。源六には、主君たる者が、情に動かされて軽挙にはしれば家臣を犠牲にし、国を滅ぼすことを教え、また三郎たちには、たとえ主君でも非があれば身をもって諫《いさ》めねばならぬことを諭《さと》したのである。

源六は幸真の教えに対し、得心したようにうなずいてから、

「すべて、わたしが言い出したもの、三郎たちはすこしも悪くない」

と、庇《かば》った。

「源六さま……」

三郎が思わず絶句した。

源六の言葉に、三郎たちは胸を打たれたのだった。そして、自分たちより年下である源六に信頼と敬意を抱いたのだ。

幸真はそうした子供たちの様子を見て満足した。源六には、幼いながら豊臣の大将にふさわしい大器の片鱗を見たし、三郎たちが、源六を中心に強い絆《きずな》で結ばれているのも確認できたのである。

10

「若、まいりますぞ」

弥八郎が声をかけて、青眼《せいがん》に木刀を構えた。

「おお、弥八郎、遠慮せずに打ち込んでこい」

新之助《しんのすけ》（源六）は、下段に構えた。

源六は十一歳になり、元服して新之助頼方《よりかた》と名をあらためたのである。対する弥八郎は十九歳になっていた。

新之助は十一歳とは思えないような偉丈夫だった。背丈は五尺六、七寸（一六九～一七二センチ）もあり、弥八郎を超えていた。顔が大きく、浅黒い肌をしている。首が太く、肩幅もひろい。紀州徳川家の若君とは思えない、豪気な風貌である。

新之助は、大食漢で活力に満ちていた。加納家においても、兄や幸真以上の食欲を見せた。それに贅沢《ぜいたく》を言わず、何でもうまそうに食べた。

すでに、加納家から出て和歌山城内で暮らしていたが、連日のように城から加納家に通っていた。

剣術や馬術の稽古という名目だったが、藩主の光貞や重臣たちも新之助の好きなようにさせていた。放任といってもいい。理由は、四男（実質的には三男）で、綱教、頼職というふたりの兄がいたことである。つまり、世継ぎの心配がなかったのだ。それに、新之助の生母のおゆらだけが、巡礼という卑《いや》しい身分だった。綱教や頼職といっしょに城内で育てるのは、はばかられたのかもしれない。そうした城側の対応をいいことに、新之助は城下で仲間たちと過ごすことが多かった。

育ての親のおしずや奉公人たちも城の若君であることはあまり意識せず、加納家にいた当時のように扱ってくれた。それが、新之助には嬉しかった。

弥八郎が足裏をするようにして、斬撃の間合に入っていく。対する新之助は下段のままである。

新之助と弥八郎は一刀流の「迎突《むかえづき》」あるいは「乗突《のりづき》」と呼ばれる組太刀《くみだち》の稽古をしていた。

新之助が仕太刀《しだち》（学習者）、弥八郎が打太刀《うちだち》（指導者）だった。決まった動きのなかで、迎突の妙手を会得するのである。ただ、このころは仕太刀という言葉はなく、受太刀《うけだち》と呼ばれていたようである。

斬撃の間に弥八郎が踏み込むと、新之助は下段から切っ先をおこし、右籠手《こて》を打つ気配を見せる。すばやく、弥八郎は切っ先を右によせてふせぎ、新之助が相青眼《あいせいがん》に構えをとる。

相青眼に切っ先を合わせた瞬間、

ヤアッ！

と気合を発して、弥八郎が腹部を突いてきた。

この突きを、新之助は木刀を上からかぶせるように押さえて、突き返す。これが迎突である。

が、この突きは相手の腹部までとどかず、打太刀の弥八郎は上から木刀を押さえこまれた状態になり、これを払い除けようと木刀を迫《せ》り上げる。

刹那《せつな》、新之助が木刀をはずすと勢い余って、弥八郎は木刀を振り上げ上段に構えなおす。

タアッ！

刹那、新之助が踏み込み、上段に振り上げた瞬間の隙《すき》をとらえて右籠手を打った。

肌を打つにぶい音がした。むろん、腕を傷つけないため寸止めしているので、右腕に軽く当たっただけである。

「みごと！」

ふたりの稽古を見ていた川村三郎右衛門が声を上げた。

鋭く、流れるような体捌《たいさば》きだった。組太刀は打太刀、仕太刀とも決まった動きをするが、両者の太刀捌き、間積もり、呼吸などが一致しなければ、迅速な動きのなかで打つことはむずかしいのだ。

「若、だいぶ腕を上げられましたな」

三郎右衛門は相好をくずして、かたわらに立っている幸真に目をやった。

三郎右衛門は四十半《なか》ば、ほっそりした体軀《たいく》だが、胸は厚くどっしりと腰が据わっていた。丸顔ですこし垂れ目、人のよさそうなおだやかな風貌だが、身辺には剣の達人らしい威風がただよっている。

三郎右衛門の祖先は福島正則《ふくしままさのり》に仕えていたが、幕府のために取りつぶされ、浪々の身となって江戸へ流れてきた。三郎右衛門は何とか剣で身をたてようと、江戸で小野《おの》派一刀流を学んでいたが、紀州徳川家が武芸に長じた浪人を召し抱えていると聞いて、この地へ移り住んだのである。

三郎右衛門は仕官がかなったが、わずか四十石の徒士《かち》衆だった。

幸真は、不遇をかこっていた三郎右衛門の出自と剣の腕を知り、ひそかに接触して配下にくわえようとした。

「そこもとの剣を生かしたい」

幸真は、そう切り出した。そして、われらの大望が成就した暁には、藩の指南役、あるいは二千石、三千石の領主も望み次第と言い添えた。むろん、三郎右衛門がことわれば、その場に刺し違えて死ぬほどの覚悟で、大望とは何なのかを打ち明けたのである。

三郎右衛門は幸真の裏の顔を知って驚愕したが、

「それがしを知る将に仕えとうござる」

ときっぱり言って、幸真の配下になったのである。

そうした三郎右衛門の気持ちは倅《せがれ》の弥八郎も受け継いでいて、父子そろって率先して稽古をひっぱっていたのだ。

「剣術はここまでだ。次は、馬に乗りたい」

新之助は額の汗を手の甲でぬぐいながら快活に言った。

剣術の稽古を始めて、すでに一刻（二時間）ほど過ぎていた。今日のところは、これで十分と思ったらしい。それに、ちかごろ新之助は乗馬を始め、そのおもしろさに取り付かれていた。新之助は、すこしでも早く馬に乗りたかったのである。

馭法《ぎょほう》は古来より、武事の事始めとされている。武芸を習う者は、まず馬術からというのが通常の武家の考えであった。

ところが、幸真は新之助に剣術や柔術から習わせ、馬術は最近になってからだった。理由は、師弟の関係や同門同士の意識を植え付けるのに、剣や柔術の方が適していると思ったからである。それに、武事の事始めといっても、馬に乗るのはある程度成長してからでないと無理なのである。

「そのつもりで、三郎が馬の用意をしてございます」

幸真の脇にいた角兵衛が言った。

角兵衛はこの年、十六歳になる。幸真や曾祖父の大助に似て、眼光の鋭い智将の雰囲気をたたえた面構《つらがま》えになっていた。

馬術の師は、中村惣市だった。中村家は紀州流の忍びの術にくわえ大坪《おおつぼ》流の馬術にも長け、馬廻り役として勤めていた。惣市の子の三郎も、馬術なら弥八郎や角兵衛に後れをとらない。

「よし、馬場までついてこい」

新之助が馬にまたがり、三郎が手綱を取った。

弥八郎や角兵衛たち五人の若者が、騎乗の新之助の後を追って走りだした。

馬場は、和歌山城の東、紀ノ川の近くにあった。そこまで、駆けようというのである。

砂埃《すなぼこり》を残して、遠ざかっていく馬上の新之助の後ろ姿を見ながら、

「主従らしくなってきたわい」

と、幸真が目を細めて言った。

「いかさま」

「今夜、みなを集めてくれぬか」

幸真が急に声をひそめて言った。

「慶林寺でございますな」

三郎右衛門が目をひからせてうなずいた。

11

行灯の明りのなかに、八人の男の姿が浮かび上がっていた。幸真、三郎右衛門、惣市、平蔵、八郎兵衛、須藤左之助《すどうさのすけ》、矢崎武左衛門《やざきぶざえもん》、それに慶林寺の住職の秀雲である。

須藤左之助は関口流《せきぐちりゅう》柔術の達人だった。関口流の流祖は関口柔心《じゅうしん》。藩祖の頼宣に

見いだされて家臣となり、紀州に関口流をひろめた男である。須藤はその関口流の神妙を会得していた。

須藤は二十八歳、百石の徒士頭だった。幸真と屋敷がちかいこともあって親交があり、ある日、幸真の豊臣家を再興するという話を打ち明けられ、その壮大な奇謀に心酔し、配下にくわわったのだ。もっとも、幸真にすれば、須藤が紀州家に軽んじられていることを知り、仲間にくわわると踏んだからこそ、打ち明けたのである。

矢崎は田宮流《たみやりゅう》居合の達人だった。田宮流居合も、紀州にひろまった流である。流祖は田宮平兵衛重正《へいべえしげまさ》。重正の子の田宮対馬守長勝《つしまのかみながかつ》が、頼宣がまだ浜松《はままつ》城主だったころ召し出されて家臣となった。以後、居合といえば田宮流、田宮流といえば紀伊といわれるほどの隆盛をみる。矢崎はその田宮流居合の高弟だったが、田宮家に縁者がいなかったこともあって、疎《うと》んじられることが多かった。

そうしたおり、幸真は矢崎と親交を持ち、その居合の腕と一徹な人柄を見て、豊臣家再興の大望を打ち明けた。

矢崎は根っからの兵法者だった。幸真から話を聞いた矢崎は、

「わが剣を試してみたい」

と、目をひからせて言った。

矢崎は地位や金を望まなかった。己の剣の技量を試したいがために、配下のひとりになった。太平の世で、藩士として生きたのでは、真剣勝負もかなわなかったのである。

三郎右衛門、惣市、平蔵、八郎兵衛、須藤、矢崎。現在、この六人が幸真の影の側近で、いわば、真田の六戦士といえた。

その下に、いずれ豊臣の大将になるであろう新之助を取り巻く青少年たちの組織があったのである。

秀雲は豊臣秀頼の孫にあたり、名は吉頼、歳は四十三。いまは慶林寺の住職として、身を隠していた。

「殿、新之助さまは、驚くほどの偉丈夫にお育ちでございますぞ。殿に、体軀もお顔もそっくりでござる」

幸真は笑みを浮かべて言った。

吉頼の祖父の秀頼も巨漢の主だったが、吉頼も大柄だった。新之助は、その血筋を引いたものであろう。

「そうか。幸真、いちど新之助に会いたいものじゃな」

吉頼は相好をくずした。

「いずれ、ちかいうちに、ここにお連れする所存でございます」

「そうしてくれ。わしも、わが子の顔を見たいからな」

そう言って、吉頼は満足そうにうなずいた。

幸真は顔をあらためると、さて、と言って、一同の方に膝をまわした。

「いよいよ、われらの播《ま》いた種が成長し、ここ紀州の地に根を張り、枝葉を伸ばしてきた。いままでは、その芽が伸びるのを見守ればよかったが、さらに大樹となり徳川家をおおいつくして滅ぼすために、これからはわれらが動かねばならぬ」

「承知してござる」

三郎右衛門が言うと、他の五人もうなずいた。

「まず、将軍家に新之助の存在を知らしめ、相応の地位が与えられるようにせねばならない」

新之助は三男という立場であり、しかも母親が卑しい身分の出ということもあって、長兄の綱教、次兄の頼職と比べて軽んじられていた。このままでは、部屋住みとして一生を終わりかねない。そうならないために、将軍家に新之助の存在を印象付け、せめて三万石か四万石の領地を与えられ、大名として独立する必要があった。

「そのためには、だれか江戸へ上り、幕閣に働きかけねばならぬが」

幸真は、まず幕閣のなかで実権をにぎっている老中を探る必要があることを言い添えた。

「それは、拙者に」

須藤が言った。

江戸に関口流の道場があり、知己もいるので探りやすいという。

「ご家老や総頭《そうがしら》に、どう許しを得るな」

総頭は徒士衆を総括する頭目だった。徒士頭である須藤は、総頭の配下ということになり、勝手に出府するわけにはいかないのである。

「新之助さまに関口流柔術の神髄を伝授するため、半年ほど江戸で修行したいと申し出れば、許されるでしょう。ただ、新之助さまからの後押しも必要でござるが」

「分かった。若に頼んでおこう」

藩主、光貞と会ったとき、それとなく伝えさせるのである。

「ただ、ひとりでは心許無かろう。それに、幕閣の屋敷などに忍び込む者がどうしても必要になる。忍者をふたりほど同行させるゆえ、その者たちの手を借りるがよい」

幸真は、ここに集まっただけの手勢では足りないと思っていた。武芸の手練《てだれ》は十分だが、これからの戦いは影で動く、忍びの力が必要になる。ちかいうちに、雑賀衆や伊賀者のなかから術者を集めようと考えていた。

「かたじけのうござる」

須藤が声を低くして言った。

幸真は一同に視線をまわし、さて、領内の策だが、と話をつづけた。

「それぞれの子供たちを、若の近習として出仕させたいが、異存はないな」

幸真はそのために、新之助が幼児のころから手を打っていた。自邸の庭で共に剣術の稽古をさせたのも遊び仲間として常にいっしょに行動させたのも、新之助になくてはならない側近と認識させ、主従の関係を培《つちか》うためであった。

そうやって、新之助のまわりを真田の配下でかため、新之助を豊臣の棟梁《とうりょう》として徳川の天下に挑ませるのである。

幸真の緻密な遠謀は着々と進みつつあったのだ。

「異存はございませぬ」

平蔵が言い、一同がうなずいた。

「だが、すぐに近習として出仕させることはできぬ」

新之助は、まだ十一歳だった。家臣を持てるような身ではない。

「しばらく、いまのままだが、若が城から出たおりには、近習として仕えさせてくれ。わしの倅の角兵衛も、そうさせるつもりだ」

「承知つかまつった」

「若の身辺をわれらでかためるためにも、まず、若には大名になってもらい、さらにこの紀州、五十五万五千石の藩主になってもらわねば困るのだ」

「それで、われらはどう動きます」

三郎右衛門が身を乗り出すようにして訊いた。

「邪魔なのは、嫡男の綱教、次男の頼職だ。しばらくの間、ふたりの側近と附家老《つけがろう》の動きを探ってくれ」

この年、藩主光貞は、六十九歳の高齢だった。藩主の座もそう長くないはずである。

嗣子《しし》である綱教は三十歳。九年前、将軍綱吉の娘、鶴姫《つるひめ》と結婚し、幕府の覚えもめでたい。光貞の後継はだれが見ても、綱教であろう。ただ、綱教には子がなく、鶴姫に遠慮してか側室もおかなかった。藩主の座についた後、万一のことがあれば、次は頼職ということになる。

頼職は十五歳である。まだ脆弱《ぜいじやく》だが、数年の後には藩主に相応《ふさわ》しい男に成長するであろう。新之助が藩主の座につく目は、その頼職次第ということになる。

すでに、綱教は次期の藩主の座にそなえて、近習がその身辺をかためていた。まだ、頼職の身辺にはそれらしい動きがないが、兄の綱教が藩主の座につけば、子のないことから次の藩主の座を狙って動きだすだろう。本人にその気はなくとも、藩の実権を握ろうと狙っている重臣たちが放っておかないのである。

そうした継嗣問題で、大きな影響を与えるのが幕府と附家老の存在だった。附家老は、幕府から御三家にその家を差配するために派遣された家老で、それぞれの家の家臣であると同時に、幕府の直臣でもあった。

城持大名の格式で、紀伊には安藤《あんどう》家と水野《みずの》家が置かれていた。当然、両家は藩政に多大な影響を与えるし、幕府との関係も密である。それゆえ、新之助の扱いや継嗣問題を知るためには両家の動きを探ることが大事だった。

なお、安藤家は三万八千石を領有し、紀州の田辺《たなべ》に城をかまえていた。また、水野家は同じ紀州の新宮《しんぐう》を領し、三万五千石であった。

幸真は一同に視線をまわして、

「ただ、われらが新之助さまを藩主の座につけさせようとしていることを、他の家臣に気付かれてはならぬ。気付かれたときは、新之助さまも、殿も、われらも、即刻腹を切らねばならぬぞ」

と、語気を強めて言った。

「心得てございます」

須藤が顔をけわしくした。

「われらは、あくまで、ここにおられる豊臣吉頼さまとそのお子の新之助さまを主と仰ぎ、豊臣家再興を願う影の軍であることを忘れてはならぬ」

さらに、幸真が言うと、

「ハッ」

と一同が声を合わせ、法体の吉頼に平伏した。

いまは、吉頼が豊臣の総帥《そうすい》であった。

12

さわやかな薫風がながれていた。虎伏山は深緑につつまれ、大天守の白壁が初夏の陽射しにかがやいている。四月（旧暦）初旬。南国和歌山は山々の緑と紺碧《こんぺき》の海につつまれ、浮き立つような季節をむかえていた。

この日、新之助は幸真、角兵衛の親子とともに、和歌山城、西の丸ちかくにある馬場で騎乗していた。

新之助は十二歳になっていた。いっそう逞《たくま》しくなり、その体軀は幸真や角兵衛を超えている。ただ、暮らしぶりは以前と変わらず、加納家へ入り浸って角兵衛や仲間の者たちを引き連れて城下へ出かけることが多かった。

「父上、もうひと責めいたしますぞ」

そう言うと、新之助は栗毛の愛馬に鞭《むち》を当て、颯爽《さっそう》と馬場を駆けだした。幸真と角兵衛も、後につづく。

新之助は、まだ人目のないところでは、幸真と角兵衛のことを父、兄と呼んでいた。ただ、自分が藩主光貞の子と知り、城へ移ってからは、さすがに人前では、幸真を爺《じい》とか加納と呼び、角兵衛は呼び捨てにしていた。

それから半刻（一時間）ほど馬責めをおこない、一汗かいたところで、

「若、今夜、会わせたい人がございます」

と、幸真が言いだした。

「だれかな」

「それは、会ってからのことでございますが、若にとっては大事なお人ゆえ、他言なきようお願いいたしまする」

「分かった。陽がかたむいたら、加納家へ顔を出そう」

「お待ちしております」

馬場での馬責めはそれで切り上げ、幸真親子は吹上の自邸にもどることにした。

帰路、幸真は角兵衛と肩を並べて歩きながら、

「今夜は、殿の御前へおまえも連れていくつもりだ」

と、声をあらためて言った。

「はい……」

角兵衛の顔がひきしまった。

父が口にした殿は城主の徳川光貞でないことを角兵衛は知っていた。正体は分からなかったが、紀州に移り住んだ真田一族がひそかに主君と仰ぐ人物なのである。

その日、日没前に、新之助が加納家へやってきた。屈託のない顔をしている。

幸真は三頭の馬を用意した。家中の者の目に触れても、乗馬姿の新之助に不審の目をむける者はいなかったからである。

「馬で行くのか」

新之助は目をかがやかせた。

幸真が連れていったのは、九度山の山間にある慶林寺だった。山門の手前で下馬し

た新之助は、初めて訪れた小刹《こさつ》に怪訝《けげん》な目をむけた。幸真は、何も言わなかった。角兵衛も緊張した面持ちで黙っている。

「ここでございます」

幸真たちは山門の前に馬をつなぎ、短い石段を上った。

境内は森閑としていた。夕闇が辺りをつつみはじめ、湿気を含んだ涼気がただよっている。

「だれが、いるのだ」

「お会いした上で、お話しいたしましょう」

そう言って、幸真は新之助に目をむけた。いつになく、けわしい目である。

幸真は新之助と角兵衛を庫裏《くり》に連れていった。すでに、行灯が点《とも》り、かすかに香の匂いがただよっていたが、人影はなかった。

座していっとき待つと、廊下を歩く足音がし、吉頼が姿をあらわした。素絹《そけん》の上に墨染めの法衣を着ていた。四十半ばの吉頼はすこし肥満ぎみで、頬や首筋の肉がたるんでいた。

吉頼は座敷に入ってくると、すぐに新之助に目をやり、いとおしそうに目を細めたが、三人の前に座したときは、その表情を消していた。

「殿、お待ちの方をお連れしましたぞ」

そう言って、幸真が低頭した。

新之助は幸真の振る舞いに目を剝いた。低頭はともかく、粗末な法衣を身にまとった僧侶に、殿、という言葉をかけたことに驚いたようだ。

「このお方のことを話す前に、それがしの素性を明かさねばなりませぬ」

幸真は新之助に膝をまわし、静かな声音で話しだした。いつになく、幸真の顔は真剣だった。ふだんの父親らしい優しさや威厳はなく、強敵に挑むようなけわしい顔をしていた。

「若、話す前にことわっておきますが、われらの出自を打ち明けた後も、この幸真をはじめ、角兵衛、その他共に剣術の稽古をいたしておる者たちの若に対する気持ちは、すこしも変わりませぬ。若のためであれば、命を惜《お》しむ者はございませぬ。そのこと、なにとぞ、若のお心におとどめおかれますよう」

幸真は、新之助なら真相を知っても、その逆境に耐えられると踏んでいた。わずか七歳のとき、新之助は自分が加納家の子でないと知ったが、そのときも衝撃を克服したのである。

「うむ……」

新之助はうなずいた。瞠目し、口をきつく結んでいる。これから幸真の話す内容が、尋常なことではないと察知したようだ。

幸真は刀を左脇に置いていた。新之助がこれから話す事実に耐え、克服するであろうと信じていた。だが、万一逆上し錯乱するようであれば、この場で突き殺すつもりでいた。せっかく伸びてきた豊臣家待望の若木だが、狂乱してこの場から飛び出すような事態になれば、豊臣も真田も壊滅してしまうのだ。

「まず、てまえですが、加納平次右衛門は世間を欺くための仮の姿、まことの名は真田幸真、大坂夏の陣で討ち死にした真田幸村の曾孫でございます」

ゆらっ、と、四人の影が揺れた。

幸真が膝を乗出し強い声を出したおりに大気が動き、行灯の火が揺れたようである。

「な、なに！」

新之助は驚愕に息を呑んだ。

「さらに、三郎、重市、文次郎など、共に武芸の稽古に励んでいる者たちは真田家所縁《ゆかり》の者や豊臣家を主と仰ぐ者たちの子でございます」

幸真は強い口調で言いつのった。

「な、なぜ、そのようなことを」

新之助は声をつまらせて質《ただ》した。

「すべて、若の行く末のためでございます」

幸真は声をいくぶんやわらげ、さとすような口調で言った。

そのとき、新之助の顔に、ハッとした表情が浮いた。胸の内に、自分はおゆらと光貞の子ではないのかもしれない、という疑念がわいたようだ。

「お、おれは、だれの子なのだ！」

新之助は混乱と疑念に顔をゆがめて訊いた。

「若は、ここにおられるお方のお子でございます」

幸真はかたわらに座している吉頼の方に顔をむけて言った。

吉頼は新之助を見つめて微笑みを浮かべ、ちいさくうなずいた。

「こ、この方は」

新之助が声を震わせて訊いた。

「太閤さまの曾孫にあたられる豊臣吉頼さまに、ございます」

「な、なに！」

新之助は絶句した。顔がこわばり、紙のように蒼《あお》ざめていた。大きな体が激しく顫《ふる》えている。

新之助の脇に座している角兵衛も、目を剝いて吉頼を見つめていた。幸真が殿と呼んでいた人物は、豊臣秀吉の曾孫にあたる人物だったのだ。

大坂夏の陣からずっといままで、豊臣家と真田家の主従関係はつづいていたことになる。しかも、紀州徳川家の若君とばかり思っていた新之助が、豊臣吉頼の子だという。

角兵衛の身も激しく顫えた。新之助とちがって、角兵衛はこの真実の裏にある真田一族のおそるべき奇謀を垣間見たからである。そして同時に父幸真の知謀溢れる本当の素顔に接したような気がしたのである。角兵衛は改めて父の顔を見た。そこには、まさしく戦国武将のような毅然とした姿があった。

「新之助さまこそ、豊臣家のご嫡流にございます」

幸真は念を押すように言った。

「は、母は……」

新之助は声を震わせて訊いた。

「おゆらどので、ございます」

幸真は、その経緯を口にしなかった。いずれ、分かるが、十二歳の新之助にはあまりに酷だと思ったのである。

「なぜ、豊臣の子が、徳川家に……」

新之助の目に疑念の色が宿った。このからくりの背後にとてつもない陰謀がひそんでいることを気付いたようである。

「いずれ、お話しいたします。ですが、若は、いままでどおり、光貞さまのお子としてお暮らしいただければ、それでよいのです。われらが、若をお守りいたしますし、いずれ大名にもなっていただくつもりでおるのです」

「………！」

新之助は蒼ざめた顔で虚空を睨《にら》んでいた。幸真や角兵衛が、いままで目にしたこともない凄絶な顔だった。

「若、これは天命でございますぞ」

幸真は新之助の顔を見つめたまま必死の形相《ぎょうそう》で言った。

「うむ……」

新之助は身動《みじろ》ぎもせず、虚空を睨んでいる。

「われらとともに、合戦の場に臨んでくだされい！」

幸真が絞り出すような声で言うと、

「これは合戦なのか」

と、幸真に顔をむけて訊いた。

「関ヶ原以来つづいている徳川と豊臣の合戦にございます。若は、豊臣の総大将にございまする」

幸真の顔には、夜叉《やしゃ》を思わせるような悽愴《せいそう》苛烈な表情があった。

「そうか……」

つぶやいた新之助の双眸に、燃えるようなひかりが宿った。

第二章　真田《さなだ》戦士

1

奇妙な男だった。血の気のないくすんだ皮膚で、顔に疱瘡《ほうそう》の痕《あと》のような痘痕《あばた》がある。赤茶けた総髪は薄く、ぱさぱさして艶《つや》がなかった。小柄でひどく痩せていた。若いのか、壮年なのか、よく分からない。男は無腰で、粗末な腰切半纏《こしきりばんてん》に短い股引《ももひき》のようなものを穿《は》いていた。郷士や忍者には見えず、身装《みなり》は百姓である。

男は前に立った真田幸真を、丸い底びかりのする双眸で見上げていた。蛙《かえる》のような面貌《おもて》である。

「名は?」

幸真が訊いた。

「青蟇《あおひき》の茂平《もへい》」

くぐもった声で言った。

幸真のかたわらに控えていた西村平蔵が、青蟇の名はその風貌からきているようでございます、と小声で耳打ちした。

幸真と平蔵は伊賀上野《うえの》喰代《ほおじろ》の里に来ていた。ここは、伊賀忍者を支配した百地三太夫《ももちさんだゆう》の百地城があったところで、伊賀忍者の里ともいえる。ただ、いま（元禄《げんろく》八年、一六九五）は、険阻な山にかこまれた狭い盆地に小集落があるだけである。住人たちは、百姓、樵《きこり》、修験者、薬売りなどして細々と暮らしをたてていた。

伊賀や甲賀《こうが》の忍者が活躍したのは、戦国期から江戸初期である。徳川が天下を取り、太平の世となったいま、間諜、謀略、暗殺、放火などを得意とする忍者を求める権力者はおらず、その活躍する舞台は失われていたのだ。

伊賀者や甲賀者の多くが徳川家に仕え江戸に移り住んで、江戸城の守護、大奥の護衛、明屋敷番《あけやしきばん》（空屋敷の見回りや管理）、小普請《こぶしん》方などについていた。こうした任務に忍びの術など必要なく、他の旗本や御家人と変わらぬ暮らしぶりをしていた。

だが、伊賀や甲賀の地から、まったく忍者が消えてしまったわけではない。百姓や売薬などで暮らしを支えながら、ひそかに家伝の忍びの術を受けついでいる者たちもいた。

幸真はそうした術者を配下にくわえようと、平蔵に前もって伊賀と甲賀の地を探らせた上で、喰代の里に足を運んできたのである。平蔵も紀州流の忍者だったので、伊賀と甲賀の地に縁のある者がいたのだ。

「何をして暮らしをたてておる」

幸真がおだやかな声音で訊いた。

「近隣諸国をまわり、薬を売っている」

無愛想な顔で言った。表情もまったく動かさない。

平蔵によると、茂平は変装、隠遁《いんとん》、潜入、火術などの術もひととおり身につけているが、特別毒と薬の扱いに長《た》けているという。とりかぶと（烏頭《うず》、附子《ぶす》とも呼ばれる）、彼岸花《ひがんばな》、斑猫《はんみよう》、青蜥蜴《あおとかげ》、その他の毒草、毒虫、毒蛇などの知識が豊富で、しかも茂平はそうした毒物に当たらぬような訓練をつんでいた。

たとえば、とりかぶとはその塊根に猛毒があるが、その毒を抽出し、初めはごく微量に摂取して体に慣らし、すこしずつ増やしていって常人の致死量を越えても死なない抵抗力をつけるのである。子供のころからこうした訓練をつづけ、茂平は多くの毒に対して強い抵抗力を持つ体を作り上げていた。茂平の肌が生気がなく疱瘡の痕のようなものがあるのも、毒の摂取のためなのである。

毒のなかには用い方によっては薬となるものもある。たとえば、とりかぶとも生薬となるし、斑猫なども皮膚病、腎臓病の薬にもなった。そのため、茂平は薬のことにも明るかったのである。

「わしの家臣とならぬか」

「どなたさまで、ございます？」

茂平の底びかりする目に訝《いぶか》しそうな色が浮いた。

「真田家当主、幸真じゃ」

「真田？」

「大坂夏の陣で討ち死にした真田幸村の一子大助の孫だが、いまは名を変え、さる大名に仕えておる」

幸真は、茂平が承知するまで紀州藩士であることを伏せておくつもりだった。

「まさか……」

茂平の顔に驚愕の色が浮いた。無理もない。幸村とその嫡男、大助は大坂夏の陣で討死したことになっているので、大助の孫がこの世に存在するはずはないのである。

そのとき控えていた平蔵が、

「驚くのはもっともだが、虚言《そらごと》ではない。しかも、ここにおられる幸真さまは大望も持ち、腕のある者たちを探しておられるのだ」

と、言い添えた。

「大望とは？」

「徳川の天下を覆《くつがえ》し、ふたたび豊臣の世にもどすこと」

幸真の顔は平静だった。

「な、なに！」

茂平は目を剝いた。

「にわかに信じられぬであろうが、そのために、わが真田一族と豊臣恩顧の者の末裔《まつえい》たちが動いておる」

「……………！」

茂平は息を呑んだまま幸真を凝視していた。

「どうじゃ、茂平、その術、天下取りのために生かしてみようとは思わぬか。それとも、このまま薬売りとして伊賀の里で朽《く》ち果てるか」

「な、なれど、徳川の天下を覆すなど……」

茂平の声は震えを帯びていた。目が異様にひかっている。激しい興奮が身をつつんでいるようだ。

「できる。策を用いればな。すでに、徳川御三家の一角をくずしておる。やがて、御三家のひとつを乗っ取り、江戸の徳川家へ合戦を挑むつもりだ。そなたには、真田の戦士として合戦に臨んでもらう」

幸真の物言いは静かだったが、心にひびく重みがあった。

「や、やる。やらせてくれ！」

茂平は声をつまらせて言った。蒼ざめた顔が、怒張したように赭黒《あかぐろ》く染まっていた。激しい血の滾《たぎ》りが、体を熱くしているようである。

その後、幸真は平蔵と茂平を連れ、伊賀と甲賀の地をまわり、さらにふたりの術者を配下にくわえた。

伊賀者、鶉《うずら》の飛助《とびすけ》。

甲賀者、袖火《そでび》の雷造《らいぞう》。

飛助は二十がらみ、小柄で敏捷な男だった。鶉隠れの術が得意なことから、その名で呼ばれているという。鶉隠れは、己の動きをとめて気配を消し敵の目をそらす隠遁術である。鶉に似たような習性があることから、鶉隠れと呼ばれている。

飛助は尾行、潜入、手裏剣なども巧みで、己の関節を自在に外し、頭の入る隙間があれば、どこへでも潜入できる特技もあった。

雷造は熊のような巨漢だった。浅黒い肌をし、左頬から顎にかけて火傷の痕があった。強力の主で火術に長けている。顔の火傷は、子供のころ誤って顔のちかくで火薬を爆発させたために負ったという。

飛助と雷造も、己の術を存分に生かしてみたい、と言って、幸真にしたがったのだ。

幸真は三人の術者を連れて、和歌山城下へもどった。ただ、三人を身辺におくわけにはいかなかった。新之助が大名になれば、側近として仕えさせるつもりだったが、いまは藩士の目から隠しておきたかった。

幸真は三人をしばらく慶林寺に隠し、須藤左之助の従者として江戸へむかわせることにした。左之助の出府はおもてむき関口流柔術の修行であったが、部屋住みである新之助がせめて三、四万石の大名になれるよう幕閣に働きかけるためである。

幸真は紀ノ川の岸まで須藤を見送り、

「ご老中に、若のことを知らしめるだけでよいぞ」

と、念を押した。

左之助には江戸に関口流柔術の知己がいるとはいえ、幕閣に会うのもむずかしいと思われたからだ。

「心強い供がいるゆえ、何とかなりましょう」

そう言って、左之助は茂平たち三人の従者に目をむけた。

2

「もうひと責めするぞ。ついてこい」

馬上の新之助が声を上げた。

「おお！」

すぐに応じて、三郎、角兵衛がつづく。三騎は砂塵を上げ、紀ノ川の川岸を疾駆していく。和歌山城の北方、紀ノ川沿いにある馬場を出て、川岸の砂地を走らせているのだ。ときおり浅瀬へ乗り入れ、三騎の上げる水飛沫《しぶき》が初夏の陽射しを反射《はね》て、馬体を陽炎《かげろう》のように揺らして見せた。

紀ノ川の河口は風光明媚《ふうこうめいび》な地だった。川沿いに青松がつづき、その先には和歌浦の紺碧の海原がひろがっている。この辺りには漁業にたずさわる者が多く住んでおり、ときおり漁師を乗せた舟が川面を下っていく。

「若は、ちかごろ荒れておられるようだが」

馬場ちかくの一段高くなっている土手の上から、疾駆する三騎を目で追いながら弥八郎が言った。

「やはり、平静ではおられぬのだろう」

文次郎が言った。脇に立っている重市も、心配そうな目を馬上の新之助にむけている。

新之助は、己が豊臣吉頼の子であり、豊臣家の総大将として徳川の天下に挑まねばならぬ宿命を負っていることを知ってから素行が荒れてきた。剣術や柔術の稽古は実戦さながらに激しかったし、乗馬も平坦な馬場より、河原や海辺の砂浜での馬責め、あるいは遠乗りなどを好むようになった。

また、海や川で泳いだり魚を釣ったり、領民の若者の喧嘩《けんか》に割って入ったり、南紀徳川家の若君らしからぬ素行が目についた。

「若は、まだ十二歳であられる。やはり、荷が重いのであろうか」

文次郎は眉宇《びう》を寄せた。

「苦しんでおられるのだ。紀州徳川家の若君の面をかぶり、徳川に弓を引くのは辛いのであろう。そうした若のお心を察した上で、われらは若をお支えし、お守りせねばならぬのだ」

弥八郎は文次郎と重市に目をむけながら言った。二十歳になる弥八郎は、大人としての分別も持っていた。

視界の先で、三騎が反転した。もどってくるようだ。

そのとき、ふいに重市が身をかがめて、土手の先にある雑木林の方に目をむけた。

「だれかいる」

重市の声に、弥八郎と文次郎も雑木林を見た。栗や櫟《くぬぎ》の疎林のなかに、人影がふたつ見えた。ただ、遠方のため常人には、武士か百姓なのかも識別できなかった。

「和歌浦にいたふたりだ」

文次郎が言った。

文次郎の出自は雑賀衆で、鉄砲の名手として知られた家柄だった。その家で、文次郎は幼いころから鉄砲術の訓練を受けており、鷹や鷲のような遠方のものを見定める視力を持っていた。

昨日、弥八郎たちは新之助の供で和歌浦に行き、泳いだり貝を採ったりして遊んだ。そのとき、岩場からこっちの様子を窺《うかが》っているふたりの男に気付いたのだ。粗末な茶の小袖に裁着袴《たっつけ》。軽格の藩士か郷士のように見えた。ただ、そのときは目にとめただけで不審を抱いたわけではなかった。

「二度目となると、われらの様子を探っているとみなければなるまいな」

弥八郎が、もどってくる三騎に目をやって言った。

「若のことを探っているのか」

重市が声を殺して訊いた。

「それしかあるまい」

「何者なのだ」

「分からぬ。いずれにしろ、若の敵であることはまちがいない」

「どうする？」

「重市、文次郎、ふたりを尾けて、行き先をつきとめろ」

「承知」

重市がちかくにあった灌木《かんぼく》の陰に、スッと身を隠した。つづいて、文次郎がその場から姿を消した。重市は子供のころから紀州流忍者の訓練を受けていた。また、文次郎も雑賀衆として、鉄砲の他にひととおり忍びの術も身につけていたので、侵入、潜伏、尾行、探索などは巧みである。

ひとりになった弥八郎のそばに蹄《ひづめ》の音をひびかせ、まず新之助が、つづいて角兵衛と三郎が馬首を寄せてきた。

「どうだ、太郎丸《たろうまる》の脚にはかなうまい」

新之助は浅黒い顔に白い歯を見せて、快活に言った。陽に灼《や》けた顔に汗が浮き、砂埃がついていた。

太郎丸は、新之助が名付けた愛馬である。気性は荒いが、脚の迅《はや》い栗毛の駿馬《しゅんめ》だった。

「若の手綱さばきも、お見事です」

三郎が手の甲で汗をぬぐいながら言った。

そのとき、新之助は立っている弥八郎のそばに、文次郎と重市の姿がないことに気付いたらしく、

「文次郎と重市はどうした？」

「ふたりは、所用ができ、先にもどっております」

弥八郎はふたりの不審者のことは、口にしなかった。正体が知れるまで、新之助の耳には入れまいと思っていたのである。

雑木林のなかのふたりは、なかなか動かなかった。その目は新之助たちにそそがれたままである。

3

重市と文次郎は、半町ほど離れた笹藪《ささやぶ》の陰からふたりの後ろ姿を見つめていた。

「やはり、若を見張っているようだ」

重市が声を殺して言った。文次郎は、重市と目を合わせてうなずく。

いっときすると、新之助たち騎馬の三人が馬場の方へもどり始めた。弥八郎が新之助の手綱を取っている。

雑木林のふたりが動きだした。灌木の陰や樹陰に身を隠しながら、新之助たちの跡を尾けていく。そのふたりの跡を、重市と文次郎が尾ける。

新之助たちを尾けるふたりの男は執拗《しつよう》だった。三頭の馬を厩《うまや》にもどし、城下へもどっていく新之助たちをさらに尾けていく。

道は城下へ入り、辺りに人影が多くなった。陽は紀ノ川の河口の先に沈み、家並の影が通りをおおっていた。

道の両側に町家がつづき、行き交う職人や商家の奉公人らしい男が、慌《あわ》てて新之助たち一行に道をあける。言いがかりでもつけられるのを恐れるのか、それとも身分のある者の一行と思うのか。いずれにしろ、新之助たちには威勢と自由闊達《かったつ》な雰囲気があり、町人たちも、ふだん目にする若者たちとは異質なものを感じとったようである。

正面に虎伏山にそびえたつ和歌山城の三層の大天守が見えてきた。道は武家地に入り、両側に大小の武家屋敷が軒をつらねていた。

今日、新之助は城へは帰らず、吹上にある加納平次右衛門の屋敷へ泊まることになっていた。新之助は城下に出たおりは加納家に立ち寄り、寝泊まりすることが多かったのだ。

藩主の光貞も重臣たちも、新之助が四男の厄介《やっかい》者であり加納家で育てられたこともあって、新之助の城下での宿泊を許していた。

新之助が加納家の門からなかに入るのを見届けると、尾行していたふたりの男は物陰から出て、来た道を引き返していった。

重市と文次郎は前後に間をとって、ふたりの男の跡を尾けていく。

ふたりの男は城の北側の本町二丁目へ出た。正面に北濠《きたぼり》にかかる京橋《きょうばし》が見えてきた。京橋を渡った先の左右の大きな屋敷が、附家老の安藤家と水野家である。

その京橋の手前で、ふたりの男は右手の路地に入り、長屋門の前で足をとめた。八百石から千石格の藩士の屋敷である。

ふたりの男はだれもいないのを確かめるように通りの左右に目をやってから門扉をあけて、なかに入っていった。

「だれの屋敷だ？」

重市が声を殺して訊いた。

「たしか、加納さまと同じ大番組頭の蜂谷次左衛門《はちやじざえもん》さまのお屋敷だが」

大番組頭は大番頭の配下で、平時は番衆を率いて城の警備、藩主の外出時の身辺警護などにあたっている。紀州藩には、ふたりの大番頭の下にそれぞれ数人の組頭がいて平次右衛門もそのひとりであった。ただ、平次右衛門は現在新之助の傅役《もりやく》の立場で、組頭の任からははずれている。

「どうする？」

今度は、文次郎が訊いた。

「ちょっと、覗《のぞ》いてくる」

重市は、しばらくどこかに身を隠して待っていてくれ、そう言い残すと、築地塀《ついじべい》に刀を鞘ごと立て、その鍔《つば》に趾《あしゆび》をはさんで塀の上に飛び乗った。重市が帯びていたのは忍刀である。忍刀は登器にも使えるのだ。

重市はつかんでいた細引を手繰《たぐ》って刀を引き上げると、身をひるがえして敷地内に消えた。かすかな着地の音がしただけで、後は足音ひとつ聞こえなかった。

文次郎は苦笑いを浮かべながらその場を離れ、斜向かいの屋敷の板塀の陰に身を隠した。忍びの術は、重市の方がはるかに上だった。この場は重市に任せるしかないのである。

夕闇が辺りをつつんでいた。重市は塀沿いの闇溜《やみだ》まりをつたい、忍び足で母屋の方に近付いていく。

庭に面した障子が、仄《ほの》かに明らんでいた。かすかに人声がする。どうやら、屋敷内に入ったふたりは、その座敷に通されたようだ。

重市は深草兎歩《しんそうとほ》の法を遣《つか》った。右手を地面につき、その上に右足をつき、次に左手を地面につき、左足をその上につく。そうやって、前へ進んでいくのだ。この歩行術は遅いが足音を完全に消してくれる。

重市は廊下へ近付くと、床下にもぐり込んだ。ただ、床下は狭く、座敷の下までは進めない。仕方なく、重市は廊下の下で耳をたてた。

重市の聴力も常人の比ではない。子供のころから、小音聞《さおとぎ》きの修行を積んでいたからだ。この修行は針を板の上に落とし、その音を聞き取り、しだいに距離を取っていく。この修行を積むと聴力が増すだけでなく、雑音のなかでも必要な音だけを聞き分ける能力がつくのである。

男のくぐもったような声が聞こえてきた。声をひそめて話している。盗聴されぬよう、用心しているようだ。常人では、障子の陰に張り付いていても聞き取れないだろう。

「蜂谷さま、新之助君《ぎみ》に変わった動きはございませぬ」

男は、新之助たちが和歌浦で貝を採ったり、乗馬などで日を過ごしていることを話した。

「加納家では何をしておる」

しゃがれた声が聞こえた。その物言いから判断して、当主の蜂谷のようである。

「若者が、剣術や柔術などの稽古をしているようでございます」

「どのような者たちだ」

「みなはつかんでおりませぬが、加納平次右衛門さまの倅、角兵衛、川村三郎右衛門さまの倅、弥八郎」

男は、つづいて文次郎と三郎の名も挙げた。

「いずれも、武芸を身につけている者の倅だが、そやつらだけではないぞ。ちかごろ加納は、矢崎武左衛門や先日出府した須藤左之助たちとも接触していると聞いておる」

「紀州藩では、武名のある方たちでございますな」

「あの、まじめだけが取り柄の男が、養い親になって、のぼせあがり、よからぬことでもたくらみ始めたか」

　蜂谷のつぶやくような声が聞こえた後、口をひらく者がないらしく、しばらく静寂がつつんでいたが、また、蜂谷の声が聞こえた。

「手をこまねいて見ているわけにはいかぬ。前田《まえだ》、臼井《うすい》、ひきつづき、加納と新之助さまの身辺を探れ」

　ハッ、という声がし、つづいて立ち上がる気配がした。障子をあけて出ていくふたりの足音が聞こえ、しばらくして、何か手を打たねばならぬな、という蜂谷の独り言が聞こえた。それから、ときおり膝をずらすような音がしたが、立ち上がる気配はなかった。

　蜂谷は座敷に座したまま黙考しているようである。

燭台の火に、五人の男の顔が浮かび上がっていた。いずれも、屈託のある顔をしている。真田幸真、川村三郎右衛門、中村惣市、西村平蔵、明楽八郎兵衛である。

加納家の奥座敷に五人が座して、半刻（一時間）ほど経つ。まず、平蔵が倅の重市から聞いた蜂谷家でのことが伝えられ、つづいて八郎兵衛が文次郎から聞いたことを言い添えた。

その後、いっとき五人は黙したまま顔をつきあわせていたが、

「蜂谷がな」

と、幸真がつぶやくような声で言った。

幸真は同じ大番組頭だったので、蜂谷のことはよく知っていたが、胸襟《きょうきん》をひらいて話したことはなかった。

ただ、蜂谷が幸真に好感をもっていないことは感じていた。同じ大番組頭である幸真が、新之助の傅役という立場から、藩内で重きを置かれているのがおもしろくないのかもしれない。

「前田、臼井という男は」

川村が訊いた。

「蜂谷の配下の番衆でござる」

答えたのは、平蔵だった。倅の重市から聞いて、前田と臼井のことも調べたのであろう。

「加納さま、蜂谷は何を探っているのでござろうか」

川村は幸真に目をむけた。

屋敷内では、幸真のことを加納と呼ぶ。真田幸真の名は出さない。どこに、敵の耳目があるか、知れないからだ。

ただ、加納家の家臣や奉公人、それに妻のおしずは、幸真から新之助君の小姓《こしょう》役の親たちだ、と話されていて、川村たちが屋敷に集まることに不審を抱いてはいなかった。

「われらが、新之助君を擁して何か陰謀をめぐらせているとでも思っているのかもしれぬな」

幸真は声をひそめて言った。

「まさか、われらが紀州家を乗っ取ろうとしていることを感づいたわけでは」

川村が身を乗り出すようにして言った。他の三人も、顔をこわばらせている。

「そこまでは、思うまい。なにせ、若は部屋住みの四男だからな。頼純《よりずみ》さまのように分知でも狙《ねら》っていると、憶測しているのかもしれぬ」

幸真は抑揚のない声でいった。

徳川頼純は、紀州藩の藩祖である徳川頼宣の三男として生まれた。紀州藩で五万石分知されたが、その後幕府から西条藩《さいじょう》三万石に封ぜられたため、分知された五万石のうち三万石は宗家に返上し、二万石は蔵米二万俵と振り替えた。以後、西条藩は三万石の大名として、紀伊徳川家の唯一の支藩として今日にいたっている。

「それにしても、なにゆえ、蜂谷は新之助さまのことを気にするのです」

平蔵が不審そうな顔をした。

「分からぬか。蜂谷は、大番頭《おおばんがしら》、神山甚内《かみやまじんない》さまの手飼の者だ。神山さまはご三男の頼職さまを担いでいる」

神山は数年前まで、頼職の小姓頭をしていた。その後、大番組頭、大番頭と栄進している。その出世の裏には、頼職が強く藩主の光貞に働きかけたからだともいわれていた。

蜂谷は幸真に対抗し神山を通して頼職を担ぐことで、神山と同じように出世を狙っているのであろう。

「なるほど、新之助さまが分知でもされれば、頼職さまの方が一生部屋住みの憂《う》き目をみる、そういうことですな」

「おふたりとも、分知ということもあろうが、そうなれば、石高は抑えられるからな。頼職さまとしては、新之助さまが一生部屋住みで終わることを望んでおられるだろう」

紀州藩の跡を継ぐのは、嫡男の綱教でほぼ決まりだった。綱教は三十一歳、将軍綱吉の娘鶴姫と婚姻し、幕府の覚えもめでたかった。

そうなると、三男や四男は厄介者である。一生厄介者で終わりたくなかったら、宗家から分知してもらうか、幕府から幕領に封ぜられるかして、家をたてねばならない。

二万石であれ三万石であれ、側近として仕えた若君が大名になれば、取り巻きの者たちも相応の恩恵がある。家老や奉行の重職も、夢ではないだろう。

「それにな、ちかごろ神山さまは、重上《しげたか》さまと昵懇《じっこん》だと聞いておる」

水野重上、紀州藩の附家老であり新宮藩三万五千石の藩主でもあった。六十二歳の老齢だが、綱教と鶴姫君の納幣《のうへい》の使いをはたし、いまなお矍鑠《かくしゃく》として紀州藩への影響は多大であった。

なお、同じ附家老の立場にある田辺藩主、安藤直名《なおな》は弱冠十六歳だった。領内を治めるのがやっとで、紀州藩へ口をはさむどころではなかった。

「何か、仕掛けてきましょうか」

川村が訊いた。

「来るな。若の身辺を探るだけではすむまい」

幸真は、何か手を打たねばならぬな、と蜂谷がもらしたという言葉が気になっていた。まさか、新之助の命を狙ってくるようなことはあるまいが、新之助の立場を危うくするような手を打ってくるとみなければならない。それに、側近として仕える幸真たちにも探索の目がそそがれることになるだろう。

「われらは、どう動きましょうか」

川村が言い、一同が幸真に視線を集めた。

「まず、蜂谷、神山、それに重上さまの動きを探らねばならぬ。そして、敵の打つ手を事前に察知し、何としても若の身をお守りするのだ」

「それは、われらが」

平蔵が言い、惣市と八郎兵衛がうなずいた。

潜入、探索などは、忍者の仕事である。平蔵、惣市、八郎兵衛の他に、その子供たちも忍びの手練であった。

「して、拙者は」

川村が訊いた。

「そこもとの腕を生かすのはこれからだが、いまは敵に疑念をいだかせぬよう若の剣術の稽古に専念してもらいたい」

「承知した」

川村は苦笑いを浮かべた。

「それにしても、今後、若は辛《つら》い立場にたたされるであろうな。城内では、若の居場所がないだろう」

幸真の顔を憂慮の翳《かげ》がおおった。

5

襖があき、裃《かみしも》姿の小姓が姿を見せた。西田牧太郎《にしだまきたろう》という頼職に長く仕えている男である。二十半ば、面長で目が細く、狐のような顔をしていた。

「新之助さま、夕餉の支度がととのいましてございます」

西田は慇懃《いんぎん》に声をかけた。

和歌山城、二の丸の中奥の居間でくつろいでいた新之助はすぐに立ち上がった。腹がすいていた。城下にいるときは、腹がへれば、加納家で菓子や茶、握り飯などを所望して食べていたが、城内にいるときは勝手なことはできない。

「新之助さま、夕餉の膳には殿と頼職さまもごいっしょなされます。粗相なきよう、お心気張りのほど、お願いいたします」

膳立の間にむかう新之助に、西田が言い聞かせるような口調で言った。

藩主光貞は参勤を終え、江戸から紀州にもどっていた。何か特別な事情でもあったのか、長兄の綱教も鶴姫とともに江戸の藩邸から紀州にもどっていたが、食事をともにすることはなかった。新之助は、光貞、頼職と食膳に座ることが多かった。

「分かっている」

新之助は、光貞や頼職とともに食事するのを好まなかった。堅苦しい上に、頼職は新之助を毛嫌いしていて、その態度を露骨に示すのだ。

膳立の間の襖をあけると、すでに頼職は来ていて、ふたりの若い小姓と談笑していた。新之助が座敷に入っていくと、頼職は話をやめ、不快な顔をして、もっとむこう行け、というふうに片手を振った。ふたりの小姓は目を合わせて、口元に嘲笑を浮かべている。

新之助は末座で、いつも光貞や頼職とすこし離れて座っていたが、いつもの場所よりさらに間を置いて腰を下ろした。

「なんという格好だ。図体ばかりで、まるで足軽や中間《ちゅうげん》のようではないか」

頼職は新之助を見て、顔をしかめた。西田とふたりの小姓は、視線を膝先に落として笑いを嚙《か》み殺している。

この年、頼職は十六歳。中背で、ほっそりしていた。色白で、のっぺりした顔は光貞似である。それに、江戸の藩邸で過ごすことが多く、紀州の田舎《いなか》臭さのない洗練された雰囲気をもっていた。

一方、新之助は十二歳だが、すでに六尺ちかい巨軀で、日頃城下に出て馬に乗ったり武芸の修行をしていることもあって、筋骨逞《きんこつたくま》しい偉丈夫だった。しかも、色は浅黒く、顔にあばたがあり、贔屓《ひいき》目にみても美男とはいいがたい。頼職のいうとおり、若君らしからぬ田舎者まる出しの風貌である。

それに衣装がまるでちがっていた。頼職は絹の縞物《しまもの》を着流していたが、新之助は粗末な木綿《もめん》の小袖と小倉袴《こくらばかま》という軽格の藩士のような身装《みなり》だった。しかも汚れて皺だらけである。新之助は贅沢《ぜいたく》なものを嫌い、動きやすい質素なものを好んだのだ。

「新之助がいっしょでは、せっかくの馳走もまずくなったらしく、笑いをもらした。

頼職がそう言うと、三人の小姓は耐えられなくなったらしく、笑いをもらした。

頼職は新之助に嫌悪と敵意の目をむけることが多かったが、内心新之助を恐れていた。頼職は四歳も年齢差があるにもかかわらず、新之助の巨軀に圧倒され、いい知れぬ恐れと不安を抱いていたのである。その恐れと不安が嫌悪と敵意となってあらわれたといってもいい。

それに、頼職は己の将来に対しても強い不満を持っていた。兄は将軍の娘を正室にし、万全な未来が約束されているのに、このまま行けば自分は一生部屋住みの身である。その不満が、粗暴とも見える新之助にむけられ、露骨な蔑視となっていたのである。

一方、新之助は、視線を膝先に落としたまま頼職や小姓たちの嘲弄《ちょうろう》に耐えていた。

頼職は血を分けた兄弟ではなかった。光貞も実の親ではない。新之助にとって、頼職や光貞は敵側だった。徳川の敵将なのである。新之助は城内にいるとき、敵側の人質になっているような気がしていた。

——おれは、豊臣の総大将だ。

そう心の内で叫んでも、それをおくびにも出せない。

ただ、光貞の子としてふるまい、嘲笑や嫌がらせに耐えるしかないのである。宿命とはいえ、この重圧に尋常な子では耐えられなかっただろう。だが、新之助はその並外れた体軀と同じように子供ながら心も強靱であった。それに、豊臣の総大将として徳川に戦いを挑まねばならぬという使命が、新之助の心を支えていたのかもしれない。

いっときすると、光貞がふたりの小姓をしたがえて姿を見せた。すぐに、小姓たちは納戸に控えていた者たちとともに、食膳を光貞、頼職、新之助の前に運んできた。

光貞は七十歳。かなりの老齢だが、耄碌《もうろく》した様子は微塵もなく、肌には壮年を思わせるような色艶があった。

徳川御三家紀州藩の食事といっても、それほど贅沢なものではない。一汁三菜である。菜は香の物、豆腐、それに焼き魚であった。

箸《はし》は杉の白箸。陶器の食碗に飯、木椀に汁が入っている。御膳の脇に木盃があり、光貞と頼職は、これで酒を飲む。

空腹に耐えていた新之助は光貞が食べ始めるのを見ると、すぐに飯を食い始めた。夢中で箸を動かす新之助の様子を見て、

「父上、新之助は腹をすかせた犬か猫のようでございますな。やはり、素性でございましょうか」

と、口元に嘲笑を浮かべて言った。新之助の母親のおゆらが、身分の卑しい巡礼であったことを皮肉ったのだ。

「これ、新之助、そう慌てずに食べろ。まるで、端武者《はむしゃ》のようではないか。余は、ゆるりと酒を飲むつもりでおるのじゃ」

光貞はそう言って、そばに控えていた小姓に盃をむけた。

すばやく、小姓が手にした銚子で酒をつぐ。

「頼職も、お相伴いたします」

そう言って、頼職も傍《かたわ》らの小姓に酒をついでもらった。こうした場での頼職は抜け目ない。父に取り入るため、機敏に反応する。

新之助は、まだ酒を飲まなかった。ただ、飯を食うしかない。新之助は三杯もおかわりした。その旺盛な食欲に、小姓たちも驚いている。四杯目の碗を小姓の前に出したとき、

「兄より多く食べて、どうする」

と、光貞が言った。口元に苦笑が浮いている。

深い意味はなかったろう。光貞は、新之助が四つも年上の頼職より大食いなのを見て驚いて口にしただけなのかもしれない。

だが、その言葉は新之助の胸に強く突き刺さった。言葉どおり、兄より多く食べてはいけないととったのだ。人一倍食欲旺盛な新之助にとって、食事を制限されるのが、もっとも辛いことであった。

――食事さえも、兄に遠慮せねばならぬのか。

新之助はひどく情けない気持ちになって、四杯目の碗をひっこめた。

光貞と頼職は新之助の心の内を知ってか知らずか、話題を江戸のことに変え、盃をかたむけ合っている。その話題にくわわれない新之助は針の筵《むしろ》に座らされたような思いで、凝《じっ》と耐えているしかなかった。

翌朝、新之助は城を飛び出した。城外の大気に触れると生き返ったような気になる。

新之助はすぐに加納家に足をむけ、角兵衛や弥八郎などと剣術や柔術の稽古に汗を流した。それがすむと、愛馬にまたがって紀ノ川沿いや和歌浦ちかくの砂浜を疾駆した。そうやって、城内での鬱憤を発散させていたのだ。

6

「若、おもどりくだされ！」

角兵衛が、馬上の新之助に声をかけた。

この日、新之助は三郎と弥八郎をしたがえ、紀ノ川沿いの砂原で馬責めをおこなっていた。角兵衛は、奥の間で寝たきりの大助の体調がおもわしくなかったため幸真にとどまるよういわれて屋敷内にいたのだ。

駆けもどってきた新之助は、角兵衛の前で馬をとめた。

「どうした、角兵衛、何かあったのか」

「すぐに、わが家へお越しくだされ」

「急用か」

「はい、すぐに若をお連れするよう父から仰せつかってきました」

「もうひと責めしたいが、かなわぬか」

まだ、新之助が河原に来てから小半刻（三十分）も経っていなかった。新之助にすれば、これからというときだった。

「なにとぞ、すぐに」

角兵衛は切羽《せっぱ》詰まった声で言った。

「分かった。すぐに、まいろう」

新之助は何か異変が起こったのを察知したようだった。

「されば、角兵衛、弥八郎の馬に乗れ」

新之助は、加納家まで馬を走らせようというのだ。

「若、それはなりませぬ。いつもどおり、馬は厩においてからお越しいただきたいのです」

角兵衛は顔をこわばらせて言った。幸真から、人目を引かぬため普段どおりにお呼びするよう強く命じられていたのだ。

新之助は三郎と弥八郎をしたがえて馬場へもどり、愛馬、太郎丸を厩に返してから、角兵衛とともに加納家へむかった。三郎と弥八郎は、角兵衛の指示でそのまま自邸へもどることになった。

加納家にむかう新之助たちの跡を尾ける者がいた。ふたりの忍者である。新之助も角兵衛も尾行者には気をくばっていたが、気付かなかった。それだけ、ふたりの尾行術は長けていたのだ。

玄関先で、幸真が出迎えていた。微笑はなかったが、いつもと変わらぬ穏やかな顔付きである。

「若、ようこそ、おいでくだされた」

そう言って、ちいさく頭を下げた後、庭の方に目をやった。

庭の植え込みの陰に人影があった。こちらへ顔をむけている。平蔵だった。幸真と目を合わせてうなずくと、スッと別の樹陰に身を移して姿を消した。新之助と角兵衛には、平蔵の姿は見えなかった。

「平次右衛門、何かあったのか」

新之助は、加納家でも真田幸真の名は口にしなかった。己が豊臣の直系であることや側近たちが真田一族とその配下の者たちであることは、秘中の秘だった。それが知れれば、己はもちろん幸真たちも生きてはいられないのだ。

「爺《じい》さまに、会っていただきたいのです」

幸真が小声で言った。

「奥の爺か」

新之助は、屋敷の奥で寝たきりでいる幸真の祖父のことを知っていた。幼いころは、そばで遊んだこともある。

「もう、長くはございませぬ」

奥へむかう廊下で、幸真が小声で言った。

「体がよくないのか」

「冥途へ旅立つ前に、いま一度、若にお会いしたいとのことです」

「うむ……」

わざわざ呼び寄せたところを見ると、臨終がちかいのだろう。こころなし、幸真と角兵衛の顔がこわばっていた。

障子をあけると、喘ぎ声が聞こえた。薄暗い座敷に夜具がのべてあり、天井に顔をむけた老爺の横顔が見えた。痩せ衰え、頭蓋骨に皮を張り付けたようである。苦しげな喘ぎ声を漏らす度にとがった顎が上下し、伸びた白髯が揺れていた。

妻や下女は下がらせたのであろう。座敷には、老爺の姿しかなかった。

「爺さま、若をおつれしましたぞ」

枕元に座した幸真が、耳元に口を寄せて言った。

すると、とじたままだった老爺の目があいた。大きな目だった。何かを探すように、瞳が動いた。

「わ、若……」

とがった喉仏が動き、歯のない口からかすれた声がもれた。

そして、そばに座して覗き込んでいる新之助の顔を目にすると、夜具の下から枯れ木のような手を這わせ、新之助の手を握ろうとした。

新之助は老爺を見つめたままその手を握りしめてやった。

すると、その目が細くなり、乾いた唇がゆがんだ。笑ったようである。

「ひ、秀頼さま、そっくりで、ございますぞ。……豊臣の天下も、夢ではございませぬ」

老爺の痩せさらばえた顔に、かすかに夢見るような表情が浮いた。

「あなたさまは」

新之助が訊いた。老爺が口にした名は、豊臣秀吉の嫡男の秀頼ではないかと気付いたのだ。

老爺は答えなかった。夢見るような表情のまま新之助を見つめているだけである。

「爺さまは、大坂城から秀頼さまと落ち延びた真田大助にございます」

脇から幸真が小声で言った。

「真田大助！」

新之助は息をつめ、老爺の顔を見つめた。

徳川と豊臣の最後の合戦である大坂夏の陣に、父幸村とともに参戦し、最後まで秀頼のそばを離れず落城する大坂城とともに討死したと伝えられている真田大助、その人であった。その勇者が、いま新之助の目の前で息を引き取ろうとしていた。

だが、それほどの衝撃はなかった。新之助は、自分の父親が秀吉の曾孫にあたる吉頼であることを知ったときから、大坂城から秀頼を助け出した者がおり、それが真田大助ではないかとの思いがあったからである。

「わ、若」

大助が絞り出すような声で言い、新之助の顔を探すように視線を動かした。

「新之助は、ここにおるぞ」

そう言って、握っている手に力をこめた。

「若、徳川との合戦は、これからで、ございますぞ。さ、真田は、かならずや、若とともに豊臣の天下に……」

そう言うと、カッと両眼を瞠《みひら》き、頭をもたげようとした。

が、わずかに頭が動いただけで、喉のつまったような呻き声がもれ、ふいに呼吸が荒くなった。そして、二度、息を吸い込もうとして口を動かしたが、ふいに、がくりと顎が落ちた。眠ったように目をとじたまま動かない。

身動《みじろ》ぎする者もなく、辺りは深い静寂につつまれていた。

いま、巨星が墜《お》ちたのである。

7

「いる！」

平蔵は灌木の陰から目を凝らした。

加納家の母屋の戸袋の陰に、人影が張り付いていた。常人なら、そこに目をむけても人がいるとは思わなかったであろう。

陽は家並のむこうに沈み、薄闇が物陰に忍んできていた。侵入者の柿茶《かきちゃ》の装束《しょうぞく》は暗がりに溶け、闇がかすかに濃くなっているように感ずるだけである。

忍者だった。板壁に耳を当てて屋敷内の声を聞き取っているのだ。

――なかなかの術者だ。

と、平蔵は見てとった。

平蔵は、幸真から、若君を尾行している者たちがいる、この屋敷へも侵入し、若君とわれらの話を盗聴しようとするであろう、その者を捕らえてもらいたい、と指示されていた。

　──だが、捕らえることはできぬ。

　と、平蔵は思った。

　忍者は捕らえられる前に自決する。腕のいい忍者なら、ただ自決するだけでなく、己の顔をつぶして正体をも隠そうとするのだ。

　斃《たお》すしかなかった。平蔵は足音を消して、そろそろと母屋の方に近付いていった。もうすこしで手裏剣が打てるところまで接近したとき、ふいに戸袋の人影が動いた。

　──しまった！　気付かれた。

　次の瞬間、侵入者は犬走りを疾走していた。忍び装束が疾風のように夕闇をよぎる。

　平蔵も走った。

　侵入者が姿を見せたのは、一瞬だった。すぐに犬走りから植え込みの陰に飛び込み、姿を消してしまった。かすかに、植え込みのつつじの葉叢《はむら》が動いただけで、後は足音も聞こえない。

　平蔵は五感を澄ませて、辺りをうかがった。

　──あそこだ！

一瞬、人影が築地塀のそばの庭木の陰をよぎった。侵入者は築地塀の陰を疾走している。屋敷の外へ逃れるつもりのようだ。

平蔵は走った。迅い。地をすべるように疾走していく。

と、侵入者は松の枝に飛び付き、体をひと振りして築地塀に飛び移り、身をひるがえして塀のむこうへ消えた。木の枝を飛ぶ猿《ましら》のような動きである。

数瞬遅れ、平蔵もほぼ同じ動きで塀を越えた。

男は斜むかいの屋敷の板塀の角をまがった。そこには隣の屋敷との間に狭い路地がある。

平蔵は追った。足は平蔵の方が迅いらしく、男との距離はしだいにつまっているように感じた。

路地の両側の屋敷が途絶え、路傍に数本の椎《しい》や樫《かし》が鬱蒼とした深緑を茂らせていた。急に辺りの闇が濃くなったような気がした。

そのときふいに、侵入者が立ちどまり、椎の幹に張り付くように身を寄せた。逃げられぬとみて迎え撃つ気になったのか、手裏剣を構えている。

すばやく、平蔵もちかくの樫の幹に身を隠し、ふところから手裏剣を取り出した。

そのときだった。平蔵の首筋に蜂で刺されたような痛みがはしった。

瞬間、ザワッ、と頭上の枝葉が揺れた。

見上げると、黒い人影が頭上の枝から蝙蝠《こうもり》のようにぶら下がっている。

——吹矢だ！

敵はふたりいたのだ。

不覚だった。侵入者に気をとられ、他の敵の気配に気付かなかったのだ。

平蔵は身をひねりざま、手裏剣を頭上の男にむかって打った。

くるり、と男の垂れ下がった体が丸まり、手裏剣は男の肩先をかすめて葉叢に吸い込まれた。

男の消えた葉叢へ、平蔵はなおも手裏剣を打ち込みながらその場を離れ、足早に来た道をもどり始めた。

吹矢の針の先には、猛毒が塗ってある。命はわずかである。死ぬ前に、己の顔を消さねばならぬ、と平蔵は思った。

平蔵の場合、忍者としての顔を消すのは、刃物で顔を切り刻むことでも、爆死して死体がだれか分からないようにすることでもなかった。

紀州流の忍者であることを隠し、紀州藩士西村平蔵として急病死することであった。訪ねてきた加納家の玄関先で、心ノ臓の発作で死ぬのである。そのためには、加納家の玄関先まで、無傷で行き着かねばならない。幸い、吹矢の傷は常人には分からない。加納家の玄関先で死ねば、後は幸真が急病死として処理してくれるはずだった。

平蔵は懸命に歩いた。ふたりの忍者は、追ってこなかった。平蔵の命がそう長くないことを知っているのだ。

平蔵はやっとのことで玄関先までたどり着き、その脇に腰を下ろして息絶えた。

この日、真田大助という巨星につづき、真田戦士として幸真の手足となって動いてきた星もひとつ墜ちた。

8

一瞬、重市の体が薄闇のなかにひるがえり、築地塀のむこうへ消えた。

かすかな着地の音がしたが、すぐに静寂が支配し風の音すら聞こえてこない。重市は塀沿いの濃い闇のなかを足音を消してつたっていく。鼠染《ねずみぞ》めの忍び装束は闇に溶けている。おそらく、常人が重市に目をむけても、闇と人影を識別することはできないだろう。

重市は紀州藩大番組頭、蜂谷次左衛門の屋敷にいた。五日前、重市の父である西村平蔵が何者かに殺された。平蔵は加納家の玄関先で死んだのだが、首筋に蜂に刺されたような痕《あと》があったことから、重市は忍者に吹矢で毒殺されたものと判断した。平蔵は紀州流忍者の手練である。なまじの術者に後れをとるようなことはないはずだった。敵は忍びの達者とみていい。

重市は父の死体を埋葬した後、

「お頭、蜂谷の屋敷を探りたいのですが」

と、幸真に願いでた。父の平蔵は蜂谷の放った忍者の手に落ちたのである。このまま手をこまねいて、蜂谷の使う忍者を放置しておくことはできなかった。

「平蔵の敵《かたき》を討つつもりか」

幸真が静かな声音で訊いた。

「はい、ただ、忍者の敵討ちはおのれの術で任を果たし、敵の鼻を明かすことでございます。敵を討つことが目的ではございませぬ」

重市は幸真を見つめて言った。双眸が刺すように鋭い。重市はまだ十五歳だったが、紀州流の忍者らしい剽悍《ひょうかん》な面構《つらがま》えをしていた。父が死んだことで、子供らしさが消えたようである。

「重市、父の代わりに蜂谷家を探り、新之助君を守ってくれい」

「心得てございます」

重市は新之助を守るためにも蜂谷家を探り、大番頭の神山甚内や附家老の水野重上らが何を画策しているか探り出さねばならぬと思っていた。

庭に面した座敷の障子が明らんでいた。蜂谷家の客間であろう。以前、忍び込んだときも、重市は同じ座敷で蜂谷が配下の番衆と密談をしていたのを盗聴していたのだ。

重市は樹陰で耳をすました。かすかに人声がする。だが、遠すぎた。常人より優れた聴力を持つ重市でも話の内容は聞き取れない。

重市は深草兎歩《しんそうとほ》の法で、足音を消して近付いた。

——これは！

縁先にうすく砂が撒いてあった。侵入者を探知するための仕掛けである。気付かれぬよう同色の細かい粒子の土と混ぜてある。簡単な方法だが、忍びの結界といってもいい。

重市は筒袖の羽織を脱ぎ、砂の上にひろげて砂地を越えた。多少足跡を残すが、渡った後で羽織を引き寄せれば、跡は消える。

男の声が聞こえた。三人いるらしい。ひとりのしゃがれ声に聞き覚えがあった。当主の蜂谷である。他のふたりも、言葉遣いから武士であることが知れた。

忍びではないな、と重市は思った。忍者は密談のおり、盗聴されぬよう声を殺してしゃべるが、座敷にいる男の話し方にはその心配りがなかった。

「若年ながら、いずれも手練とみねばなるまい」

蜂谷が言った。

「なに、骨のあるのは川村三郎右衛門の倅だけだろう」

別の男が言った。野太い声である。

「いっしょにいるのは子供たちだけなのか」

別の低い抑揚のない声がした。

「そうだ」

「新之助君と立ち合うようなことになったら、どうする」

野太い声が訊いた。

「斬り殺すと後が面倒だ。怪我をさせる程度でよかろう」

「気がすすまぬな。おれは、親たちと立ち合ってみたいが」

低い声の主が言った。

「まァ、そのときは菊池《きくち》に頼もう」

蜂谷がそう言ったとき、かすかに廊下を歩く足音がし、障子があいた。

床下にひそんでいた重市は、忍び足だ！　と察知した。忍者が座敷に入ってきたのである。忍び足は足の小指から床に着け、親指側へ体重を移して足音を消す歩き方である。軽い足音が聞こえたので、意識せずに自然にその歩き方になったものらしい。

ふいに、座敷にいた三人の話し声がやんだ。入ってきた忍者に目をやったのだろう。


——妙だな。

と、重市は感じた。

沈黙が長い。それに、息をとめている気配がした。

そのとき、かすかに衣擦《きぬず》れの音がした。座っていた男たちが動いたのだ。畳を踏んで、縁側の方へくる。

——気付かれた！

察知した刹那、重市は床下から飛び出した。

狐走《こそう》である。両足、両手を使って狐のように走る。一気に砂の撒かれた地を越えた。足跡を残し、忍者が侵入したことを知らせることになるがやむを得ない。

重市は庭の植え込みの陰へ飛び込んだ。

「あそこだ！」

廊下で声がし、手裏剣が大気を裂いて飛来した。

バサッ、とつつじの植え込みに手裏剣の突き刺さる音がしたのと同時に、重市は築地塀の方へ跳び、塀沿いを疾走した。

――追って来たな！

背後で足音がした。忍走り《しのびばし》りの音である。忍者は胸部に紙片を当て、それが落下しないように走る修行を積む。そうやって、迅いだけでなく安定した姿勢を保って、足音もすくなくする独特の走法を身につけるのだ。

重市は松の下で、跳躍した。築地塀の方に張り出した枝がある。その枝をつかみ、身を丸めた瞬間、手裏剣が飛来した。

手裏剣は重市の脇腹をかすめて夜陰に吸い込まれた。次の瞬間、重市の体がひるがえり、塀のむこうへ消えた。

重市は走った。いっときして、背後で足音が聞こえた。塀を越えて追ってきたようだ。

だが、足音はかなり遠かった。塀を越えるのに手間どったのであろう。

重市は寝静まった武家屋敷の間を縫うように走り、いくつもの角をまがった。足音が聞こえなくなった。重市は地面に伏して耳を当てた。こうすると、かすかな足音も聞くことができる。

夜の静寂《しじま》のなかに犬か猫のような小動物の歩く音や虫が叢《くさむら》を這う音などが聞こえたが、人の足音は聞こえなかった。追跡者はいないようである。重市は立ち上がると、夜陰のなかを足早に歩きだした。

9

「若を襲うつもりか」

幸真がけわしい顔で言った。若というのは、新之助頼方《し》である。

重市は蜂谷家へ侵入した翌日、ことの次第を幸真に報らせるため加納屋敷へ姿を見せたのである。奥座敷には、重市と幸真の他に幸真の嫡男の角兵衛がいた。

「はい、蜂谷とふたりの男がその密談をしておりました」

重市は、あらためて耳にした会話をふたりに伝えた。

「襲うのは、忍びではないのか」

「おそらく、剣の達者かと思われます」

重市は、男が、立ち合う、斬る、などの言葉を口にしたことを話した。

「名は分からぬか」

「ひとりは、菊池と言ってました」

「菊池半太夫《はんだゆう》か！」

幸真が声を大きくした。

菊池半太夫は柳生新陰流《やぎゅうしんかげりゅう》の達人だった。柳生新陰流は柳生宗矩《むねのり》が将軍秀忠、家光《いえみつ》の二代にわたって将軍家兵法指南役をつとめたことから、ほぼ全国的にひろがった流派である。なかでも盛んだったのは、尾州徳川家であった。宗矩の甥にあたる柳生兵庫介《ひょうごのすけ》が尾張藩主の徳川義直《よしなお》に仕え、爾来《じらい》柳生新陰流を『御流儀《おりゅうぎ》』と称して、柳生家の者が代々尾張藩の兵法指南役をつとめたからである。

菊池半太夫は尾張藩で柳生新陰流を学び、その腕を紀州藩主の光貞に見込まれて家臣になった男である。ただ、家禄は低く百石で先手組小頭の身分だった。先手組は合戦時の攻撃隊である。

「もう、ひとりは？」

「分かりませぬが、やはり剣の達者かと思われます」

「うむ……」

幸真の顔がけわしくなった。何人かの腕のいい忍者にくわえ、剣の手練がふたりも蜂谷の配下として、新之助を襲おうとしているのである。

「父上、油断できませぬな」

角兵衛がこわばった顔で言った。いっしょにいるのは、子供たちだけなのか、と口にしたところをみると、新之助と角兵衛たち若年の者がいっしょにいるときを狙っているようなのだ。

「何としても、若の命を守らねばならぬぞ」

「心得ております」

角兵衛がうなずくと、重市も頭を下げた。

重市は、今後も蜂谷の動向を探ることを幸真に伝えて辞去した。

その後、蜂谷たちの動きがさらに分かってきた。重市が加納家に来た翌日、中村惣市が姿を見せ、蜂谷の様子を報らせたのである。

「平次右衛門さま、蜂谷は神山さまとともに、さかんに重上さまに会っているようでございますぞ」

惣市は屈託のある顔で言った。

加納家で話すとき、惣市は真田幸真の名は出さない。表の顔である加納平次右衛門の名で呼ぶ。どこに、敵の耳目があるか知れないからである。

「こうなると、頼職さまは分知されるのを狙っているのではないかもしれぬぞ」

神山や蜂谷が、紀州徳川家の三男、頼職をかついで分知を狙うにしては、やり方が異常である。忍者や剣の達者を配下にし、四男の新之助を襲う計画を立てたり、附家老として紀州徳川家に多大な影響力を持っている水野重上と頻繁に密会したりしているというのだ。

——頼職の強い意向があるようだ。

と、幸真は読んだ。

この先、頼職が幸真たちの前に立ちはだかりそうである。幸真の胸に頼職の姿が〝敵〟としてはっきり浮かんできた。

「とすると、神山たちの狙いは何でござろう?」

惣市が訊いた。

「われらと同じかもしれぬ」

幸真が声を落として言った。

「まさか、紀州藩を乗っ取るというのでは」

惣市が驚いたように目を剝いた。

「乗っ取るのではなく、転がり込んでくるのを待っているのかもしれぬ」

現在の紀州藩主は光貞である。光貞は七十歳の老齢で、跡を継ぐのは嫡男の綱教三十一歳だが、綱教には子供がいない。しかも、将軍綱吉の娘である鶴姫を正室に迎えていることもあって、将軍家に遠慮して側室もおかないのだ。

頼職は十六歳。三男だが次男が死んでいるので、綱教が死ねば、頼職が紀州家を継ぐ順番である。綱教とは十五歳もの差があり、しかも綱教はどちらかといえば病弱だったので、頼職が跡を継ぐのも夢ではなかったのだ。

幸真がそのことを話すと、

「それなれば、新之助君に手を出す必要はござるまい」

と、惣市は腑に落ちないような顔をして言った。

新之助は四男で、跡継ぎとしては頼職の次なのである。

「そうかな、若は十二歳で頼職さまとは四つちがいだが、偉丈夫であるうえにことのほか英明であられる。御三家の主にふさわしいお方でないかな。附家老以下、家臣がこぞって若を藩主にいただこうとすれば、頼職さまを飛び越えて藩主となられるのもあながち夢ではあるまい。そのことを、神山たちが恐れたとしたら、いまのうちにその芽を摘もうと策をめぐらせても不思議はないぞ」

「なるほど……」

そうは言ったが、惣市の顔にはまだ得心のいかぬような色があった。

「本当は若を恐れているのは神山たちではなく頼職さまかもしれぬ。神山たちより若に接する機会は多い。若の成長ぶりを身近で感じて、不安に思うのも不思議ではない。だからこそ、若やわれらを潰そうとするのではないかな」

「いかさま」

惣市がうなずいた。納得したようである。

幸真は新之助への襲撃が神山ではなく頼職の指図によるものならば、今後、その戦いは熾烈なものになると考えていた。

「いずれにしろ、われらは新之助さまのお命を守らねばならぬが、敵の攻撃から身を守るだけでは合戦には勝てぬ。こちらからも攻めねばならぬ」

幸真の目には知将らしい鋭いひかりが宿っていた。

「攻めるとは」

惣市が幸真の顔を見つめて訊いた。

「まず、出城《でじろ》を攻めとる」

「出城とは」

「新之助さまに城をもってもらうことだ。二万でも、三万でもよい。大名として、領国を持ってもらう。さすれば、多数の家臣を持てるし、何より、紀州徳川家に新之助頼方ありと天下に示すことができる。それが、天下取りの一歩だ」

そのためには、紀州藩から分知されるか、将軍家から領地をあたえられるかである。すでに、幸真は幕府に働きかけるために、須藤左之助と三人の忍者を江戸へ送っていた。ただ、それだけではあまりに手ぬるく、こちらでも藩の重臣に働きかけねばならないと、と幸真は思っていた。

「なるほど」

惣市は目をひからせて大きくうなずいた。

10

晴天だった。松林のなかを抜けてくる風のなかに、秋を感じさせる冷気があった。

松の疎林のむこうに紀州藩の御舟蔵があり、その先は紀ノ川の下流で、初秋の陽射し《はね》を反射た川面がキラキラと金砂を撒いたように輝いていた。その川面の先には、和歌浦の紺碧の海原がひろがっている。

大坂にむかう大型廻船の白い帆が青い海原にくっきりと浮かび上がったように見えていた。

「この鯔《ぼら》は、加納家で焼いて食おう」

新之助が竹で編んだ魚籠《びく》をかかげながら白い歯をこぼした。このところ、新之助は城下で過ごすことが多く、陽に灼《や》けた浅黒い肌をしていた。六尺ちかい偉丈夫で、硬骨漢らしい面構《つらがま》えである。

この日、新之助は角兵衛、弥八郎、三郎、文次郎の四人を引き連れて紀ノ川の下流に魚釣りに来ていた。一刻（二時間）ほどの間に五人で、一尺余の鯔を七匹も釣り上げ、いさんで帰路についたのだ。

加納家のことを口にしたのは、新之助は、育ての親であり傅役でもある幸真を実の親のように敬愛しており、加納家では相変わらず我が家のように気兼ねなく振る舞っていたからだ。

幸真の妻のおしずも新之助を我が子のように思い、何かと面倒を見てくれるのだ。

それが新之助には心地よかった。

新之助を先頭にして、五人が御舟蔵の裏手の松林のなかの小径にさしかかったとき、粗末な腰切半纏《ばんてん》を羽織った男が数人、灌木や樹陰から出てきて、行く手に立ち塞《ふさ》がった。腰の荒縄に脇差《わきざし》を帯びているところを見ると、地侍か雑賀《さいか》衆かもしれない。

男たちはいずれも、十七、八の若者に見えた。

「おい、待ちな」

赤銅色の肌をした大柄な男が、恫喝《どうかつ》するように言った。

「何の用だ」

新之助には、すこしも臆《おく》した様子はなかった。まだ、十二歳だが、体格は立ち塞がった男たちより大きかった。

「おまえら、漁師か」

「見たとおりの、武士だ」

「だれに許しを得て、魚を釣ったんだ」

大柄な男が新之助の前に立ち、他の男たちが一行を取りかこむようにまわり込んできた。男たちに殺気があった。すこし前屈みで、目をひからせて動く男たちは獲物をかこむ野犬のような雰囲気をただよわせていた。初めから喧嘩腰である。

角兵衛や弥八郎たち四人も、新之助の周囲をかためるように動いた。

新之助は、城の若君であることを口にしなかった。粗末な木綿の単衣《ひとえ》に小倉袴《こくらばかま》という扮装《いでたち》は、身分のある者には見えなかったはずである。

「許しなど得ぬ。われらは、鰡を釣ったのだ」

新之助が声を大きくして言った。

紀州は漁業が盛んである。漁師も多い。ただ、鰡は川と海の両水域に生息し、安価なため漁師もあまり手を出さない魚なのだ。鰡を釣っても、咎《とが》められないはずである。

「魚籠ごと置いていけ」

大柄な男が怒鳴り声を上げた。

「ことわる」

新之助は毅然として言った。

「なに、やっちまえ！」

大柄な男がそう叫んだが、若者たちはすぐにむかってこなかった。腰の脇差に手を添えたままますこし後じさり、チラチラと背後に目をやっている。

そのとき、松林のなかの灌木の陰からふたつの人影があらわれた。ふたりとも茶の覆面で顔を隠し、二刀を帯びていた。着古した小袖によれよれの袴。牢人体《ろうにんてい》である。

「あいつらだ！」

角兵衛が声を上げた。

新之助のまわりをかためた弥八郎たちに緊張がはしった。真の敵は牢人体のふたりである。すでに、角兵衛から蜂谷の配下の菊池半太夫ともうひとりの剣の達者が、新之助を襲うかもしれないと知らせてあったのだ。

ふたりの牢人体の男は、柄に右手を添えたまま足早に近寄ってきた。

「おれが、相手をする」

弥八郎が迎え撃つように前に進みでた。

弥八郎は二十歳。小野派一刀流の達人川村三郎右衛門の嫡男で、幼いころから手解きを受け、父にも三本のうち一本は打ち込めるほどの遣い手になっていた。その弥八郎の脇に、角兵衛が立った。角兵衛も弥八郎とともに一刀流を学んだ遣い手である。

一方、三郎と文次郎は新之助の両脇に立った。新之助を守るためである。

「川村の倅はどっちだ」

中背で、目の鋭い男が言った。覆面で顔は分からないが、菊池かもしれない。

「川村三郎右衛門の一子、弥八郎、まいる」

いいざま、弥八郎が抜刀した。

「おれは名乗らぬが、柳生新陰流を遣う」

中背の男はそう言うと、刀の柄に右手を添えたまま足裏をするようにして、右手へ動いた。脇にいたもうひとりの牢人体の男から間を取るためらしい。

「うぬら、何者だ！　牢人体だが、家中の者であろう」

角兵衛が、前に立った痩身の男に声を大きくして誰何《すいか》した。

「問答無用」

叫びざま、痩身の男が抜刀した。

それを合図に腰切半纏姿の若者たちが、喊声を上げながら次々に脇差を抜き放った。十数人の男たちが小径の周囲の雑草地と松の疎林のなかで入り乱れ、切っ先をむけ合って対峙した。

その様子をすこし離れた樹陰から見ている者がいた。中村惣市である。惣市は幸真と話した後、新之助が城下に出たときだけ、その身を守るために尾行をつづけていたのである。惣市は三郎の父親で、紀州流忍者でもあった。

惣市は新之助たちの戦いの場に飛び込まなかった。剣で立ち合ったのでは、菊池の敵ではないと知っていたのである。

11

弥八郎は青眼《せいがん》に構えた。切っ先が、ピタリと中背の男の喉元につけられている。弥八郎は眉目秀麗《びもくしゅうれい》な若侍だったが、切れ長の鋭い目や酷薄そうな薄い唇には剣客らしい凄《すご》みもあった。その顔が、うすく朱を掃いている。全身に気勢が満ち、剣尖《けんせん》にはそのまま突いていくような気魄《きはく》が込められていた。

対する中背の男も青眼だった。その切っ先は弥八郎の左眼につけられていた。柳生新陰流の片目外しと呼ばれる構えである。

——こやつ、できる！

弥八郎は、背筋を冷たい物がかすめていったような気がして身震いした。

中背の男の構えは、腰が据わってどっしりとしていた。そのまま巌《いわお》で押してくるような威圧がある。しかも、男の手元が遠く見えた。剣尖の威圧で、間を遠く見せているのだ。

男は趾《あしゆび》を這わせるようにして、ジリジリと間をせばめてきた。凄まじい気攻《きぜ》めである。そのまま剣尖が左眼を突いてくるような気がして、腰が浮き上がってしまう。

弥八郎は全身に気魄を込めて、男の気攻めに耐えた。

一寸、二寸と、間がせばまってくる。痺《しび》れるような剣気が放射され、その剣の磁場のなかで弥八郎はすべての気を剣尖に集中させた。

時も音もきえた。

生き物のように鋭い切っ先が、迫ってくる。

男の右の趾が一足一刀の間境を越えた刹那、男の全身から稲妻のような剣気が疾《はし》った。

イエエッ！

タアッ！

両者の裂帛《れっぱく》の気合が静寂を破り、二筋の閃光が弧を描いた。

青眼から踏み込んで、敵の真額《まびたい》へ。

ほぼ同時に両者は、同じ太刀筋で斬り込んでいた。

キーン、という金属音がひびき、ふたりの顔の前で青火が散った。

次の瞬間、一合した両者は背後に跳ね飛んだ。

間を取った両者はふたたび青眼に構え合ったが、すぐに動いた。ほぼ同時に両者は二の太刀を仕掛けたが、中背の男の斬撃がわずかに迅《はや》かった。

男の切っ先が弥八郎の籠手へ伸びる。

一瞬、遅れて弥八郎の切っ先も男の籠手へ。

両者は交差し、大きく間を取って反転し、すぐに切っ先をむけ合った。

弥八郎は右手に疼痛を感じた。右手の甲の肉が削げ、血が流れ出ている。一方、弥八郎の籠手斬りは、男の袖口をかすめて空を切っていた。

弥八郎の白皙《はくせき》がゆがみ、口から乱れた息が漏れた。青眼に構えた切っ先がかすかに震えている。

そのとき、ふいに対峙した男の目が細くなった。笑ったようである。

弥八郎は青眼から八相に構えなおした。相《あい》青眼で斬り合ったら、今度は腕を落とされると感知したからである。

一方、角兵衛は痩身の男と対峙していた。痩身の男は刀の柄に右手を添えたまま抜刀の機をうかがっている。やや猫背で、腰を沈めていた。射るような目で角兵衛を見すえている。

——居合か！

居合腰に沈めた男の身構えには、抜きつけの一刀に勝負を決しようとする気魄があった。

角兵衛は青眼に構えていた。ふたりの間合は二間の余。まだ、斬撃の間ではなかった。

足裏をするようにして、すこしずつ男が間を寄せてきた。居合は敵との間積もりと抜刀の迅さが命である。男は間を読みながら、抜刀の機をうかがっていた。

角兵衛は、いまにも敵の切っ先が頭上に迫ってくるような気がした。自分を取り巻く大気が急に冷たくなったような感覚があった。怯えである。

イヤアッ！

ふいに、角兵衛は鋭い気合を発した。心に生じた怯えを払拭し、敵の心を乱すためである。

が、男の身構えはすこしも変わらず、寄り身もとめなかった。男の全身から一撃必殺の鋭い剣気が放射されている。

角兵衛が威圧を感じて身を引こうとした瞬間、かすかに剣尖が浮いた。この一瞬を、男がとらえた。

間髪をいれず体が躍り、鋭い気合とともに腰元から閃光が疾った。

電光のような抜きつけの一刀が、角兵衛の首筋を襲う。

角兵衛は身を引きざま咄嗟《とっさ》に刀身を立ててこの斬撃を受けた。だが、腰が浮き、大きく体勢がくずれてよろめいた。

「逃さぬ！」

すばやく身を寄せた男の二の太刀が、袈裟にきた。

角兵衛は上体をのけ反《ぞ》らせて斬撃をかわし、飛び込むように松の樹陰へまわり込んだ。着物の右の肩口が裂け、血がにじんでいた。男の斬撃をかわしきれなかったのである。

角兵衛の顔から血の気が失《う》せていた。予想を越えた手練である。だが、逃げるわけにはいかなかった。己の命を捨てても新之助を守らなければならない。角兵衛は目をつり上げて、樹陰から出ると、上段に構えた。相打ち覚悟で斬り込もうとしたのである。

――長くは持たぬ。

と、惣市は見てとった。

弥八郎と角兵衛があやうい。

新之助、三郎、文次郎の三人は、腰切半纏姿の若者たちをそばに寄せつけなかった。若者たちは甲高い気合を発して脇差を振りまわしているが、腰が引けて斬撃の間に踏み込むこともできないでいる。

新之助は自ら斬り込んでいくようなことはせず、隙のない身構えで若者たちの動きに目をくばっていた。

だが、弥八郎か角兵衛が斃《たお》されれば、形勢は一気に傾く。新之助たち三人は、ふたりの牢人体の男に太刀打ちできないだろう。

——助けねばなるまい。

すぐに、惣市はふところの袋から二種類の手裏剣を取り出した。棒手裏剣と十字手裏剣である。

惣市は樹陰から飛び出しざま、弥八郎と対峙している男を狙って棒手裏剣を打った。

次の瞬間、近くの藪に飛び込み、今度は角兵衛に切っ先をむけている男に連続して十字手裏剣を打った。

「敵だ！」

弥八郎に対峙していた男が、後じさりながら声を上げた。後方から飛来した棒手裏剣は、男の肩口をかすめて松の根元に突き刺さった。

「何人もいるぞ！」

もうひとりの男が叫んだ。

十字手裏剣は、もうひとりの男の足元近くの地面と松の幹にあたった。

惣市はさらに、樹陰や藪などを移動しながら棒手裏剣と十字手裏剣をつづけざまに打った。

詭計《きけい》である。手裏剣で斃すのが目的ではなく、大勢の忍者が攻撃をしかけてきたように相手に思わせるのである。

相手に忍者がいれば、すぐにひとりであることを見破ったであろうが、新之助たちを襲った男たちのなかに忍者はいなかった。

「多勢だ、引け！」

弥八郎に対峙していた男が、刀を引いて反転した。他の男たちも後じさって駆けだした。

弥八郎たちは追わなかった。刀をひっ提《さ》げたまま呆然と逃げていく男たちの背を見送っている。

「大事ないか」

と、新之助は弥八郎らに声をかけた。臣下に対する気づかいである。

「かすり傷です」

弥八郎が右手の甲を押さえながらいった。出血していたが、それほどの深手ではないらしい。右手は自由に動くので、骨も筋も異常ないようだった。角兵衛の傷もたいしたことはなかった。うすく皮肉を裂かれただけである。

そのとき、藪陰から姿をあらわし、近付いてきたのは惣市だった。

「中村か、助かったぞ。他の者はどうした？」

新之助は、怪訝な顔をして周囲に目をやった。新之助も、何人かの忍者が敵に攻撃を仕掛けたと思ったらしい。

「拙者だけでございます」

惣市はふところから三尺手ぬぐいを取り出すと、手早く弥八郎の右手を縛ってやった。

「大勢いると思ったぞ」

新之助は驚いたような顔をした。

「これも、忍びの術にございます」

惣市は新之助に一礼すると、あやつらの正体、つきとめてまいりましょう、と言い残し、林間を疾走していった。

12

「その若者たちは、何者なのだ」

幸真が訊いた。

新之助たちが襲われた翌日の夜、加納家の奥座敷に、五人の男が端座していた。幸真、惣市、川村三郎右衛門、明楽八郎兵衛、矢崎武左衛門である。

「和歌浦付近の地侍の倅たちです。蜂谷の配下の前田に金で買われたようでございます」

惣市は新之助たちを助けた後、逃げた若者たちを追ってひとりを捕らえ、事情を訊いていたのだ。

「牢人体のふたりは？」

「ひとりは菊池半太夫でございましょう。もうひとりの名は知れませぬ」

「居合を遣ったそうだな」

幸真は、すでに角兵衛からそのときの様子を聞いていたのだ。

「はい、痩せた男で、すこし猫背でしたが」

惣市がそう言ったとき、

「そやつ、三谷源泉《みたにげんせん》だ」

矢崎が声を大きくしていった。

矢崎は田宮流居合の達者だった。領内の居合の手練はたいがい知っている。矢崎によると、三谷は紀州に田宮流居合をひろめた田宮対馬守長勝の子孫の高弟で、紀州領内でも三指に入る居合の遣い手だという。

「それほどの手練が、蜂谷に与《くみ》したか。それにしても、角兵衛も弥八郎もよく命が助かったものだ」

幸真が口元に苦笑いを浮かべて言った。

「菊池半太夫、三谷源泉、それに忍者の手練がふたり。お頭、あなどれませぬな」

八郎兵衛が言った。

「いや、それだけではないかもしれぬ。まだ、姿を見せておらぬ武術の達者がいても不思議はない」

「ここ紀州の地は武芸者が多いですからな」

藩祖頼宣は入府にあたり武備を充実させて藩政を確立しようとし、諸国から名のある武術家を集めて仕官させた。そうした影響もあって紀州には多種多様な武術がひろまり、武術を重んずる藩風も生まれた。

一刀流や柳生新陰流などの剣術の他に、大坪流馬術、関口流柔術、田宮流居合、それに京都三十三間堂の通し矢で「天下一」の弓豪になった和佐大八郎《わさだいはちろう》を生んだ吉田《よしだ》流竹林派《りゅうちくりんは》の弓術なども盛んであった。さらに、紀州流忍術にくわえ、伊賀、甲賀が近かったことから伊賀流、甲賀流などの忍術を身につけている者もすくなくなかった。ちなみに、忍術書として名の知れた『正忍記《しょうにんき》』は紀州流の伝書である。

「頼職をかつぐ神山や蜂谷が若を押さえようと、武力を強めたということだな」

幸真がそう言うと、四人の男はお互いの顔を見合って、ちいさくうなずいた。

幸真はあえて武力という言葉を使った。こうした影の戦いも、合戦と同じように考えていたのである。

「それに、新之助さまが力をつければつけるほど、敵も強大になろう」

「いかさま」

矢崎が言った。

「さて、今後どうするかだが、蜂谷はさらに手を打ってこような」

次は、角兵衛や弥八郎に惣市がくわわっただけでは新之助は守りきれまい、と幸真は思った。菊池と三谷にくわえ、忍者も襲撃にくわわる可能性があったのだ。

「新之助さまが城下に出られたおりは、拙者もお供つかまつろう」

矢崎がそう言うと、

「されば、拙者も」

と、八郎兵衛が言った。八郎兵衛の出自は雑賀衆で鉄砲術に長けていた。多少は忍びの術もかじっている。

「それは心強い」

矢崎と八郎兵衛がくわわれば、菊池や三谷に対抗できるはずだった。

「ただ、子供たちといっしょに城下を歩くわけにはまいりませんので、それとなく跡を尾けることになりましょうが」

「そうしてくれ」

幸真はそう言うと、冷《さ》めた茶をすすって喉をうるおした後、

「実はな、今夜、集まってもらったのは、もうひとつ知らせておきたいことがあってな。来年の参府のおり、光貞に従い新之助さまも江戸へいくのではないかという噂がある」

「若が江戸へ」

惣市が目を剝いた。他の三人も息をつめて幸真に視線を集めている。

「新之助さまにとっては、よい機会だ。綱吉《つなよし》公に御目見得《おめみえ》することができるかもしれぬ」

このときの将軍は、生類憐《しょうるいあわれ》み令で知られた五代綱吉である。

江戸の庶民は生類憐み令の施行に苦しめられていたが、遠い紀州の領民にはそれほどの影響はなかった。

この時代、元禄期の経済の発展と繁栄に影響され、武士の背伸びした暮らしに破綻《はたん》の影が忍びよっていた。御三家である紀州藩も例外でなく、財政は逼迫《ひっぱく》し、年貢の取り立ても厳しかった。そのため領民の暮らしは楽ではなかった。

ただ、このときはまだ幸真たちも、幕府の政事や藩の財政にまで思いをめぐらせる余裕はなかった。

「まだ、半年の余あるが、それまでにやっておかねばならぬことがある」

例年、藩主光貞が参勤交代で国許を発つのは、気候のよくなった三月の中旬である。御三家として相応《ふさわ》しい供揃えで、伊勢《いせ》街道と東海道をたどって江戸へむかう。

「まず、新之助さまのお命を守ることが第一だが、お怪我をさせてもならぬ。怪我や病は、新之助さまの参府をはばむ者に口実を与えることになる。次に、藩士たちの間で、新之助さまの評判を高めておくこと。藩士の評判が新之助さまの大名への途を後押してくれるはずだ。さらに、幕閣に紀州には御三家の若君に相応しい四男がいることをしらしめることだ」

すでに、幕閣への働きかけのために、須藤左之助が三人の忍者を連れて江戸へいっていたが、まだ何の連絡もなかった。

幸真はさらに手を打つ必要を感じていたのだ。

「それで、川村に、参勤の前に江戸へ出向き須藤の助勢を頼みたいのだが」

三郎右衛門なら、新之助君に指南する一刀流の修行のためと願い出れば許されるはずだった。

「心得ました」

三郎右衛門はちいさく頭を下げた。

「それから、領内にいる者も参府のおりには、新之助さまに供奉《ぐぶ》してもらうことになろうな。むろんわしも傅役として、供につくつもりだ」

「子供たちは、いかようになりましょうか」

惣市が訊いた。

「小姓は無理だが、無足近習《むそくきんじゅう》として新之助さまに従ってもらうつもりだ」

無足近習は藩主や若君などに侍して雑用をつとめる者だが、小姓より身分は低い。

その無足近習なら、幸真が傅役として願い出、新之助自身が口添えすれば出仕できるはずだった。

「承知しました。倅には伝えておきましょう」

惣市が言うと、他の者もうなずいた。

「そうなると、合戦の場は江戸ということになるな」

幸真が虚空を見つめながらつぶやいた。双眸が策士らしいするどいひかりを宿している。

13

そのころ須藤左之助は、赤坂《あかさか》御門の近くにある紀州藩上屋敷にいた。徒士頭に割り当てられた長屋で、三人の男と対座していた。紀州から同行した青蟇《あおひき》の茂平、鶉《うずら》の飛助、袖火《そでび》の雷造である。

雷造は法被《はっぴ》に山袴という中間の格好をしていた。茂平と飛助は鼠地の筒袖と伊賀袴である。雷造は中間として須藤に仕えていたが、茂平と飛助は江戸市中の寺社で雨露をしのぎ、ときおり須藤の住む上屋敷に忍びの術を遣って出入りしていた。

「そろそろ狙いを定めねばならぬな」

すでに、須藤は茂平たちを使って幕閣の様子を調べていた。大勢いる重臣のなかでも、将軍に近侍し、強い影響力のあるのは老中だった。

このとき老中職にいたのは、稲葉美濃守正則《いなばみののかみまさのり》、大久保加賀守忠朝《おおくぼかがのかみただとも》、阿部豊後守正武《あべぶんごのかみまさたけ》、戸田山城守忠政《とだやましろのかみただまさ》、土屋相模守政直《つちやさがみのかみまさなお》の五人である。

「五人のなかでは、やはり大久保さまであろうか」

須藤は茂平たち三人の探索と江戸藩邸での噂などから、老中五人の幕府での立場、将軍綱吉の覚え、性格などを探り、大久保がもっとも狙いやすく効果的な相手だとみていた。

「家臣たちの話では、将軍の覚えもいいようでございます」

茂平が表情のない顔で言った。

「だが、どうやって新之助さまのことを伝えよう」

上府後、幸真から、紀州家の新之助の存在を老中に印象付けるよう新たな指図があったのである。

須藤は関口流柔術の達人ではあったが、幕臣からみれば、陪臣《ばいしん》の高百石の徒士頭にすぎない。五人もの老中に働きかけるなど無理である。

須藤が大久保の屋敷を訪ねていっても門前払いであろう。かといって、忍び込んで話すわけにもいかない。

「大久保さまの近習のなかで、わしにも会えるようなお方はおらぬかな」

須藤は大久保の側近を通して、新之助のことを大久保に伝えようと思った。

「大久保さまは屋敷にもどられると、連日のように用人の久瀬《くぜ》さまと会い、江戸市中のことや他藩のことなどをお聞きになっているようです」

茂平が言った。すでに、茂平は大久保の屋敷に三度侵入して様子を探っていた。

大久保は相模小田原《さがみおだわら》十一万三千余石の大名でもあったので、茂平が侵入したのは大名家の上屋敷である。茂平によると、久瀬は大久保が幼少のころから仕えている側近で、現在は留守居役もかねているそうである。大久保は久瀬から市中や他藩の動向などを聞いて、幕政に役立てているらしい。

「久瀬さまに会って話すのがよさそうだが……」

須藤は腕組みして考え込んだ。

久瀬に新之助のことを話せば、かならず大久保の耳にも入るだろう。だが、用人といえども、須藤にとって簡単に会える相手ではなかった。

須藤はしばらく黙考していたが、妙案が浮かんだらしく膝をたたいて、

「久瀬は留守居役もかねているそうだが、よく藩邸を出るのだろうな」

と、訊いた。留守居役は幕府や他藩との付き合いを仕切る重要な役職である。幕府の要人や他家に挨拶にまわったり、進物をとどけたり、情報交換したり、自邸を出る機会が多いはずだ。

「三日に一度は出かけるようでございます」

「よし、そのとき、わしに知らせてくれ」

そう言って、須藤は三人にその策を話した。須藤は柔術家であったが、なかなかの策士でもあった。

「妙案でござる」

それから小半刻（三十分）ほど打ち合わせ、茂平たち三人が長屋を出た。

三日後、長屋の戸口をたたく音がした。引戸をあけると、中間姿の雷造が風呂敷包みを手にして立っていた。

「久瀬さまが屋敷を出ました」

茂平か飛助が、知らせにきたのであろう。

「行き先は？」

「尾州家上屋敷」

ぼそり、と言った。雷造は言葉のすくない男だった。巨漢の主で、いつも熊のような顔をして黙り込んでいることが多い。

久瀬は尾張家へ使いのため出かけたようである。何の用かは分からぬが、尾張藩は御三家の筆頭格であり、老中として気を使うこともあるのだろう。

「供は」

「駕籠《かご》かきを除いた四人」

草履《ぞうり》取りと挟箱持ち、それに若党がふたり従っているという。

「どこで、仕掛けるな」

「麹町《こうじまち》の御用地の近くがよろしいかと」

雷造はくぐもった声で言った。

久瀬が出た藩邸は江戸城の東の曲輪《くるわ》内にある。藩邸を出た久瀬は桜田《さくらだ》御門を出て内濠《うちぼり》沿いを通り、半蔵《はんぞう》御門の前から四ツ谷《よや》御門へ出て尾張藩上屋敷へむかうはずである。帰りも同じ道順になるだろう。途中、幕府の御用地や空地があり、武家屋敷や町家のとぎれる地がある。そこで、仕掛けようというのだ。

「よし、急ごう」

久瀬は、一刻（二時間）ほどは尾張藩邸にとどまるだろうが、暮れ六ツ（午後六時）前には、辞去するはずだ。その前に、麴町まで行かなければならない。

七ツ（午後四時）すこし前である。あまり余裕はない。雷造を連れて藩邸の裏門から出た須藤は、赤坂御門の方へ急いだ。

赤坂御門から紀州家中屋敷の裏手を通って紀尾井坂《きおいざか》と交差する場所へ出た。この辺りに紀伊家、尾張家、井伊家の藩邸があることから、紀尾井坂と呼ばれている。

その坂との交差点を過ぎて麴町へ出ると、牢人《ろうにん》体の男が路傍で待っていた。飛助である。

「茂平は？」

「尾州家上屋敷を見張っております」

「仕掛ける場所は」

「一町（約一〇九メートル）ほど先はどうでしょう」

飛助が指差した。

見ると、通りの右手は空地、左手は幕府の御用地だが、藪や雑草におおわれていた。仕掛けるにはいい場所である。

「あそこなら、邪魔者はおるまい」

三人はその場所へ急ぎ、笹藪の陰へ身を隠した。

雷造が手にした風呂敷包みを解き、手早く着替えた。素袷《すあわせ》とよれよれの袴に大小。飛助と同じように牢人体に身を変えた。七方出《しちほうで》と称する変装術を会得している雷造たちは、牢人に姿を変えることなどたやすいことであった。

14

「茂平です」

雷造が小声で言った。

通りの先に、牢人体の男が見えた。足早にこちらへむかってくる。忍び装束を見慣れた須藤は茂平とは思わなかった。別人のようである。顔にある疱瘡を患ったような痕もなく、顔付きから体軀までが変わっているように見えた。変装術がいかに巧みであるかの証左であろう。

「須藤さま、久瀬さまが藩邸を出ました」

茂平は声まで変えて言った。

「では、手筈どおり、わしはすこし離れよう」

そう言うと、須藤は藪陰から通りへ出て、一町ほど半蔵御門の方へ移動して身を隠した。

そろそろ暮れ六ツになろうか。通りはひっそりとして、御用地の先につらなる大小の武家屋敷の甍《いらか》が暮色のなかに沈み始めていた。ときおり、急ぎ足で通りすぎる供連れの武士の姿があったが、笹の葉を揺らす風音が耳にとどくだけで物音も人声も聞こえてこなかった。

「来たな」

通りの先に、一挺の権門《けんもん》駕籠と従者の姿が見えた。権門駕籠は武家の主人や使者が乗る駕籠である。

辺りに人影はなかった。夕闇が通りをつつみ始めていた。一行は、その闇に急《せ》かされるように足早にやってくる。

ふいに、一行の前に三人の牢人者があらわれた。変装した茂平たちである。茂平たちは道のなかほどを駕籠にむかって肩をゆすりながら歩いていく。徒《いたずら》牢人のようである。

「その方ら、道をあけろ」

駕籠の前に立った若党のひとりが声を上げた。

茂平たちは、かまわず駕籠の行く手をふさぐように歩いていく。

「どかぬか！」

若党は声を荒らげた。

ふいに、先頭にいた茂平が抜刀し、やっちまえ！　と叫ぶと、若党のひとりに斬りつけた。斬りつけられた若党は仰天して飛びすさり、踵《かかと》を何かにひっかけたらしく尻餅をついた。茂平につづいて雷造と飛助も抜刀し、駕籠かきや中間に斬りつけた。

悲鳴を上げて、駕籠かきと中間が逃げだした。

「う、うぬら、何をする！」

若党のひとりが、ひき攣《つ》ったような声を上げて駕籠の前に立ちふさがった。尻餅をついたもうひとりも、慌てて起き上がり、刀を抜いた。

だが、ふたりとも腰が引けて切っ先が震えている。おそらく真剣で斬り合ったことなどないのであろう。

そのとき、駕籠から初老の武士が出てきた。久瀬のようである。久瀬も事態を察知したらしく、蒼ざめた顔で腰の脇差に手をかけ、

「久瀬広貞《ひろただ》と知っての狼藉《ろうぜき》か！」

と叫んだが、声は震えていた。

――そろそろ、出番のようだな。

そうつぶやくと、須藤は駕籠にむかって駆けだした。

「うぬら、天下の大道で何の真似《まね》だ！」

叫びざま、須藤は巨漢の雷造にスッと身を寄せた。素手である。

「邪魔だてすると、うぬの命もないぞ！」

雷造が刀を振り上げて、須藤に斬りかかってきた。

と、須藤の体が雷造に密着したように見えた瞬間、雷造の巨軀が虚空に撥《は》ね上がり、地響きをたてて地面に落ちた。須藤が雷造の袖と襟元をつかんで投げたのである。だが、それで須藤の動きはとまらなかった。右手から斬りかかってきた飛助に足をからませて転倒させると、次の瞬間には左手に跳び、茂平を肩に背負って一間ほども投げ飛ばしていた。一瞬の連続技である。

「ひ、引け！」

茂平が声を上げて逃げだすと、雷造と飛助も慌てて駆けだした。

「か、かたじけない。助かりもうした」

久瀬が目を剝いて言った。須藤の柔術の技の冴《さ》えに驚嘆したようだ。

「お怪我はありませぬか」

須藤は笑みを浮かべて久瀬に歩を寄せた。

「お蔭で、かすり傷ひとつ負わずにすみました。拙者、大久保家の用人で久瀬広貞ともうします。そこもとのご尊名を聞かせては、いただけませぬかな」

「拙者、紀伊家、家臣、須藤左之助ともうします。関口流柔術を少々……」

「やはり、柔術を。それにしても、お強い。紀州家は武芸が盛んと聞いておりますが、まことでござるな」

「いやいや、拙者などはまだまだ未熟でござって。柔術の修行のためもあって、江戸にまいっているのでござる」

「さようか。それにしても、そこもとのような方が家中におられれば、紀伊家もご安泰、大納言《だいなごん》さまも心強いかぎりでござろうな」

大納言は、光貞の官位である。

「どうでござろう。さきほどの無頼漢どもが、引き返してこぬともかぎりませぬゆえ、お屋敷ちかくまでお送りいたすが」

須藤がおだやかな声で言った。これから、新之助を売り込まねばならなかった。

「それはかたじけない」

逃げた駕籠かきと中間ももどってきていたが、久瀬は駕籠に乗らなかった。須藤に気を使ったのか、肩を並べて歩きだした。

「拙者、国許では若君の柔術のお相手もさせてもらっております」

歩きながら、須藤が言った。

「すると、御指南役。……貴家の若君は、たしか、綱教さま。それに、ご三男の頼職さまがおられましたな」

思ったとおり、久瀬は新之助の名も知らぬようだった。

「いいえ、わたしがご指南もうしあげているのは、四男の新之助頼方さまでござる」

「新之助頼方さま……」

「はい、頼方さまは弱冠十二歳であられるが、すでに六尺ちかい偉丈夫でござって、剣術、柔術、砲術などの武芸に長じておられます。むろん、武芸だけでなく学問にも熱心に取り組んでございます」

「十二歳で、六尺ちかくも」

久瀬は驚いたように目を剝いた。

「柔術などは、てまえも後れをとるほどの腕でございます」

「なんと、須藤どのも後れをとるほどの腕ともうされるか」

久瀬は足をとめて、須藤を見つめた。

「はい、領内でも評判のお方でございます」

「紀州家に、そのような若君がおられるとは……。存じませんでした」

感心したようにそう言って、久瀬はゆっくりとした歩調で歩きだした。

須藤は大久保家の門前ちかくまで送って別れた。久瀬は何か礼がしたいので屋敷に立ち寄ってくれ、としきりに口にしたが、須藤は丁重に断った。久瀬が須藤に恩を感じれば感じるほど、主君の大久保にこの夜の出来事と新之助のことを伝えるはずだった。

いつの間にか、辺りは夜陰につつまれていた。桜田御門を出て、内濠沿いの道を歩いていると、背後でかすかな足音がした。いつあらわれたのか、茂平たち三人がすぐ後ろを跟《つ》いてきていた。

「須藤さま、首尾は」

茂平が小声で訊いた。

「うまくいった。久瀬はかならず、新之助さまのことを大久保に話す」

その自信が、須藤にはあった。

第三章　出府

1

真田幸真は自邸の縁先で庭に目をむけていた。

早春のやわらかな風が吹いていた。ほころび始めた庭の梅の花が朝の陽射しを浴びて白銀のようにかがやいている。チイ、チイと、野鳥の声がした。梅の枝で目白が梅花をついばんでいる。

――いよいよ、国盗りの合戦が始まる。

幸真は胸の内でつぶやいた。双眸がひかり、不敵な面構えである。

三月（旧暦）の中旬、新之助頼方は藩主徳川光貞にしたがって参府することになっていた。幸真をはじめとする豊臣の天下を策謀する者たちも、新之助に随身して江戸へいく。紀州和歌山藩五十五万五千石を乗っ取るための戦いは、いよいよ舞台を江戸へ移すことになるのだ。

そのとき、梅花が揺れ、陽射しのなかに目白が飛び立った。廊下を歩く足音に驚いたようである。姿を見せたのは、幸真の嫡男、角兵衛である。

「父上、中村さまと明楽さまがおみえです」

角兵衛は、廊下に膝を折って言った。

「玄関の間に通してくれ」

玄関の間は玄関の脇にある来客の応対のための座敷である。

幸真は角兵衛がその場を下がってから腰を上げ、玄関の間へ足を運んだ。

惣市と八郎兵衛が並んで座し、隅に角兵衛がひかえていた。

「加納さま、蜂谷たちが動き出したようでございます」

幸真が対座するのを待って、惣市が言った。

「動き出したとは？」

「新たに、手練を配下にくわえたようでございます。昨夜、蜂谷は森之谷《もりのや》宗十《そうじゅう》と会い、密談をもったようでございます」

「槍の宗十か」

幸真がけわしい顔で言った。

森之谷は、藩内で槍の宗十と呼ばれるほどの槍の達者だった。若いころ佐分利《さぶり》流槍術を学び、さらに独自の工夫を重ねて、いまは自ら森之谷流を名乗り家臣のなかにも多くの門弟がいる。

佐分利流は富田流を学んだ佐分利猪之助重隆《いのすけしげたか》が興した流派である。重隆は慶長五年の関ヶ原の合戦のおり徳川方について奮戦し、大いに戦功をあらわした。その末流が諸州にひろがり、森之谷は領内の佐分利流の達者に手解きを受けたのである。その師は森之谷が若いころ他界してしまったが、独自に修行を重ね妙旨を会得したといわれている。特に、下段から敵の下腹を突くのを得意とし、下段突きの宗十との異名もある。

なお、槍の下段は、槍先が敵の帯より下にきたときの構えである。ちなみに中段は帯から乳下あたりまで、上段は乳下から上ということになる。

「加納さま、他にも気になることがございます」

八郎兵衛が言った。

「気になるとは？」

「三日前の夜、蜂谷は源庵《げんあん》の屋敷を訪ねております」

源庵は、参勤のおり藩主光貞にしたがって江戸へむかう御典医だった。

「蜂谷は、参勤の途中何かたくらんでいるようだな」

蜂谷は幸真と同じ大番組頭だった。参勤にしたがうことになっていたが、大番組は宿直、護衛、雑務が任務で御典医と会う必要はないはずだ。

蜂谷が御典医を味方に引き入れたとすれば、毒を盛って殺害を謀《はか》っているからとも考えられる。本人が実際に毒を盛ったりすることはないはずだが、蜂谷の配下には忍者の手練がいる。源庵を味方につけておけば、その忍者が毒を盛って殺害した後、急病死と診断《みた》て処置することができるのだ。

では、蜂谷が毒殺する相手はだれか。真っ先に考えられるのが新之助。次に、幸真をはじめとする新之助の側近たちである。

「江戸までの道中、新之助君のお命をお守りするのは容易でないぞ」

幸真が虚空を睨むように見すえながら言った。

頼職を担《かつ》ぎ、新之助に敵対するのは大番頭の神山甚内、その腹心の蜂谷次左衛門、蜂谷が差配する柳生新陰流の達人、菊池半太夫、田宮流居合の達人、三谷源泉、正体の知れぬ手練の忍者がふたり。それに、あらたに槍の森之谷宗十、御典医の源庵がくわわることになる。むろん、その他にも、蜂谷が従えている番衆、頼職の近習たちも敵勢とみなければならない。

――敵も陣容をととのえてきたようだ。

幸真の双眸がひかり、口元にはかすかな微笑が浮いていた。

その顔には、戦国武将の間で表裏比興の者（策士）として恐れられ、大坂夏の陣で徳川方の大軍勢を前にし、呵々大笑《かかたいしよう》している真田幸村を彷彿《ほうふつ》させるような不敵さがあった。

「そのことで、加納さまにお話が」

八郎兵衛が膝行して言った。

「何かな」

「手前の縁者に、古坂東次《こさかとうじ》なる者がおります。少々変わり者ですが、雑賀流の忍術を遣い、鉄礫《つぶて》の達者でございます」

八郎兵衛も雑賀衆だった。雑賀は紀ノ川の下流一帯の地域で、その地域に勢力を持っていた土豪が雑賀衆である。雑賀流はその雑賀衆の間に伝えられた忍術である。紀州の忍術は、紀州流、根来流などが知られているが、雑賀衆のなかには雑賀流を身につけていた者もすくなからずいたのである。

「鉄礫をな」

「はい、鉄砲を持って歩くわけにはいかぬ、と言って、子供のころから印地打《いんじう》ちを修行し、鉄礫の術を身につけたようでございます」

八郎兵衛によると、古坂の遣う鉄礫は六角平形で、周囲をうすく削って刃をつけてあり、当たれば、肌を裂き骨を砕くほどの威力があるという。

「てまえの遣う鉄砲より威力があるかもしれませせぬ」

「それほどの腕か」

「はい」

「役に立ちそうな男だが、口は堅《かた》いか」

幸真が訊いた。新之助を擁立して紀州徳川家を乗っ取り、いずれは徳川幕府の天下を覆し、豊臣の世にもどそうとする者たちが最も恐れるのは、その野望が徳川方に知れることである。己の口が裂けても、このことだけは秘匿せねばならないのだ。

「堅《かと》うございます。ただ、少々、変わり者ゆえ。扱いに手を焼くことがあるかもしれませせぬ」

八郎兵衛は苦笑いを浮かべて言った。

「会ってみよう」

幸真は、蜂谷たち頼職派の者たちから新之助の命を守るためにも、腕のいい仲間がひとりでも多く欲しかったのだ。

2

小柄で固太り、肌の浅黒い男だった。眉が濃く丸い目をしていた。狸《たぬき》のような愛《あい》嬌《きよう》のある顔である。歳は二十半ば、粗末な小袖に伊賀袴を穿き、脇差だけを帯びていた。八郎兵衛の話だと、古坂は雑賀に住む郷士の二男で、ふだんは百姓仕事をしているという。

「古坂東次でございます」

古坂は首をすくめるように頭を下げた。

「わしが、加納平次右衛門だが、鉄礫を遣うそうじゃな。腕のほどを見せてはくれまいか」

幸真がおだやかな声音で言った。

加納家の庭には、古坂と幸真の他に角兵衛と古坂を同行してきた八郎兵衛もいた。

「心得ました」

古坂は幸真たちからすこし離れると、ふいに身をかがめ、ふところに右手をつっ込んだ。

次の瞬間、体を回転させながら鉄礫を放った。

迅《はや》い！

手の動きは見えなかった。

大気を裂く音につづいて、戛《かっ》、戛《かっ》、と鉄礫が木の幹に刺さる音がした。

一回転する間に、古坂は連続して四つの鉄礫を打っていた。鉄礫は梅や松などの幹に、いずれも計ったように地面から四尺ほどの高さに刺さっていた。そこに人が立っていれば、胸に当たったたろうか。

「見事だ！」

「鉄砲より役に立つはずで」

古坂はニヤリと笑った。額に皺が寄り頬がふくらんで、なんとも愛嬌のある顔になった。

「その鉄礫の腕、われらのために役立ててはくれぬか」

幸真が言った。

「そのつもりで来ましたが、てまえにも望みがございます」

古坂は笑いを消して言った。

「望みとは？」

「千石、欲しい」

「千石！」

幸真は驚いた。配下の惣市が馬廻り役で七十石、小野派一刀流の達人、川村三郎右衛門は四十石の徒士衆だった。それに比べて、千石の望みはあまりに高い。角兵衛も、八郎兵衛も驚いたような顔をして古坂の顔を見つめている。

「明楽さまから、合戦と聞いております。その合戦に勝てば数十万石は手に入るはず。千石など安いものでございましょう」

古坂は当然のことのように言った。どうやら、紀州家を乗っ取る合戦に勝ったら、恩賞として千石欲しいということらしい。

「よかろう」

幸真も安いものだと思った。紀州藩は徳川御三家のひとつ五十五万五千石の大名である。それを思えば千石など微々たるものである。

幸真は古坂に参勤のおりに無足近習として新之助に従うよう命じた。

「その前に、支度金をいただきたい」

古坂は衣類や武器を整えたいが、冷や飯食いのため金の都合がつかない、と平然とした顔で言った。

「これは、迂闊《うかつ》。そこまで、考えが及ばなかった」

すぐに、幸真は屋敷にもどり有り金をかき集めてきた。二十数両あった。それを懐紙につつんで、

「とりあえず、これで支度をしてくれ」

と言って、古坂に渡した。

八郎兵衛が変わり者と言ったのは、このことらしい。通常、武士は平然と支度金を求めたり、合戦に臨む前から恩賞のことなど口にしないだろう。どうやら、この男は武士としての名や誇りより実利を重んじる男のようである。

「では、参勤のおりに」

そう言うと、古坂は愛嬌のある顔でニヤリと笑い、足早に庭先から出ていった。

3

「馬で行くか！」

新之助が相好をくずした。

加納家の庭の隅に三頭の馬が用意されていた。うち一頭は、新之助の愛馬太郎丸だった。脚の迅《はや》い栗毛の駿馬である。新之助は乗馬が好きだった。とくに、太郎丸で城下を疾駆するのを好んだ。

今日、九度山の山間《やまあい》にある慶林寺に、新之助、幸真、角兵衛の三人で行くことになっていた。参府のため和歌山を離れるので、実父である吉頼に挨拶に行くのである。

吉頼は人目を忍び、秀雲という名で僧侶として生きていた。新之助が吉頼の子であることは、幸真をはじめとするわずかな豊臣方の者しか知らない。

馬で行くのは人目を欺《あざむ》くためでもあった。乗馬の好きな新之助が傅役である幸真や角兵衛を従えて馬責めをしている姿は、城下でもよく見られた。したがって、だれもが馬責めをしていると思って不審をいだかないのだ。

「若、われらから離れぬようお願いいたします」

幸真は、太郎丸の首筋を撫ぜながら笑みを浮かべた。

こうしたとき、幸真は傅役の加納平次右衛門として温和な表情を見せる。裏の顔の真田幸真とは、顔付きまで変えてしまうのだ。

「分かっておる」

新之助は、ひらりと太郎丸に飛び乗った。

新之助は弱冠十三歳だが手綱捌きが巧《たく》みであり、太郎丸はずばぬけて脚が迅い。本気で駆けられると、幸真や角兵衛もかなわないのだ。

新之助の騎乗した姿は、一軍の大将にふさわしい堂々としたものだった。

加納家を出た三騎は、角兵衛、新之助、幸真の順に城下を北にむかった。武家屋敷のつづく通りは並足で行き、町並を抜けてからゆっくりと走らせた。

三騎の跡を尾けている者がいた。風呂敷包みを背負い、菅笠をかぶっていた。行商人のような格好をしたふたりの男が通行人にまぎれ、小走りに尾けていく。蜂谷の配下の忍者である。ふたりは三騎との間をつめようとしなかった。新之助たちを襲撃するのではなく、行き先をつき止めようとしているようであった。

紀ノ川沿いの道まで来ると、田畑や雑木林などが多くなり、瀬音や野鳥のさえずりなどが聞こえてきた。畔道の桜が爛漫と咲き誇っている。

「駆けるぞ!」

一声上げて、新之助が鞭をあてた。角兵衛と幸真も慌てて馬を走らせた。

三騎は砂塵を上げて、紀ノ川をさかのぼるように東にむかった。しだいに民家が少なくなり、左手の川沿いは藪《やぶ》や雑木林などが多くなり、右手は田畑がつづいている。紀ノ川沿いの和歌山平野で紀州藩の穀倉地帯であった。

その平地の先、右手前方に飯盛山《いいもりやま》や高野山《こうやさん》が見え、その先に紀伊山地の山脈がつらなっている。

新之助たちを尾けていたふたりは、紀ノ川沿いの雑木林のなかで遠ざかる三騎の後ろ姿を見送っていた。尾行をあきらめたらしい。いかに忍者でも疾駆する馬を追いつづけることはできないようだ。

慶林寺は九度山の山間にひっそりと建っていた。人影はまったくなく、風の音と野鳥の鳴き声につつまれている。

山門の手前で下馬すると、ちかくの立ち木に馬をつなぎ、短い石段を上った。境内は森閑とし、杉や檜の深緑のなかを渡ってきた冷気が流れていた。

幸真は新之助と角兵衛を庫裏に連れていった。座敷に座っていっときすると、素絹《そけん》をまとった吉頼が姿をあらわした。頬や首筋の肉がたるみ、鬱屈した表情があった。住職とはいえ、山寺での閑居は幽閉されたような寂しさがあるのであろう。

それでも、吉頼は新之助の姿を見ると、相好をくずした。親子の対面をして一年近く経つ。この間、新之助は一度も吉頼と会っていなかったのだ。

幸真が許さなかったのである。新之助が吉頼と会うのは危険なことだった。蜂谷たちだけでなく、藩士の目に触れれば、すぐに吉頼の存在に不審をいだく。そして、豊臣秀頼の曾孫と知れれば、新之助はむろんのこと幸真たちの正体はあばかれ、徳川の天下を覆して豊臣の世にもどす野望は水泡に帰すであろう。

「父上、お久しゅうございます」

新之助は吉頼に低頭した。

「新之助、しばらく見ぬまに一段とたくましゅうなったな」

吉頼は新之助に慈《いつく》しむような目をむけた。

「殿、新之助君は七日後に紀州を発ち、しばらく江戸で暮らすことになります。しばしのお別れでございます」

幸真が脇から告げた。

参勤のための出立は、三月十三日ということになっていた。今日は三月の六日である。

「そうか。こたびの出府は、新之助の初陣ということになろうか」

吉頼は顔をひきしめて言った。

新之助にとって、藩主光貞、嫡男の綱教、三男の頼職たちとの江戸での暮らしは安穏とした場ではなく、豊臣家再興の合戦の場であることを吉頼も自覚していたのだ。

「存分に戦ってまいります」

新之助は眦《まなじり》を決して言った。

4

三月十三日。藩主、光貞の参勤交代のための行列が城下を出た。光貞を中心として頼職と新之助がくわわり、家臣団、足軽、中間、小者、又者《またもの》（家臣に仕える奉公人）、宿継人足など、九百人余の堂々たる行列である。すでに、宿割隊、道具隊それぞれ数十人が、前日に出立しているので、総勢は九百人をかなり越えることになろうか。

さらに、城下から大和《やまと》街道の次の宿場である岩出《いわで》あたりまで、出府する家臣の家族や領内に残る家臣などが行列を見送るので、その数は大変なものになる。

新之助は光貞や頼職と同様、乗物で出たが、中間に太郎丸も引かせていた。途中機会があれば騎馬で旅したいとのたっての願いからである。

その新之助に随身したのは、幸真、惣市、八郎兵衛、田宮流居合の達人、矢崎武左衛門、新しく配下にくわわった古坂東次、それに無足近習として新之助に侍する角兵衛、重市、文次郎、弥八郎、三郎である。

このころ新之助の近習としてそばに仕える若者たちを、新之助は薬込役《やくごめやく》と呼んでいた。新之助は乗馬や武芸にくわえて鉄砲もことのほか好んだが、いつもそばにいて御手銃の玉薬を装塡する役という意味でそう呼んだのである。おもてむき、任務は新之助の供、警備、雑務であったが、その実、新之助の手足となっては働く影の隠密集団の役割もになっていた。そうなるよう、幸真が子供のころから育て上げた新之助の親衛隊であり影の軍団でもあった。

一方、頼職をかつぐ神山甚内も、主だった配下をすべて参勤の行列にくわえていた。

「江戸に着くまでは気がぬけぬぞ」

幸真が脇にいる惣市に言った。ふたりは、新之助の乗物の前にいた。

「およそ十八日の旅程、敵も何か仕掛けてきましょうな」

惣市が小声で応じた。

この時代、紀州藩の参勤交代は大和街道を東進し、伊勢街道を経て東海道を江戸にむかうことになっていた。東海道にも旅の難所はあるが、大和街道と伊勢街道も山地が多く、なかなかの難所であった。

この年（元禄九年、一六九六）から五年後の元禄十四年には、紀州と大坂を結ぶ紀州街道が整備され、参勤交代のおりにも、紀州街道を使うようになるが、このときは伊勢方面から東海道へ出ていたのである。

参勤の一行は紀ノ川をさかのぼり、吉野《よしの》川の山裾を通って伊勢方面へとむかう。街道は田畑の多い地から山間《やまあい》に入り、吉野杉の鬱蒼《うっそう》と茂る森を抜けていく。

参勤の一行は、藩主の乗物、重臣たちの駕籠、騎馬の者、飾槍《かざりやり》、猩々緋《しょうじょうひ》の附袋《つけぶくろ》に入れた鉄砲を担ぐ者、長持に入れた衣類、賄《まかな》い道具、合羽から風呂桶、水桶、藩主の使う便器を持つ者まで長々とつづいていく。

参勤の行列は場所にもよるが一日八里前後歩くことが多い。中間、小者、宿継人足などは重い物を持って歩くので過酷な旅となる。

新之助の駕籠をかこむ角兵衛たち近習の者は、油断なく辺りに目を配りながら旅をつづけたが何事も起こらなかった。

二日、三日と平穏のうちに過ぎ、途中雨の日もあって、五日目に東海道へ入り、四日市《よっかいち》、桑名《くわな》へと進んだ。

その日、桑名で宿泊し、翌朝、七里の渡しを船で渡り尾張領地の宮《みや》へ入った。

「加納さま、おだやかな旅でございますな」

惣市が青い海原がひろがる伊勢湾に目をやりながら言った。

「何も動きがないのが、かえって気になる」

幸真は、新之助をはじめ角兵衛たち近習のなかにも、このまま江戸まで何事もなく平穏な旅がつづくのではないかという思いが生じ、安堵と油断がひろがっているのが気になっていたのだ。

その夜、一行は池鯉鮒《ちりゅう》に宿をとった。光貞と頼職は本陣に宿泊することになったが、新之助は脇本陣に泊まることになった。頼職が、新之助とは別の宿がいいと光貞に頼んだらしい。

――今夜、何かあるかもしれぬ。

と、幸真は思った。

まさか、光貞の宿泊している本陣に忍び込んで襲撃するわけにはいかないが、別の宿ならできる。新之助の命までは狙ってこないだろうが、軽い毒を盛って体調をくずさせ、源庵に病気と診断《みたて》させて国許へ返すか、あるいは怪我を負わせて旅をつづけられないようにするか。いずれにしろ新之助を江戸へやらなければ将軍綱吉との御目見得も実現しなくなる。そうなれば、頼職だけが御目見得をはたし、ひろい領地を賜《たまわ》るかもしれない。

脇本陣は本陣にくらべると、かなり狭い宿で警護の者もわずかだった。

「蜂谷の動きはどうだ」

脇本陣の座敷に腰を落ちつけた幸真が、惣市に訊いた。角兵衛、八郎兵衛、矢崎が顔をそろえていた。

「変わった様子はございませぬ」

惣市によると、蜂谷はいつものように本陣の警護についているとのことだった。

「加納さま、気がかりなことがございますが」

惣市の脇にいた八郎兵衛が口をはさんだ。

「気がかりとは」

「三谷源泉と森之谷宗十の姿が、見当たりませぬ」

八郎兵衛の話では、ふたりは本陣にちかい旅籠《はたご》に他の家臣といっしょに宿泊する予定だが、そこに姿がないというのだ。

「やはり、何かあるな」

「それに、忍者ふたりもどこにまぎれているか分かりませぬ」

「今夜は厳重に警備せねばなるまいな。わしは、宿直《とのい》として新之助君の隣部屋で休もう」

幸真は、角兵衛たち薬込役の者にも交替で寝ずの番をするよう命じた。

「されば、拙者も、今夜は新之助君の警護を務めよう」

矢崎が、三谷や宗十が仕掛けてくるなら、おれの出番であろう、と言い添えた。すると、一同の後ろで話を聞いていた古坂が、

「それなら、おれも。まだ、何の働きもしてないからな」

そう言って、狸のような愛嬌のある顔でニヤリと笑った。

5

「加納、そこまですることはあるまい」

新之助はあきれたような顔をした。

「いえ、用心に越したことはございませぬ。殿などは、畳まで運んでいるのでございますぞ」

幸真は脇本陣の女中に、新之助の布団の下に厚い革製の泥障《あおり》を二組並べて敷かせた。泥障は馬体の両側に垂らす泥除けである。刃物で下から突かれるのを防ぐために、とくに厚手の物を選んで持参したのである。

どの大名も、参勤交代の旅の途中の暗殺を恐れた。警護の者が寝ずの番をするとはいえ、城中にくらべればはるかに警備態勢は劣る。床下にもぐり込まれたり、到着前

からひそんでいて下から刃物で突かれる恐れもあった。それを防ぐために、堅く作った畳を二枚持参して、その上に布団を敷くのである。

それに、旅先の毒殺も警戒した。旅先の水や食べ物に毒を盛ることは、城内で行なうより容易だからだ。それに、旅先の急死は病死として処理されることが多く、しかもその地にとどまることはできないので暗殺者の追及もおろそかになるのだ。

幸真は新之助が口にする食事や水は、かならず毒味役の者に毒味をさせてから出すようにしていた。そうした用心が、城下にいるときとはまるでちがうので、新之助も戸惑っているようだった。

「若、戦場では敵の乱波《らっぱ》やスッパに寝首を掻《か》かれぬよう用心が肝心でございますぞ」

幸真は当然のことのように言った。

本陣は門前に関札《せきふだ》が立ち、門には定紋入りの幕が張られて家臣たちが警固に立つが、脇本陣になると、そのような物々しい警固はない。せいぜい、藩主に次ぐような要人が宿泊するときに宿直の者が巡視する程度である。

だが、この夜、角兵衛たち近習に矢崎と古坂がくわわり、交替で寝ずの警固に立った。

警固といっても、槍や棒を持って巡視するわけではなかった。物陰にひそんで敵の侵入を防ぐと同時に返り討ちにしてやろうと待ち構えていたのである。

子ノ刻《ね》（午前零時）が過ぎた。騒がしかった宿場も灯《ひ》が消えて、ひっそりと寝静まっていた。夜は深々と更けていく。ときおり、犬の遠吠えが聞こえてきたりしたが、脇本陣の宿は夜の闇と静寂《しじま》につつまれている。

その脇本陣の玄関脇の植え込みの陰に重市、庭の隅の椿の樹陰に角兵衛と矢崎、そして新之助の寝間にちかい戸袋の陰に古坂が張り付いていた。

丑《うし》ノ刻（午前二時）ごろであったろうか。ふいに、重市がつっ伏し、地面に耳を当てた。

——来る！

聴力の優れた重市は、かすかな足音も聞き取ることができる。

何人かははっきりしなかったが、複数だった。しかも、忍び足である。忍者らしい。足音はしだいに近付いてきた。

重市は椿の樹陰にむかって小石を投げた。敵が接近してくるという合図である。樹陰にいた角兵衛から、古坂にも同じ方法で知らされた。

——もうひとり来る。

重市の耳は、忍者の足音ではない別の音を聞き分けた。草鞋履《わらじば》きの重みのある地を踏む足音だった。忍者でない者が、ひとりこっちへむかっている。

忍び足がせまり、街道につづく家並の軒下や樹陰などをたどって近付いてくる気配がした。一方、重みのある足音の主は、街道を照らす月光のなかにぼんやりとその姿を浮かび上がらせた。二刀を帯びている。

——三谷か、宗十か！

人影は武士だが、かすかに輪郭が識別できるだけで、だれかは分からなかった。

その人影は脇本陣の手前、半町ほどのところで立ち止まり、路傍に寄って動かなくなった。どうやら、その場で待機しているらしい。

忍者の忍び足だけが近付いてくる。

そのとき、脇本陣の門前を黒い人影がよぎり、一瞬のうちに灌木の陰へ消えた。つづいて、もうひとつ。別の樹陰へ飛び込んだ。

——来るぞ！

ふたりの忍者が、樹陰や軒下の闇をつたいながら玄関先から庭先へまわろうとしていた。

と、ひとりが走りでた。黒い人影が疾風のように庭先から裏手へ疾走する。もうひとりは、庭の床下へ這うように近付いていく。

――井戸だ！

重市は、ひとりが裏手にある井戸へ毒を投じようとしていることを察知した。間髪を入れず、重市は植え込みから飛び出し、裏手へ走る忍者の背に手裏剣を投じた。当たった。

忍者はのけ反り、よろめいた。だが、呻き声ひとつ上げず、納屋の陰へ飛び込み姿を消した。

重市が植え込みから飛び出すのと同時に、角兵衛と古坂が床下にもぐり込もうとしていた忍者に走り寄った。

忍者は逃げた。反転して樹陰へ飛び込み、さらに土塀に身を寄せながら門前へと疾走した。

走りざま古坂が鉄礫を打った。夜気を裂く音が連続して聞こえ、木の幹に当たる音と灌木の茂みに突き刺さる音がした。

だが、黒い人影は一瞬早く灌木の脇をよぎり、門から街道へ走り出た。

――逃さぬ！

角兵衛も街道へ走り出た。古坂と矢崎がつづいて街道へ駆けだした。

忍者の姿は見えなかった。だが、路傍に立っている人影がぼんやりと見えた。二刀を帯びている。

6

「わしの出番のようだな」

矢崎がゆっくりと立っている人影の方に歩み寄った。角兵衛と古坂が辺りの気配をうかがいながら後につづいた。

路傍に立っていた人影は、近付いてくる矢崎に気付いたのか、ゆっくりとした足取りで街道のなかほどに出てきた。

月光に痩身の武士の姿が浮かび上がった。

――三谷源泉だ！

角兵衛は痩身でやや猫背の体軀に見覚えがあった。

「三谷か」

矢崎が言った。矢崎も三谷のことは知っているのだ。

「わしに名はない。うぬは矢崎武左衛門だな」

三谷は名乗りたくないようだ。

る。

「おれも名無しだ」

矢崎が言った。矢崎はまったく表情を変えなかった。剣に生きる冷徹な男なのである。

三谷は矢崎と対峙して足をとめた。夜陰のなかで、矢崎を見つめた双眸がうすくひかっている。三谷も剣客らしい面構えをしていた。

角兵衛が三谷の左手へまわり込もうとすると、

「手出し無用。ここは、三谷とわしとの勝負だ」

そう言って、矢崎が制した。

角兵衛は後ろに下がった。古坂も矢崎とすこし間を置いたまま周囲に目を配っていた。逃げた忍者のことが気になっていたのである。

矢崎が刀の鯉口《こいぐち》を切り、右手を柄に添えたままますこしずつ間をつめ始めた。そして、およそ三間の間合を取って相対した。

三谷も腰の柄に右手を添え、すこし背を丸めるような格好で居合腰に沈めた。

居合対居合。

居合同士の立ち合いの場合、一瞬の抜きつけが勝負を決する。ふたりは抜刀体勢を取ったまま足裏を擦るようにジリジリと間合をつめ始めた。

ふたりは無言だった。気合はむろんのこと足音すら聞こえなかった。夜陰につつまれたふたりから痺れるような殺気が放射されている。

そのとき、古坂は街道沿いの右手の民家の軒下に人の気配があるのを察知した。

——大勢いる！

民家の軒下だけではなかった。左手の旅籠の屋根、後方の路傍の叢《くさむら》のなか、右手前方の松の樹陰。かすかに人影の動くのが見えた。いずれも、忍者である。

「角兵衛どの、伏勢！」

声を上げ、矢崎の右手に走った。

すぐに状況を察知した角兵衛は左手に走った。古坂と角兵衛は、左右からの忍者の攻撃に備えようとしたのである。

四つの人影が、ほぼ同時に動いた。民家の軒下、旅籠の屋根、路傍、樹陰。それぞれの場にひそんでいた人影が動きざま、手裏剣を打ってきた。

間髪をいれず、古坂がすばやい動きで身を回転させながら、連続して鉄礫を打った。古坂は一回転するうちに四つの鉄礫を放っていた。一瞬の迅業《はやわざ》である。

幾つもの手裏剣と鉄礫が夜陰を裂いて飛び交った。

角兵衛が刀身で手裏剣をはじく音がひびき、つづいて古坂や矢崎の足元ちかくの地面に手裏剣の刺さる音がした。

四人の忍者は一瞬姿を見せたが、手裏剣を放つと、ふたたび闇のなかに姿を消した。古坂の迅業に驚き、姿を見せて攻撃する戦法を変えたのかもしれない。

矢崎はすべての神経を集中して抜刀の機をとらえようとしていた。すでに抜刀の間境の一歩前である。敵が間境を越えた瞬間が抜刀の機である。おそらく、三谷も同じように抜刀の機をうかがっているにちがいない。

ふたりは獲物に近付く獣のように、趾《あしゆび》を這わせるようにしてすこしずつ間合をせばめていく。

と、そのとき、矢崎の足元に手裏剣が飛来し、地面に突き刺さった。刹那、稲妻のような剣気が疾《はし》った。

タアッ！

トオッ！

両者の鋭い気合が夜陰をつんざき、ほぼ同時にそれぞれの腰元から閃光が疾った。

前に踏み込みながら抜きつけた一刀が二筋の弧をえがいて、それぞれの敵の肩先へ伸びた。

そのままふたりは交差し、大きく間合を取り、一瞬裡に納刀して反転した。向き合ったふたりは柄に右手を添えてふたたび抜刀体勢を取っていた。

矢崎の着物の右の肩口が裂け、血がにじんでいた。一方、三谷の肩先も裂けて肌から血が流れていた。お互いの切っ先が浅くとらえたのである。

「互角か」

そうつぶやいて、矢崎が間合をせばめ始めた。

そのとき、手裏剣が矢崎の肩先をかすめて路傍の叢《くさむら》へ突き刺さった。角兵衛の低い呻き声がし、街道の左右から疾走する足音や藪のなかへ飛び込むような音が聞こえた。角兵衛が敵の忍者の手裏剣を浴びたらしい。

「三谷、勝負をあずけた」

矢崎は身を引いた。

このままでは、三人とも敵の手裏剣の餌食《えじき》になると踏んだのである。

見ると、角兵衛は左の二の腕を右手で押さえていた。手裏剣は左腕に刺さったらしい。古坂はすばやく身を移動しながら四方の敵につづけざまに鉄礫を打った。なんとも、迅い動きである。

「引くぞ！」

矢崎は声を上げて、角兵衛とともに脇本陣の方に走りだした。古坂も角兵衛のそばに走り寄り、鉄礫を打ちながら走った。


そのころ、重市は納屋の陰へ身をひそめた忍者を追っていた。

重市が納屋へ走り寄ると、わずかに地を蹴る足音が聞こえ、黒い人影が土塀のそばをよぎった。疾走の姿が揺れている。背中に受けた手裏剣の傷に、体力を奪われているようだ。

重市は追った。父親の命を奪った忍者のひとりにちがいない。ここで、仕留めれば父の敵《かたき》のひとりを討てるのだ。

人影は門から外へ走り出た。月光のなかに鼠地の忍び装束が浮かびあがった。

重市は疾走した。人影との間は狭まってくる。人影の体が揺れ、足音もはっきりと聞こえた。忍び走りの体勢がくずれているのだ。

「くらえ！」

走りざま重市は、手裏剣を打った。

忍者の首根ちかくに刺さった。忍者は短い呻き声を上げてのけ反り、よろめくような足取りで街道の脇へ逃げ込んだ。そこは松並木になっていた。忍者は松の樹間の叢に飛び込むように身を伏せた。そのまま動かない。

と、火薬の臭いがした。

重市は足をとめた。次の瞬間、忍者の伏した叢で火薬の爆発音がし、一瞬忍者の伏した体が轟音とともに飛び上がったように見えた。

自爆である。皮肉の焦げる異臭がした。

男は所持していた火薬に袖火《そでび》で火を点けたにちがいない。袖火は胴火《どうび》とも呼ばれ、忍者が所持している懐炉《かいろ》のような携行用の種火である。

重市はつっ伏したまま死んでいる男のそばに近寄り、体を起こした。忍び装束が焼け、かすかに煙が出ていた。火薬を胸に抱くようにして爆発させたらしく、顎が吹き飛び焼け爛《ただ》れた胸があらわになっていた。

鼻をつく異臭がする。上歯と顎の骨が剝きだしになっていたが、目や額はそのまま残っていた。色の浅黒い瘦せた男だった。額から右眉の脇にかけて二寸ほどの刀傷がある。

重市は所持している物も探ったが、忍びの道具の他は正体の知れるような物は何も持っていなかった。

重市は死体を叢の奥に運び込み、木の枝を切ってかけておいた。敵の忍者とはいえ、路傍に放置し旅人の目に晒《さら》されるのは哀れだと思ったのである。

7

角兵衛の傷は深かったが、命にかかわるような傷ではなかった。刺さったのは棒手裏剣らしい。毒が塗ってなかったので、出血さえ止まれば、左腕も自由に使えるようになるはずだった。

惣市が手早く血止め薬を塗り、三尺手ぬぐいで角兵衛の傷口を縛《しば》った。紀州流の忍者だけあって、傷の手当も心得ているのだ。

まだ夜は明けていなかった。淡い灯明のなかに、幸真以下新之助に随身した十人の男たちの姿が浮かび上がっていた。新之助は離れた座敷で寝ている。

幸真は、矢崎から侵入した敵との戦いの様子を聞いた後、

「敵の狙いは、われらをおびき出して討つことにもあったようだ」

と、虚空を見つめながら言った。

一番の目的は、脇本陣に忍び込んで新之助に危害をくわえることであろうが、それ

を阻止されれば、外へ逃れて追っ手を斃《たお》す策もとっていたようである。そのために、三谷の他に三人もの忍者を伏せておいたのだ。

そのとき、幸真の脇に座していた八郎兵衛が、

「重市、おまえが斃した男はだれか分かるか」

と、訊いた。

「それが、火薬で顔をつぶしましたので、はっきりとは」

そう言って、重市は死んだ忍者の容姿を話した。

「そやつ、顔に刀傷があったか」

八郎兵衛が声を大きくした。

「はい、二寸ほどの」

「市古登太《いちことうた》かもしれんぞ」

「すると、市古家が神山の配下についたか」

惣市が驚いたような顔をして言った。

市古家は雑賀流忍術を伝えている宗家のひとつで、当主は市古小十郎《こじゅうろう》。登太、昌《しょう》平《へい》のふたりは小十郎の子で、市古の兄弟猿とか闇の兄弟と呼ばれる忍びの手練だという。

「すると、もうひとりは昌平ということになるな」

幸真が言った。幸真も市古兄弟のことは、耳にしたことがあったのだ。

――おそらく、金であろう。

と、幸真は思った。

市古一族は金で動くと聞いたことがあったのだ。神山と蜂谷に金で雇われたにちがいない。

「厄介《やっかい》でございますな。屋敷の外で待ち伏せていた者たちは、市古の配下の忍びでございましょう」

八郎兵衛が言った。

「うむ……」

他にも、市古の配下の忍者が中間や小者に化けて行列にくわわっている可能性が高かった。こうなると、敵勢がどれほどであるか読めなくなる。

「加納さま、どうでござろうか。敵の攻撃を待っているだけなく、こちらから攻めては」

惣市が声を落として言った。

「攻めるとは、頼職に怪我をさせて国許に帰すということか」

「いかさま」

惣市は頼職が新之助に対してやろうとしていることを、こっちからも仕掛けようというのだ。奇抜なことを好む惣市は、敵の攻撃を待っているのは性に合わないのだろう。

「それはできぬ。頼職に対する鬱憤は晴らせようが、同時に新之助君の前途もとざされることになる。考えてみろ、新之助君の側近であるわれらが手を出したことが知れれば、光貞の逆鱗《げきりん》に触れ、新之助君はただちに国許へ帰されるぞ。むろん、われらの命もない。それに、光貞に気付かれずに頼職に手を出すのはむずかしい。頼職はわれらの襲撃のことが念頭にあるからこそ、光貞から離れようとしないのだからな。……それに、うまく光貞に気付かれずに頼職に傷を負わせることができたとしても、光貞は三男の頼職を国許に残して、四男の新之助君だけを江戸へ連れていくことは絶対にない。口惜《くちお》しいが、頼職にも無事に江戸までいってもらわねば、われらも困るのだ」

「………………」

惣市は無念そうな顔をして口をつぐんだ。そこに集まった他の男たちも、けわしい顔で視線を落とした。

矢崎だけは、表情のない顔で虚空を見つめている。この男は己の剣のことしか、関心はないのだ。

「いずれにしろ、われらとしては新之助君を無事江戸までお連れするしかないのだ」

幸真は声を強くして言った。

翌朝、まだ暗いうちに参勤の行列は池鯉鮒の宿を発った。この時代の旅人の出立は早い。すこしでも旅の行程を稼ぐために、未明のうちに宿を発つ者が多いのだ。大名の参勤交代も例外ではない。こうした行列の旅は莫大な費用がかかるため、一日でも早く江戸へ着きたいのである。

行列は岡崎《おかざき》、藤川《ふじかわ》、赤坂《あかさか》と進み、その日は御油《ごゆ》に宿泊した。およそ八里の行程である。何事も起こらなかった。紀州藩の行列は東海道を順調に進んだ。

新之助は乗物での旅に飽きたのか、景色のよい場所へ来ると愛馬の太郎丸に騎乗して旅するようになった。乗馬のときも、馬術に長けた三郎が手綱を取り、角兵衛たちがまわりをかためていた。

雨の日もあったが、比較的天候にもめぐまれ、行列は予定通り東海道を東進していく。

新之助は太郎丸に乗って旅することが多くなったが、行列とともに進み、ただ馬の背で揺られていることに我慢できなくなってきたようだ。視界のひらけた平地や海岸

沿いの眺望の優れた地へ来ると、

「すこし、走らせるぞ」

そう言って、三郎から手綱を取り、わざわざ行列の後ろへむかって馬を駆り、また行列にもどったりした。前にいる光貞の乗物を馬で追い越すわけにいかなかったからである。

そんなとき、一時的だが、新之助だけが行列から離れてひとりになることがあった。

――まずい。

と、幸真は思った。

新之助を狙う絶好の機会を敵に与えることになる。そうかといって、新之助のような乗馬好きの若者に、手綱を供の者に持たせたままただ馬の背に揺られていろというのも酷である。

幸真は宿泊地の府中《ふちゅう》に草鞋を脱ぐと、まず、馬術の達者な惣市と三郎の親子に馬を調達させ、行列の最後尾につくよう命じた。新之助が後方に馬を走らせたとき、追従させるためである。さらに、古坂と重市に旅人に化けて、行列の後ろからくるよう命じた。ふたりには行列の従者の不審な動きを探らせ、敵の襲撃に備えさせようとしたのである。

その日、一行は蒲原《かんばら》に泊まった。

8

翌日は晴天だった。山頂に雪をいただいた富士の霊峰が左手前方にそびえ、右手の遠方には駿河《するが》湾が見えていた。

吉原《よしわら》を過ぎると、急に眺望がひらけ、右手に田子《たご》の浦《うら》の青い海原がひろがった。そこは千本松原と呼ばれる名所である。左手に霊峰富士、右手に紺碧の海原。その間を白砂の浜と松並木が延々とつづいている。まさに白砂青松を絵に描いたような絶景の地だった。

その景観を目にした新之助は、

「馬で行くぞ」

と、我慢しきれなくなって言った。

乗物から出た新之助は、太郎丸を引いていた三郎から手綱を取って跨《また》がった。しばらく、行列に従って松並木のつづく街道を馬上で揺られていたが、手綱を引いて反転

させると、

「すこし、駆けてくる」

と、言い置いて、列の後方にむかって街道を駆けだした。

列の最後尾にいた惣市と三郎が、すぐに馬首を後方にむけ行列を駆け抜けた新之助に追駆した。

新之助たち三騎が、列から離れて数町走ったときだった。松並木の陰に待機していた二騎が、後を追って駆けだした。馬上の男は旅装の町人ふうだったが、その身のこなしは、忍者である。馬術にも長けているとみえ、新之助たち三騎との間がしだいにつまっていく。

そのとき、古坂と重市は着物を尻っ端折りにして脇差を差し、振り分け荷物を肩にかけて、行列から十町ほど後ろを歩いていた。視界がひらけ街道の先まで見渡せたので、すこし距離を取ったのである。

「おい、馬が来るぞ」

古坂が言った。行列の後ろから三騎、こちらにむかって疾駆してくる。

「若君たちのようだ」

「その後を見ろ！　二騎、追尾してくる」

まだ、遠方で新之助の後方からくる二騎が敵か味方か分からなかった。

と、古坂と重市は自分たちの後ろにも馬蹄のひびきを聞いた。振り返ると、三騎が街道を砂塵を上げながら迫ってきた。前方と後方から都合八騎、松並木のつづく街道を疾駆してくる。

「あれは、宗十だ！」

古坂が声を上げた。後方から来る三騎のうち馬上の武士ひとりが槍を右手にかかえていた。顔は分からなかったが、騎馬で槍をふるってくるとなれば、森之谷宗十とみていいであろう。とすると、残りの二騎も敵ということになる。町人体《てい》であることから見て、忍者にちがいない。

「挟み撃ちだ！」

重市が叫んだ。

咄嗟に、重市は敵が何をしようとしているか察知した。敵は新之助たちを挟み撃ちにしようというのである。後ろの三騎は行列から距離を置いて馬でつけてきたにちがいない。そして、行列から離れて騎馬が来るのを目にし、仕掛けてきたのだろう。

「重市、馬を倒すぞ」

言いざま、古坂は街道の松並木の陰に身を隠した。重市も、反対側の樹陰に飛び込むように身をひそめた。

馬蹄の音がひびき、前後から騎馬が迫ってきた。街道に居合わせた旅人たちは、顔をこわばらせて路傍に身を隠した。

後方から迫る三騎の方が、新之助たちよりすこし早く古坂たちの前を通りそうだった。

先頭の森之谷が右手に槍をつかんで疾駆してきた。おそらく、すれちがいざま、新之助を刺すつもりなのだろう。

「そうはさせるか！」

叫びざま、古坂が森之谷の乗る馬を狙って鉄礫を連続して打った。つづいて、後方の二騎めがけて、重市が手裏剣を打つ。

一瞬、森之谷の馬が首を激しく振り、脚をとめて嘶《いなな》き、棹《さお》立った。右手に槍をかかえていた森之谷は体勢をくずして、後方に放り出された。

さらに、一騎は半町ほど走って前脚を折り、地面に倒れた。もう一騎は乗り手の制御がきかなくなり、狂馬のように松林のなかへ突進した。

街道に砂塵が上がり、倒れた馬の脇から森之谷が立ち上がった。槍を構えている。すかさず、古坂が鉄礫を打ったが、槍の柄でそれをはじいた。そして、憤怒の形相で古坂のひそんでいる樹陰の方に走り寄ってきた。

もうひとり、馬から落ちた町人体の男も脇差を抜いて近寄ってきた。古坂と重市は鉄礫と手裏剣を打ちながら、松の樹間を縫うようにしてその場を離れた。

「若！　馬をとめて、行列へおもどりくだされ」

この様子を見た惣市が、新之助に叫んだ。

新之助は太郎丸の手綱を引いてとめると、馬首をまわして反転し、一気に行列の方に駆けだした。すでに馬首をまわしていた惣市が先頭になり、新之助、三郎の順につづいた。

新之助たちを追ってきた二騎は、駆けもどってきた三騎を見て慌てて手綱を引き、腰の脇差を抜いて身構えた。

かまわず、惣市は二騎の間に突き進んでいく。惣市は大坪流馬術の達者である。右手にいた男が振り下ろした脇差を身を倒してかわし、擦れちがいざま左手の馬の鼻面《はなづら》を鞭でたたいた。

鼻面をたたかれた馬は後ろ脚を激しく跳ね上げて暴れ、馬上の男を振り落とした。その脇を新之助が通り抜け、三郎がつづいた。三郎はすれちがいざま、右手の馬の尻を鞭で強打した。

驚いた馬は狂ったように前に駆けだした。砂塵が街道を覆い、新之助たちの乗った三騎が遠ざかっていく。

その夜、紀州藩の参勤の一行は三島《みしま》に宿泊した。行列の背後で何が起こったか、知る者はわずかである。藩主光貞、頼職、そして大勢の家臣たちは一日の旅程の疲れで、深い眠りについていた。

幸真たちは眠っていなかった。新之助が休んでいる座敷の隣室で、明日の策を練っていた。いよいよ、明日は箱根《はこね》の山越えである。

「明日、この旅の決戦になる」

幸真が虚空を睨みながら言った。

双眸が炯々《けいけい》とひかっていた。合戦の場に臨んだ猛将のような顔である。

9

三島宿は乳白色の靄《もや》につつまれていた。しっとりとして体にまとわりつくような靄である。まだ、旅籠の軒先や樹陰などには薄闇が残っており、街道の視界はとざされていたが、宿場は活気と喧騒につつまれていた。馬の嘶《いなな》き、馬蹄の音、足音、乗物をかつぐ陸尺の掛け声や藩士たちの声……。いま、紀州藩の大名行列が三島宿を出立しようとしていた。明け六ツ（午前六時）前だが、本陣や脇本陣から街道へ出た紀州藩の家臣、足軽、中間《ちゅうげん》、小者、又者《またもの》などでごった返していた。

いよいよ、今日は箱根越えである。

光貞の乗る御駕籠の前後を近習がかため、さらに番方、草履取、召馬、召替駕籠などが長々とつづき、その後に頼職の乗る御駕籠が本陣の前を出た。頼職の前後にも大勢の近習がしたがっていた。その近習のなかには、菊池半太夫、三谷源泉、森之谷宗十などが、まぎれていた。

その頼職の御駕籠が出立し、さらに多くの家臣団がつづいた後、脇本陣を出た新之助の御駕籠が三島宿を出た。

新之助の御駕籠の前後にも、それほど多くはないが、近習たちがしたがっていた。御駕籠の脇に、傅役の幸真、惣市、八郎兵衛、矢崎、古坂、それに新之助の薬込役として近侍する角兵衛、重市、文次郎、弥八郎、三郎たち若者である。

三島宿を出るころになると、街道をつつんでいた靄が晴れ、左手奥に朝日にかがやく富士山が目を奪うばかりにくっきりと見えてきた。街道の前方には、深緑につつまれた箱根の山々が行く手をはばむように聳《そび》え立っている。

「ゆだんはすまいぞ」

幸真がかたわらにいる惣市と八郎兵衛に小声で言った。

ふたりはかぶっている一文字菅笠のままちいさくうなずく。

「神山、蜂谷、それに頼職に随身している菊池たちから目を離すな」

頼職をかつぐ神山と蜂谷が、新之助の出府を阻み、幸真たち側近の命を狙う敵の首魁である。

「心得てございます」

惣市が声を殺して言った。

紀州を出てから、惣市が幸真のそばに張り付いていた。新之助の警護と幸真の連絡役を兼ねている。

街道は今井坂と呼ばれる急坂にさしかかった。街道の左右の山肌は笹が茂り、杉、松などの樹木が多くなり、辺りは森閑として野鳥の声が聞こえていた。坂を進むにしたがって長い行列がばらけたが、幸真たちは新之助の乗る御駕籠から離れない。

今井坂を越えるとやや平坦な松並木のつづく道になったが、それも長くはつづかず、街道はふたたび山間の上り坂になった。街道の左右の地表をびっしりと笹が覆い、杉や松などの針葉樹の高木が鬱蒼と枝葉を茂らせ、陽射しをさえぎっている。

箱根路は霧深きゆえ蚊、蠅なし、といわれているが、鬱蒼とした森のなかは薄暗く、湿気をふくんだ霧が街道をつつんでいた。

街道はさらに山間に入り、石畳の長い上り坂はすべりやすく、尻餅をついて声を上げる者が続出した。

行列はさらにばらけ、新之助の駕籠と前後の従者が十数人のかたまりになり、蛇行した場所に来ると他の家臣たちの姿が見えなくなった。

「加納さま、菊池たちの姿が頼職さまの近くから消えたようでございます」

惣市が幸真に身を寄せて伝えた。

惣市の背後に重市の姿があった。おそらく、新之助のそばから離れ、敵の動向を探っていたのだろう。

菊池たちの姿が消えたということは、行列のなかに紛れている蜂谷の配下の市古小十郎も動いたとみねばならない。数はつかめないが、一族の忍者が行列に何人もくわわっているはずである。

「動いたか」

「そのようです」

「惣市、行列から離れて街道筋を探れ」

幸真は、菊池たちがこの山中で仕掛けてくるとすれば、まず鉄砲であろうと読んだ。それに、急斜面の上から岩などを転がして、新之助の乗る駕籠を襲う手もある。それらを未然に防ぐためには、先まわりして街道沿いを探らせる必要があった。

「三郎、八郎兵衛、重市、文次郎を使え」

惣市と三郎は親子で、いずれも紀州流忍術と大坪流馬術を身につけていた。さらに、八郎兵衛と文次郎も親子で、雑賀流鉄砲術の達者である。

「心得ましてございます」

惣市はそう言うと、そばにいた八郎兵衛と重市に伝え、他の家臣の目に触れないようすばやく街道脇の笹藪のなかに身をひそめた。

いっとき後、重市と文次郎は街道沿いの急斜面の笹藪のなかを疾走していた。柿茶《かきちゃ》の筒袖と同色の裁着袴。行列にくわわっていたとき着用していた羽織と小袖は、風呂敷包みにして背負っていた。

ふたりは走りながら、杉の幹の陰、大樹の枝、岩陰など、鉄砲や弓で街道を通る駕籠や従者を狙えそうな場所へ目を配り、林間を渡る風のなかに火縄の臭いを嗅ぎ取ろうとした。惣市、八郎兵衛、三郎たちも街道沿いを先まわりして敵の動きを探っているはずである。

「どうだ、鉄砲で狙っている者はおるか」

重市が足をとめて、文次郎に訊いた。八郎兵衛と文次郎親子は鉄砲の名手だけに遠方を見る視力と火縄の臭いを嗅ぎ分ける優れた嗅覚を持っていた。

「おらぬ、鉄砲ではないかもしれぬな」

文次郎は街道筋に目をくばりながら言った。

「ともかく、箱根の山中で仕掛けてくるはずだ」

そう言うと、また重市は斜面を走りだした。文次郎も後につづく。

紀伊藩の長い行列は箱根峠を過ぎ、新之助たちも何事もなく峻嶮《しゅんけん》な坂を越えた。眺望がひらけ、眼下に芦ノ湖《あしのこ》の湖面がひろがり、杉の樹間から遠く相模湾を見ることができた。絶景の地である。

紀伊藩の一行は箱根宿に着き、本陣、脇本陣、旅籠などに分散して、昼食と休憩をとることになった。

10

新之助たちは脇本陣に草鞋を脱いだ。すでに、昼飯が用意されていた。御膳奉行と台所方が先着して、昼食の用意をしていたのである。

本陣の光貞と頼職の許には、御毒味役がいたが、新之助には決まった毒味役はいなかった。そのため、重市や惣市などが、舌先で毒味をしてから新之助に食べさせた。

「ここまで来て、毒を盛る者もおるまい」

新之助は笑っていたが、幸真は油断しなかった。紀州から遠く離れた山間の地であるからこそ、危険なのである。台所方も狭い場所で煮炊きしているであろうし、警戒もおろそかになっているはずである。

それでも、何事もなく昼食を終え、紀伊家の行列が箱根宿を出立した。箱根には関所があるが、紀伊家の行列は難なく通過し、芦ノ湖畔の杉並木のなかを粛々と進んでいく。景色のいい場所で、澄み切った湖面の先には駒《こま》ケ岳《たけ》、双子山《ふたごやま》などが聳えている。山並の先に霊峰、富士の山頂もときおり見ることもできた。

芦ノ湖畔を過ぎると、街道は山間の下り坂になる。杉の巨木の間を縫うように下る石畳の道で、滑って足をとられる者も多かった。

「加納さま、箱根も無事越えられそうです」

惣市が幸真に身を寄せて言った。顔に安堵の色がある。箱根越えも大半は終えていた。杉や檜《ひのき》の樹間から、ときおり相模湾や小田原宿の一部も目にすることができるようになっていた。

「それで、菊池たちは頼職のそばにもどっているのか」

幸真が訊いた。

「それが、まだ、どこかに姿を隠したままでございます」

「油断いたすな。小田原宿へ着くまでの間に、仕掛けてくるとみた方がよい」

敵の油断をつくのは合戦の基本である。幸真は、むしろこれからが危ないとみていたのである。

「ハッ」

惣市は顔をひきしめてうなずいた。

山間の休憩地である畑《はた》宿を過ぎ、街道は鬱蒼とした森林のなかを蛇行しながら下っていく。その曲がり角の路傍の樹陰に、重市と文次郎が立っていた。ふたりは行列の出立より早く箱根宿を出て、街道筋を探っていたのである。

「文次郎、人の気配がする。それも多勢《たぜい》だ」

重市が小声で言った。

「たしかに」

文次郎は、急斜面の上に目をやった。

街道の右手が地肌の露出した急斜面の崖地になっていた。左手は笹藪で、その先に小川が流れている。崖地の上は、丈の高い笹でおおわれ、さらに杉や檜の巨木が鬱蒼とした枝葉を茂らせていた。

懸瀑《けんばく》の音と野鳥のさえずりが、街道をつつむように聞こえてくる。人声や物音はしなかったが、ふたりは崖の上に人のいる気配を感じ取ったのだ。

「おれが、見てくる。文次郎はここにいてくれ」

そう言い置くと、重市は街道をすこし下り、笹の茂った斜面を上り始めた。

重市は丈の高い笹藪に身を隠しながら、崖の上へまわり込んでいく。忍びの達者だけあって、かすかに笹が動くがほとんど音をたてない。

――いた！

崖の上は狭いが平地になっていて、数人の人影が見えた。襷《たすき》で両袖をしぼり、裁着袴に二刀を帯びた武士がふたり、忍び装束の男が三人いた。武士体の男は菊池と三谷だった。忍者は市古一族の者であろう。五人は太い丸太を使って、大きな石を動かしている。

——石を落とす策か！

崖下を通る新之助の御駕籠を狙って、石を転げ落とすつもりなのだろう。いくつかの石を落とせば、駕籠に当たる可能性は高いし、新之助だけでなく幸真たち側近も斃《たお》せる。それに崖崩れによる不慮の死ということで、処理することができるのだ。

——落石だけではない。

五人からすこし離れた笹藪の近くに、鉄砲を持った忍び装束の男がひとりいた。まだ、いる。崖下に枝をはった樅《もみ》の巨木の陰にもひとりいた。こちらは短弓を持っている。新之助が御駕籠から脱出した場合、鉄砲と弓で仕留める気なのであろう。

重市は、急いで文次郎の許にもどり、このことを知らせた。

「道を変えるか？」

文次郎が訊いた。

「無理だ。小田原宿へはこの街道を通らねば出られぬ」

菊池たちは、迂回のできぬ地を襲撃の場に選んだのだ。

「新之助さまたちがここを通る前に、やつらを討つしかない」

「すぐに知らせよう」

行列は畑宿で休憩をとることになっていた。まだ、時間はある。

ふたりは、街道を駆けもどった。

新之助たちは畑宿を出たところだった。ことの次第を重市から耳打ちされた幸真は、すぐに動いた。

まず、そばにいた惣市、矢崎、古坂、弥八郎の四人に、重市と文次郎とともに崖の上に行き、敵の攻撃を食い止めるよう命じた。

六人がその場を去ると、駕籠の新之助に事態が切迫していることを伝え、駕籠から出て家臣にまぎれて徒歩で行くよう話した。

新之助はすぐに承知し、駕籠から出てすこし後方に下がった。念のため、幸真、角兵衛、八郎兵衛、三郎などが新之助の周囲をかためた。

重市たち六人は、菊池たち敵勢がひそんでいる崖の一町ほど手前に来たところで足をとめた。

「曲がり角の先が崖地になっており、その上に菊池たちは埋伏しております」

重市が矢崎に言った。

「されば、二手に分かれ、挟み撃ちにいたそう」

矢崎の言に、五人が無言でうなずいた。

惣市が、すばやく六人を二組に分けた。文次郎、惣市、古坂の三人が、この場から山地に踏み込んで崖の上にむかい、重市、矢崎、弥八郎の三人が、さらに街道を下って下から崖の上にまわり込むことにした。

「承知」

重市たち三人が、街道を足早に下った。

11

「あそこに」

重市が、かたわらにいる矢崎に指差した。笹藪の向こうに人影が見えた。崖際に移動した大きな岩がふたつあった。そのそばに丸太を手にした菊池と三谷、それに忍び装束の男がふたりいた。

「重市、木の上にもいるぞ」

弥八郎が声をひそめて言った。

樅の巨木の枝に忍び装束の男がひとりいた。手に短弓を持っていた。それだけではなかった。笹藪の近くに鉄砲を持った男もいる。

「走り寄れば、鉄砲は遣えぬ」

矢崎が言った。当然だが、まだ火縄に火をつけていなかった。

「文次郎たちが来ました」

菊池たちのいる崖上の一町ほど先の笹の密集地にかすかに人影が見えた。文次郎たち三人である。まだ、菊池たちは気付いていない。

「よし、菊池と三谷は、わしと弥八郎で相手をする。重市たちは忍者を頼む」

矢崎は手早く刀の下げ緒で両袖を絞った。弥八郎はうなずき、同じように襷をかけた。

矢崎は田宮流居合の達人だった。まだ若いが、弥八郎も小野派一刀流の遣い手である。一方、敵側の菊池と三谷も剣の達者だったので、剣対剣の戦いを挑むつもりなのであろう。

「行くぞ」

矢崎が声をかけ、身を低くして笹の密集した斜面を進んだ。重市と弥八郎がつづく。

見ると、文次郎たちも動き出したようだ。

崖上に近付き、笹がまばらになった所まで来ると、ふいに重市が疾走した。手裏剣を手にしている。つづいて、矢崎と弥八郎も走った。

「敵だ！」

菊池が声を上げて抜刀した。三谷が身構え、ふたりの忍者が左右に散った。笹藪のなかに身を隠そうとしたのだ。

「後ろからも！　三人くる」

三谷が叫んだ。

文次郎、惣市、古坂の三人が疾走してきた。

と、大気を裂く音がし、矢が飛来した。先頭を走る重市、それに文次郎も射かけられた。重市は身を伏せ、文次郎も咄嗟《とっさ》に脇へ飛んでかわした。弓を持った敵の忍者は樅の樹上だけでなく、別の樹上にもひそんでいたようだ。

重市は走りざま、樅の樹上にいる忍者に手裏剣を打った。

忍者は、くるりと幹の陰にまわり、滑り落ちるような迅さで幹をつたい、ちかくの笹藪のなかに飛び込んだ。猿のような敏捷な動きである。樹上にいるのを手裏剣で狙われるのは、不利とみたらしい。すかさず、重市も笹のなかに身を投じた。

忍びの心得のある惣市、古坂、文次郎も笹や樹陰に身を隠した。気合や悲鳴も聞こえない。笹や枝葉が揺れ、手裏剣や礫が飛び交い、金属の触れ合う音がする、一瞬、樹間を飛ぶ姿や笹のなかを疾走する姿が見えることもあるが、ほとんど姿をあらわさない。忍者同士の戦いは姿を隠したまくりひろげられるのだ。

「三谷源泉、勝負！」

矢崎が声を上げ、三谷の正面に走った。すでに、矢崎は三谷と立ち合い、邪魔が入って勝負をあずけていた。矢崎は、ここで決着をつけようとしたのである。

「おお」

三谷が刀の柄に右手を添えて近寄ってきた。

一方、弥八郎は菊池の前に歩み寄った。菊池も弥八郎を迎え撃つ気らしく、抜刀して歩を寄せてきた。

「川村三郎右衛門が一子、弥八郎、いざ！」

弥八郎も抜いた。川村三郎右衛門は紀州領内でも名の知れた小野派一刀流の遣い手だった。弥八郎もその父に匹敵するほどの手練である。

「菊池半太夫、まいる！」

一方、菊池は柳生新陰流の遣い手だった。

小野派一刀流と柳生新陰流の立ち合いということになる。

ここにおいて、四人は己の名を隠さなかった。すでに、お互いが知っていたこともあるが、剣客としての矜持《きょうじ》がそうさせたのである。

弥八郎は、下段に構えた。一刀流下段は、刀身を水平より切っ先をわずかに下げて構える。己の面を敵にあずけて、下から突き上げようとする必殺の構えである。

対する菊池は、ゆったりとした身構えで刀身をだらりと下げていた。下段というより、ただ、力なく下げているといった構えである。眠ったように目を細め、体の気勢も感じられない。

柳生新陰流の「転《まろばし》」であろう。柳生新陰流は「無形《むぎょう》の位《くらい》」と称し、構える心がなく常形《じょうけい》も常勢《じょうせい》もないという。そして、盆上に転がる玉のごとく、敵の動きによって自在に変転して敵を斬るのである。

弥八郎は全身に気勢を込め下段のままジリジリと間合をつめていく。対する菊池は眠っているように表情を消し、ゆったりとして覇気すら感じられない。

弥八郎は一足一刀の間境の手前で、寄り身をとめた。菊池のゆったりとした静かな構えに気圧《けお》され、自ら斬撃の間に踏み込めなかったのである。

両者の動きがとまった。刀身を低く構えたままふたりは塑像《そぞう》のように動かない。痺れるような剣気がふたりをつつんでいる。

そのとき、すこし離れた場所で矢崎と三谷が対峙していた。両者とも田宮流居合の達人である。刀の鯉口《こいぐち》を切り、居合腰に沈め、抜刀の機をうかがっていた。抜きつけの一刀が勝負である。

両者は足裏をするようにしてすこしずつ間を狭めていく。居合は、敵との間積もりと抜刀の迅さが命である。しだいに両者の身構えに気魄が籠もり、抜刀の気がみなぎってくる。

ほぼ同時に、両者は斬撃の間境に踏み込んだ。

刹那、稲妻のような剣気が疾った。

鋭い気合が静寂をつんざき、ふたりの腰から閃光が疾った。踏み込みざまの抜きつけの一刀が、それぞれの敵の肩口を襲った。まさに、電光のような一颯《いっさつ》である。

次の瞬間、ふたりは背後に跳ね飛んでいた。矢崎の着物の肩口が裂け、露出した肌に血の線がはしった。一方、三谷の着物も肩口から胸にかけて裂け、血に染まった胸部があらわになっていた。ただ、ふたりとも浅く肌を裂かれただけである。

「初手は、互角か」

矢崎はふたたび腰の刀に手を添え、居合腰に沈めていた。背後に跳んだ瞬間、納刀していたのである。

対する三谷も抜刀体勢をとっていた。双眸が刺すように矢崎を見つめている。

ふたたび、両者はじりじりと間合を狭め始めた。

と、突如、矢崎がグッという呻き声を漏らし、上半身を背後に反らせた。後ろから飛来した手裏剣が背に刺さったのだ。

この一瞬の隙《すき》を三谷は逃さなかった。ヤァッ！　という鋭い気合を発しざま、抜きつけた。鋭い閃光とともに、切っ先が矢崎の肩口へ伸びた。

矢崎は後ろに身を引きざま抜刀しようとしたが、一瞬、遅れた。半分ほど抜き上げたとき、三谷の一撃が首筋に入った。

首根から音をたてて血飛沫が噴き上がった。矢崎は血を撒きながらよろよろと後じさった。顔は真っ赤に染まり、目をつり上げ、歯を剝いていた。阿修羅のような凄まじい形相である。

「む、無念……」

矢崎は悲鳴も呻き声も上げなかった。数瞬、血を流しながらつっ立っていたが、腰からくだけるように倒れた。

無類の遣い手であった矢崎も背後からの手裏剣を受け、三谷に後れを取ったのである。

12

そのとき、笹藪から忍び装束の男が、腹を押さえて走り出てきた。敵の忍者だった。足がもつれている。

つづいて、古坂が飛び出してきた。古坂はつづけざまに敵の忍者にむかって鉄礫を打った。手裏剣を矢崎の背に浴びせた忍者に、古坂が攻撃を仕掛けたのだ。

鉄礫が肉を抉《えぐ》るにぶい音がし、忍者は身をのけ反らせた。背中に当たったらしい。忍者はよろめきながら、杉の林間に逃れた。

古坂は忍者を追わなかった。すぐに腰をかがめ、血刀をひっ提げて立っている三谷を狙って連続して鉄礫を打った。

三谷は鉄礫をかわしながら、身を引き、杉の幹の陰にまわり込んだ。飛び道具を避けようとしたのである。

一方、弥八郎は菊池と対峙していた。すでに、三度切り結んでいた。弥八郎の片袖が裂け、右の二の腕に血がにじんでいた。肌があらわになった胸にも血の色がある。あきらかに、弥八郎は劣勢だった。喘ぎ声が漏れ、下段に構えた切っ先がかすかに震えている。

この様子を見た古坂は、菊池にも鉄礫を打った。

菊池は飛びすさったが、裁着袴の裾に当たった。菊池はさらに身を引き、

「邪魔立てするか！」

と叫んで、切っ先を古坂の方にむけようとした。

そのとき、笹藪からもうひとり飛び出してきた。重市である。重市も、菊池と樹陰から姿をあらわした三谷にむかって手裏剣を打った。

「ひ、引け！」

菊池が声を上げ、刀を構えたまま笹の茂る山の斜面へ身を引いた。三谷も、同じように手裏剣と鉄礫の攻撃をかわしながら逃げた。

「矢崎さま！」

弥八郎は、倒れている矢崎のそばに走り寄った。

矢崎は絶命していた。上半身が真っ赤に染まっている。目を剝き、くやしそうに顔をゆがめていた。背後からの飛び道具のために、後れをとったことが無念だったのであろう。

いっときすると、惣市と文次郎も笹藪のなかから姿をあらわした。文次郎は肩口に手傷を負っていたが、命に別状はないようである。

「矢崎どのが斃されたか……」

惣市も絶句し、矢崎のそばに呆然とした面持ちで立ち尽くした。

矢崎は真田一党の中核のひとりだった。敵の襲撃は阻止できたが、矢崎を失ったことは真田側にとって大きな痛手となった。

「矢崎どのの敵《かたき》は討った」

古坂は背中に鉄礫を浴びた忍者が笹藪のなかに身を隠して自害したことを知っていた。

いっときして、崖下に目をやっていた重市が、

「行列が来ますぞ」

と、声をひそめて言った。

崖下を、先手鉄砲隊が過ぎていくところだった。肩に担いだ猩々緋《しようじようひ》の附袋が深緑

のなかに目を射るように鮮やかだった。

紀州藩の行列は、崖上の死闘など知らぬげに整然と街道を下っていく。やがて、新之助たちも崖下を通りかかった。

惣市たち五人は、念のため敵の攻撃にそなえて周囲に目を配っていたが、何事もなく新之助たちは通り過ぎた。

惣市たちは、新之助たちを見送った後、矢崎の死体を街道の見える山間に埋葬してからその場を去った。


その夜、紀州藩の一行は小田原宿に宿泊した。新之助は光貞や頼職と同じ本陣に泊まることになった。小田原宿の本陣は大きく収容力があったからである。幸真と角兵衛など数人の薬込役の側近が本陣に泊まり、惣市たちだけ別の旅籠に草鞋を脱いだ。

翌朝、払暁《ふつぎょう》とともに小田原宿を出立した紀州藩の大名行列は、順調に大磯《おおいそ》、平塚《ひらつか》、藤沢《ふじさわ》と東進し、その日は保土ヶ谷《ほどや》に宿をとった。

「いよいよ、明日は江戸入りでございます」

幸真は本陣の奥座敷に腰を落ち着けると、新之助に言った。

「上さまにお目通りがかなうであろうか」

新之助は目をかがやかせて訊いた。気が昂《たかぶ》っているようである。体は六尺ちかい偉丈夫だが、まだ十三歳である。

「すぐにもかなうでしょう。されど、登城での御目見得だけでは何の意味もありませぬ。別に御対面の機会を得て、紀州家に新之助君がいることを将軍に認識させねばなりませぬ。江戸藩邸におられれば、かならずその機会がまいります」

江戸城での御目見得では、将軍は目にもとめないだろうし、たとえ新之助を認識するようなことがあっても、領地を賜るなどということは有り得なかった。幸真の頭のなかには、将軍との対面時の策も練ってあった。

「そうか、しばらくは、父上や兄上と藩邸で過ごすのだな」

新之助の顔が曇った。新之助にとって光貞や頼職との暮らしは、辛いものだった。頼職は新之助に敵対し、人前であからさまに軽蔑した。くわえて、光貞も身分の卑しい湯殿掛の産んだ四男の新之助を軽んじるところがあったからである。それに、歳の離れた長兄、綱教のことも気掛かりだった。いっしょに暮らしたことはないが、将軍綱吉の娘、鶴姫を娶《めと》ったこともあって気位が高く、紀州の田舎《いなか》で育った粗野な末弟に好意を抱くとは思えなかったのである。

「若、合戦においては苦難に耐えることも大事でございますぞ」

幸真は諭《さと》すように言った。

「これは、わが豊臣と徳川の合戦だったな」

新之助はけわしい顔で虚空を睨みながら言った。

翌日、保土ヶ谷宿を発った紀州藩の行列は、その日の夕方、赤坂にある紀伊家上屋敷に到着した。新之助も上屋敷に住むこととなり、幸真や角兵衛など薬込役の者たちも近習として上屋敷内の長屋で暮らすことになった。

13

幸真は、大番組頭に割り当てられた上屋敷の固屋《こや》にいた。参勤に随身して江戸へ着いた翌日の夜である。上屋敷の固屋は主に重臣の住居で長屋とちがって、ちいさいが独立した家屋になっていた。しかも、藩主や妻子の住む御殿のちかくにあり、新之助の傅役としても動きやすかった。

その固屋に、四人の男が集まっていた。幸真と一子、角兵衛、それに、幸真たちより先に出府して幕閣の動きを探り、老中に新之助の存在を印象付けていた須藤左之助とやや遅れて出府した川村三郎右衛門である。

「加納さま、江戸への長旅、さぞお疲れでございましょう」

須藤がいたわるように言った。

「いや、疲れはせぬが、矢崎武左衛門を失った」

幸真は、惣市たちから聞いた箱根山中でのことをかいつまんで話した。

「矢崎どのが……」

須藤と川村は驚いたような顔をして、いっとき言葉を失っていた。須藤や川村は、これまで矢崎とともに戦ってきた仲間であった。しかも、武芸者としてのつながりもある。

「先にも話したとおり、これは豊臣が徳川に挑む合戦ゆえ、戦場での落命を恐れていたのでは戦えぬぞ」

幸真は己にも言い聞かせるように重い声で言った。

「……いかさま」

須藤と川村はけわしい顔でうなずいた。

「それで、江戸での様子は？」

幸真が声を改めて訊いた。

「五人の老中を探り、なかでも将軍の覚えのめでたい大久保加賀守さまに、働きかけております」

須藤は大久保の用人、久瀬広貞を介して、新之助のことを売り込んだことを話した。

「その後、茂平と飛助が大久保邸に侵入し、久瀬が大久保さまに新之助君のことを吹《ふい》聴《ちょう》しているのを耳にしております」

茂平と飛助によると、久瀬は須藤に助けられたことから、紀州家には新之助頼方という武芸に長けた六尺もある巨漢の四男がいることなどを大久保に話したという。

「それはよい。かならず、加賀守さまから将軍へ新之助君のことは伝わるであろう。となると、将軍と新之助君の御対面の機会ということだが、幕閣にそのような話はないかな」

肝心なのは将軍が新之助と対面し、所領を与えるかどうかである。ただ、対面が実現すれば、何も賜らないということはない。将軍としての体面もあり、相手が徳川御三家の庶子となれば、二、三万石の領地は与えるとみていい。

「特にそのような話はございませぬ。ただ、将軍はことのほか鶴姫さまのことを気にかけておられるようですので、鶴姫さまに会うためもあり、遠からず、わが藩邸に御成になるのではないかとみております。……それに、来年早々に御成御殿も完成いたします」

紀伊家では、赤坂の中屋敷内に将軍御成にそなえて御殿を造営していた。その完成は来春と予定されていた。

「御成御殿が出来上がれば、将軍が藩邸に御成になるとみていいだろう。それまで、若の身を守り、さらに幕閣に働きかけねばならぬ」

幸真は、神山と蜂谷も出府しており、配下の菊池、三谷、森之谷、それに市古小十郎が一族の忍者を引き連れて江戸へ来ていることも告げた。

「森之谷や市古が蜂谷に与《くみ》しましたか」

須藤は驚いたような顔をした。

「心して、新之助君のお命をお守りいたさねばなりませぬな」

川村が顔をひきしめて言った。

「新之助君を失えば、そこでわれらの大望も頓挫し、二度と徳川に挑むことはかなわぬかもしれぬ」

幸真の胸には背水の陣の決意があった。

「まさに……」

須藤と川村はちいさくうなずいた。

「ところで、飛助たち三人にも会ってみたいが、明日の夜でも、わしの許へ来るよう伝えてくれ」

「心得ました」

須藤と川村は幸真に低頭して座敷から出ていった。

翌日の夜、幸真が固屋の一室で書見をしていると、背後で障子のあく気配がし、燭台の火が揺れた。戸口の引戸をあける音も廊下を歩く音もしなかったが、何者かが座敷に侵入したらしい。

幸真が後ろを振り向くと、座敷の隅に三つの人影があった。茂平、飛助、雷造の三人である。三人とも、薄闇のなかに表情のない顔で座していた。忍者らしい影のような男たちである。

「さすがだな。障子があくまで気付かなんだ」

幸真は三人の方に膝をまわし、

「ご苦労であった。そこもとたちの働き、須藤から聞いておる。……だが、これから新たな戦いが始まると思ってもらわねばならぬ」

幸真は参勤の途中での頼職方との戦いの様子をかいつまんで話した。その話のなかで、市古小十郎の名が出たとき、三人の表情がかすかに動いた。

「市古一族が敵方につきましたか」

飛助がくぐもった声で言った。

三人は伊賀と甲賀の忍者だったが、雑賀流忍術の宗家を継ぐ市古小十郎の名は知っているのだろう。

「小十郎の倅のひとり、登太は斃したが、小十郎と昌平、それに少なくとも数人の市古一族の忍者が江戸へ入ったとみねばなるまい」

「強敵でございますな」

飛助が薄闇のなかで目を剝いて言った。その目が燭台の火を映して燃えるようにひかっている。

「それで、三人には紀州より同行した者たちとともに、さらに一働きしてもらいたいのだ」

幸真は、ふたつのことを口にした。ひとつは新之助の身辺に張り付いて身を守ることと、もうひとつは、幕閣の屋敷に侵入して将軍の御成の日時をつかむことであった。

何もしないでいれば、綱教や頼職が事前に知る可能性が高く、御成の当日、新之助を排除するため、何か理由をつけて御成御殿から他の屋敷へ移される恐れがあったからである。

「承知」

茂平がそう言い、三人は幸真に低頭して座敷を出ていった。廊下へ出て障子をしめると、かすかに衣擦れの音がしたが、すぐに人の気配は消えた。一陣の風のようである。

14

幸真が予想したとおり、新之助の江戸藩邸での暮らしは楽しいものではなかった。

頼職はことあるごとに、新之助の品位のなさや粗暴さを言いつのり、徳川御三家としての威厳を失墜させる者だとまで口にした。そうした誹謗中傷に扈従《こじゅう》の大半が同調し、新之助を軽んじる者も多かった。

また、長兄の綱教の態度も冷たかった。新之助の六尺ちかい巨軀と粗末な木綿の衣装などを見て、まるで、足軽や端武者のようだと嘲弄し、顔を合わせても口をきこうとしなかったのである。

ただ、江戸藩邸にいた家臣のすべてが、新之助に冷たい視線をむけていたわけではなかった。なかには、新之助のような質実剛健の者こそ、これからの紀伊藩を背負っていくのに相応《ふさわ》しい人物だとみる者もいた。

それというのも、このころ紀伊藩は財政危機に直面していた。天和二年（一六八二）、江戸中屋敷が火事により焼失し、その再建のために莫大な費用がかかり、三年後の貞享二年（一六八五）には、長男、綱教が将軍綱吉の娘、鶴姫を正室に迎えたため御殿を新築し、紀州家の威信を示すために莫大な金を費やした。さらに、いま中屋敷に御成御殿を新築しつつある。こうした散財により藩財政は逼迫《ひっぱく》していたが、光貞をはじめ派手好きな綱教や頼職は財政難など歯牙《しが》にもかけず、金のかかることを平気でつづけていた。

こうしたおり、新之助の暮らしぶりは目を引いた。これが紀州家の若君かと思われるほど質素で、しかも乗馬や武芸を好み、どれも並の腕ではなかったのだ。そうした新之助の姿が、藩の行く末を危惧する者の目に、傾きかけた藩財政を立て直すのに相応しい若君として映ったのである。

新之助は上屋敷内で、針の筵《むしろ》に座らされたような日々を過ごしていたが、息抜きもあった。ときおり、藩邸を抜け出して江戸見物に出かけたり、側近を相手に武芸の稽古をしたり、愛馬の太郎丸で遠乗りへ出たりすることができたからである。

光貞や重臣たちも、新之助の武芸の稽古や藩邸を出ることに対して厳しいことは言わなかった。初めから四男ということもあって放任され、和歌山城下でも同じように過ごしていたのを知っていたからである。

紀州という隔絶された南海の地に育った新之助にとって、江戸の町は魅力的だった。大名屋敷や武家屋敷のつづく広大な平地、賑《にぎ》やかな町筋、華やかな大名行列、寺社の豪華な祭礼など、目を奪われるものばかりだった。

経済の発展により町人が躍進した時代であった。豪商があらわれ、歌舞伎《かぶき》や見世物などに観客が列をなし、吉原では連日大勢の遊客を集めていた。新之助のような若者には江戸の町が繁栄しているように見えたが、その裏では風紀が乱れ、退廃し、旗本、御家人が窮乏し、庶民は生類憐み令に苦しんでいたのだ。

新之助はそうした江戸の町を目にし、政事とは何なのかを肌で感じていたのである。

ただ、新之助の身辺を守る近習の者たちは大変だった。騎馬で千住《せんじゅ》や目黒《めぐろ》辺りまで出かける新之助に追従するだけでも容易ではなかったし、徒歩での見物も広小路《ひろこうじ》や寺社の人混みのなかで警護するのは難しかったからである。

その日、新之助は芝《しば》の増上寺《ぞうじょうじ》へ参詣に行きたいと言いだした。増上寺は上野《うえの》の寛《かん》永寺《えいじ》とならぶ徳川家の菩提寺であり、新之助が参詣に行ったとしても非難されるような寺ではなかった。

ただ、新之助の本心は参詣にあったわけではない。新之助は己が豊臣の嫡流であり、徳川に挑まねばならぬ宿命に生まれたことを知っていた。徳川家の祖先を敬う気持ちなどない。将軍家の菩提寺である増上寺を見ておきたかったことと、海岸沿いにある紀伊家の下屋敷のちかくまで足を伸ばし、江戸湊《みなと》の景観を眺めてみたかっただけなのである。

「されば、われらがお供仕《つかまつ》ります」

幸真は警護がむずかしいと思ったが、行くなとは言えなかった。新之助が奔放さや大胆さを身につけることも大切だと考えていたし、藩邸内で辛い日々を送っている新之助には少々の羽を伸ばすことも必要だった。それに、頼職側の出方をみたいという思いもあったのだ。

幸真は己の他に、角兵衛、須藤、川村を供につけ、重市と文次郎を町人に変装させ、先まわりして警護させることにした。

新之助たち一行が上屋敷を出たのは、四ツ（午前十時）ごろだった。快晴で抜けるような青空がひろがっている。七月（旧暦）の下旬で、風のなかには秋の気配を感じさせる冷気があった。

「いい陽気だ」

新之助は藩邸の門を出ると大きく伸びをした。窮屈な暮らしから解放された喜びが満面に溢れている。

新之助たち五人は、外堀沿いを東にむかい、溜池《ためいけ》の脇を通って大名屋敷のつづく愛宕下《あたごした》へ出た。一行は供連れの旗本か藩士のように見えた。新之助の身装《みなり》が粗末だったし、幸真たちも羽織袴姿だったからである。

一行の前を、風呂敷包みを背負い小脇差を差した行商人のような格好をした重市と文次郎が、周囲に目を配りながら歩いていた。家屋の陰や樹陰から鉄砲や弓で新之助の命を狙う者がいないか、先行して探っていたのである。

怪しい者はいなかった。穏やかな日和《ひより》にもよるのか、増上寺へつづく参道は大勢の参詣客で賑わっていた。松や杉の深緑の杜《もり》のなかに、多くの伽藍《がらん》が建ち並んでいた。さすがに、徳川家の菩提寺である。訪れる者を圧倒するほどの広大な寺域だった。大門《だいもん》の前に立った新之助は、境内の広さと堂塔の多さに圧倒され、しばらく佇《たたず》んでいた。

「若、本来ならば大閤さまや秀頼さまが、このように葬られてしかるべきなのです」

幸真が新之助に身を寄せて小声で言った。

新之助は鋭い目差で大門を見つめたままちいさくうなずいただけである。

それから一行は、二階建ての朱塗りの山門をくぐり、本堂の南側にある二代秀忠(台徳院《だいとくいん》)と夫人の墓に詣でた。

「立派なものだな」

新之助は嘆息まじりに言った。

「上野の寛永寺の境内は、さらにひろいそうでございます」

幸真が応えた。同行した角兵衛、須藤、川村は会話にはくわわらず、油断なく周囲に目を配っている。

新之助たちは本堂に詣でてから山門の方へもどった。鐘楼《しょうろう》、支院、宿坊などの並ぶひろい参道を通り、大門をくぐった。大門の前には愛宕山の裾《すそ》からの桜川《さくらがわ》が流れ、その川にかかる大門橋を渡った。

大門橋を過ぎて真《ま》っ直《す》ぐ東にむかうと、すぐに東海道に出る。東海道を横切ってさらに進むと、近くに紀伊家下屋敷のある江戸湊に突き当たる。

大門橋を過ぎてしばらく歩いたときだった。新之助の背後を歩いていた須藤が、幸真に走り寄ってきた。

「加納さま、後ろからうろんな牢人者が尾けてきますが」

と、耳打ちした。

見ると、総髪で無精髭を伸ばし大刀を落とし差しにした、一見して徒《いたずら》牢人と分かる男が三人、跡を尾けてくる。

「われらとは、かかわりあるまい」

幸真は、牢人たちが紀伊家とかかわりのある者とは思わなかった。それに、味方は五人だった。三人で襲うはずはないと踏んだのだ。

だが、幸真の読みははずれた。それから一町ほど歩くと、前方から町人体の男が走ってきた。重市である。

「加納さま、この先の町家の陰に牢人者が四人、たむろしております」

重市はそう伝えた。

——挟み撃ちだな。

と、幸真は察知した。

おそらく、金で買われた者たちであろう。買ったのは、蜂谷か配下の菊池たちにちがいない。身の危険を冒さず、新之助の命を奪おうという魂胆なのだ。

15

幸真は通りの左右に目をやった。茶屋、饅頭を売る店、小間物屋、瀬戸物屋などが、ごてごてと軒を並べている。通りはひろかったが、さまざまな身分の参詣客がかなり行き交っている。

前後から七人の牢人が走り寄ってきた。袴の股立《ももだち》を取り、袖をたくし上げた姿に殺気があった。

――ここで、襲う気なのか。

ひそかに暗殺するのに適した場所ではない、と思ったとき、幸真は蜂谷たちの狡猾《こうかつ》な策謀に気付いた。

徳川家の菩提寺の門前であるこの場で、刀を抜いて斬り合ったことが知れれば、いかなる理由があろうと、幕府の咎《とが》めを受けるだろう。御三家の庶子であることが知れて不問に付されたとしても、将軍家の御対面が許されるはずはない。蜂谷たちの狙いは、新之助に刀を抜かせて斬り合うことにあるのだ。

牢人たちは、通行人に突き当たるような勢いで走り寄ってきた。そのただならぬ気配に、悲鳴を上げて身を引く者、子供の手を引いて逃げ出す者、あたりは騒然となった。

幸真はすばやく周囲に目をやったが、逃げ場はない。

「あのような者、恐れることはござるまい」

須藤が声を上げた。

「これは敵の罠《わな》だ。ここで刀を抜けば、若が公義のお咎めを受けることになるぞ」

幸真がそう言うと、須藤は敵の狙いに気付いたらしく顔を怒りに染めた。川村たちもけわしい顔をして、新之助を取りかこむように立った。

ただ、狼狽の様子はなかった。須藤も川村も、無頼牢人などに後れを取るような男ではなかったのだ。

そうしたやり取りをしている間にも、前後から七人の牢人が迫ってきた。

「ともかく、抜かずに、この場を逃げるしか手はない。須藤、川村、若をお守りするのだ」

幸真は、須藤や川村なら抜かずに太刀打ちできると読んだ。

「心得ました」

幸真、須藤、角兵衛が新之助の前に立ち、川村と重市が背後にまわった。そして、六人はひとかたまりになって下屋敷のある方へ走りだした。

四人の牢人が、行く手を阻むように立った。すでに四人とも抜刀している。いずれも徒牢人らしく、その身辺に酷薄で荒《すさ》んだ雰囲気をただよわせていた。

「ここは天下の大道、そこを退《の》け！」

幸真が強い口調で言った。

「そうはいかぬ。われらに挨拶もなく、ここを通ることはできぬ」

大柄な男が口元にうす嗤《わら》いを浮かべて言った。新之助を襲うためのいいがかりである。

後ろから駆け寄ってきた三人も、すぐそばに迫っていた。

左手に立っていた長身の男が新之助に近寄り、刀を振り上げようとした。

刹那、須藤が前に飛んだ。獲物に飛び掛かる獣のような敏捷な動きである。前に伸ばした両手が相手の襟首をつかんだと見えた瞬間、体が沈み、長身の男の体が空へ撥ね上がった。次の瞬間、男の体は地響きをたてて地面にたたきつけられていた。

牢人たちは須藤の手練の迅業《はやわざ》に度肝をぬかれ、その場に棒立ちになった。その一瞬の隙をついて幸真が素早く踏み込み、手にした鉄扇《てっせん》で大柄な男の手首を打った。

アッ、と声を上げ、大柄な男は手にした刀を取り落とした。

「若、いまです！」

幸真が走るのと同時に、新之助と角兵衛も前に走った。

「逃がすな！　斬れ、あの若造を斬れ」

大柄の男が、足元の刀を拾って叫んだ。

牢人たちが、新之助たちを追おうと走り出したが、その前に須藤や川村たちが立ちふさがった。

「うぬらの相手は、われらだ」

川村は、右手を前に突き出すようにして身構えた。

「おのれ！　容赦はせぬぞ」

大柄の男は相手が素手と見てあなどったのか、無造作に刀をふりかぶって斬り込んできた。

面を割られると見えた瞬間、川村の体が脇へ飛び、鋭い気合とともに肌を打つにぶい音がした。次の瞬間、大柄な男が後ろへのけ反った。

手刀である。川村が放った手刀が、踏み込んできた男の喉元を襲ったのだ。男は呻《うめ》き声を上げながら後ろへよろめき、喉を押さえてうずくまった。

この間、須藤も斬り込んできた牢人の手首をとらえて、投げ飛ばしていた。ふたりの見事な迅業を見て、切っ先をむけていたふたりの牢人は後じさった。これほどの手練とは思ってもみなかったのであろう。

だが、逃げようとはしなかった。血走った目をして、切っ先を須藤たちにむけている。投げ飛ばされたふたりも立ち上がり、刀を構え直した。ただ、手刀で喉を打たれた大柄な男はうずくまったままだった。舞い上がった靄《もや》のような砂塵のなかで、四人の牢人は須藤たちに迫ってきた。獲物を取り込んだ狼の群れのようである。

新之助たち三人は海辺近くまで逃げてきたが、ふたりの牢人が執拗《しつよう》に追ってきた。顔の赭黒《あかぐろ》い小柄な男と痩身の男である。

痩身の男は足が速かった。新之助の背後にいた角兵衛に追いすがると、刀を振り上げた。その気配を察知した角兵衛が、振り返って身構えようとしたとき、ふいに痩身の男が、ギャッ、という悲鳴を上げてのけ反った。

路傍から石礫を投げた者がいる。町人体の男だった。文次郎である。文次郎は野次馬にまぎれながら、新之助を守るために後を追っていたのである。

振り返ってこの様子を見た新之助が、足をとめた。すると、後を追ってきたもうひとりの牢人が、目をつり上げて新之助に斬りつけてきた。

瞬間、また石礫が飛来し、牢人の脇腹にあたった。

「不逞《ふてい》な輩め！」

新之助が一声上げて牢人に飛び付くと、襟元をつかみ、グイと胸元に引き寄せて後ろへ突き飛ばすように投げ捨てた。強力だった。痩身の男は一間ほども後ろに投げ飛ばされ、背から地面に落ちた。

呻き声を上げて身を起こした男は、恐怖に顔をひき攣《つ》らせ這うようにして逃れた。もうひとりの男も、慌てて逃げ出した。

「なんとも、見事なお手並で」

幸真はあきれたような顔をして、新之助を見つめたが、その目には満足そうな色があった。あらためて総大将に相応しい男だと感嘆したのである。

新之助に柔術や剣術を学ばせたのは幸真である。その巨軀とあいまって、素手であっても素牢人のふたりや三人に後れをとるようなことはないと承知していた。

牢人たちにかこまれたとき、逃げずに戦っても勝てたかもしれない。だが、新之助は幸真にしたがって逃げた。それは、徳川の菩提寺の門前で騒ぎを起こせば、どういうことになるか、咄嗟に判断したからである。

そして、ここまで逃げてきて門前から離れたことを知り、万一にも自分が傷つくようなことはないと踏んで、反撃に出たのだ。しかも、刀を抜かず投げ飛ばしただけで、相手を傷つけなかったのである。

新之助は豊臣の総大将として徳川の天下に挑むのに相応しい読みの深さと咄嗟の判断力をそなえている、と幸真は思った。

「須藤たちは、大事あるまいか」

新之助は、配下の者に対する優しさもみせた。

「案ずることはありませぬ。須藤たちは、その道の神髄を会得した達人でございます」

幸真は、おだやかな声でそう言った。

その場で、いっとき待つと、須藤、川村、重市が姿を見せた。幸真の言ったとおり、三人ともかすり傷ひとつ負っていなかった。

その夜、幸真の固屋に茂平と飛助があらわれた。燭台の火に浮かび上がったふたりの顔はいつものように表情がない。

「何か、つかんだのか」

幸真が訊いた。

「はい、将軍の御成が知れました」

茂平が抑揚のない声で言った。

「いつだ?」

「中屋敷の御殿が完成しだいすぐにも、とのことでございます」

茂平によると、茂平と飛助のふたりで、江戸城の東の曲輪内にある大久保加賀守の屋敷に侵入し、大久保と久瀬が話しているのを盗聴したという。

「いよいよだな」

中屋敷の御成御殿は、来春早々にも完成する予定だった。それほど長い先ではない。それまで、新之助の身辺を守るとともに新之助が江戸の藩邸に滞在していることを将軍側に知らせ、御対面が実現するよう手を打たねばならない。

「ごくろうだったな。今後も、大久保さまと久瀬どのの動きを探るとともに、若の身辺を守ってくれ」

夜間、新之助の寝所をひそかに守っているのは、茂平たち伊賀・甲賀者三人と薬込役のなかで忍びの心得のある重市と三郎だった。

「心得ました」

そう小声で言うと、茂平と飛助は座敷から姿を消した。

翌日、幸真は須藤と川村を固屋に呼び、さらに久瀬を通して大久保に働きかけるよう指示した。この機会を逃せば、新之助が大名になる望みは断たれるかもしれない。幸真は念には念を入れたかったのである。

「それに、頼職、神山、蜂谷の動きからも目が離せぬぞ。将軍の御成までに、かならず何か仕掛けてこよう」

幸真は目をひからせて言った。

第四章　御成

1

「加納さま、雪でございますぞ」

川村三郎右衛門が障子をあけて言った。

空はどんよりと曇り、粉雪が舞っていた。地面や殿舎の甍《いらか》などに、うっすらと積もっている。障子の間から、紀州藩上屋敷の御広間、黒書院、御小姓衆の長屋などが、舞い降りる雪に白く霞《かす》んで見えた。殿舎や長屋などのまわりに人影はなく、ひっそりしている。

「冷えると思ったら、また、雪か……。まだ、霜月（十一月、旧暦）の初旬というのにな」

幸真は手焙《てあぶ》りに、手をかざしながらつぶやいた。穏やかな顔である。加納平次右衛門としての表の顔である。

幸真が新之助の傅役として江戸に出府し、紀州藩上屋敷に住むようになって七月の余が過ぎていた。

いま、幸真と川村がいるのは、大番組頭に割り当てられた固屋《こや》である。固屋は長屋ではなくちいさいが独立した家屋になっていた。

「国許と比べると江戸は寒いな」

幸真たちが江戸に出て二度目の雪である。紀州は温暖で、雪など滅多に降らなかった。

「しめましょうか」

肌を刺すような風が流れ込んでくる。

「そうしてくれ」

川村が障子をしめ、幸真とあらためて対座したとき、戸口の方で足音がした。戸口で草履についた雪を落とす音がし、顔を赤くしてふたりの男が入ってきた。須藤と八郎兵衛だった。

「だいぶ、冷えますすな」

ふたりは手をこすりながら座敷に上がり、腰を下ろした。

「どうだな。頼職側の動きは？」

幸真は須藤たちに膝を向けて訊いた。

「このところ、変わった動きはございませぬ」

須藤が答えた。

「神山と蜂谷は」

「それが、たいした動きはございませぬ」

「御成御殿が完成するまで、手をこまねいて見ているとは思えぬが」

紀州藩では、将軍綱吉の御成に備えて中屋敷に御成御殿を新築していた。その完成は来春である。御殿が完成すれば、綱吉が御成になるはずで、そのとき光貞以下、長男の綱教、頼職、頼方の三兄弟が拝謁することが予想されていた。

「ちかごろ、頼職さまの周辺では上さまの御成のことより、相撲の話題でもちきりとか」

須藤が苦笑いを浮かべて言った。

「相撲とな」

「はい、藩邸に江戸の力士を呼んで取組みを見物したいとか」

「光貞ではなく、頼職が口にしているのか」

光貞は相撲好きで、これまでも人気のある相撲取りを藩邸に呼び、自分で番付表を作って取り組ませるなどして楽しんでいた。その光貞から出た話なら不思議はないが、頼職が口にしているというのが気になった。

「はい、しきりに光貞さまに進言しているとか」

「何かありそうだな」

幸真の目がひかった。ぬぐい取ったように温和な表情が消え、真田の頭目らしいするどい顔付きになった。

「三人に指示して、頼職の動きを探ってくれ」

幸真が須藤たちに命じた。

三人とは、青蟇の茂平、鶉の飛助、袖火の雷造のことである。

「承知しました」

須藤がうなずいた。茂平たち三人は、須藤とともに幸真たちより早く江戸に来ていた関係もあって、須藤が指図することが多かったのだ。

「それで、加賀守さまへの働きかけはどうだ」

幸真が声をあらためて訊いた。幸真たちは、老中、大久保加賀守忠朝にしぼって新之助が綱吉に拝謁できるよう働きかけていたのだ。

「久瀬どのに二度会い、それとなく新之助君のことは伝えてございます」

須藤は策を用いて大久保家の留守居役である久瀬広貞に近付き、ちかごろは昵懇《じっこん》の間柄だという。

「それはなにより……。須藤、来春の将軍の御成のおりにな、若が中屋敷内にいることを加賀守さまに久瀬を通して伝えておいて欲しいのだ」

綱吉が御成のおり、新之助の御目見得が実現するかどうかが勝負であった。実現しなければ、新之助は一生部屋住みの厄介者で終わるかもしれない。そうなると、豊臣の天下どころか紀州藩の藩主になることも夢に終わってしまう。

「分かりました。なんとか、来春の御成の前までに、機をみて久瀬どのにお会いいたしましょう」

「そうしてくれ」

それから、四人はしばらくの間、頼職、神山、蜂谷などの動向を話してから腰を上げた。

「加納さま、雪は小降りになってきましたぞ」

須藤が、引戸をあけて声を上げた。

戸口から覗くと、ちらほら小粒の雪が落ちてくるだけで、空もだいぶ明るくなっていた。晴れてきそうである。

川村は須藤と八郎兵衛を見送った後、

「相撲といえば、家中にも腕自慢の者もおりますし、江戸の力士を呼ぶとなると盛り上がりましょうな」

そうつぶやいたが、その顔には腑に落ちないような表情があった。

2

相撲の話題は、しだいに藩邸内にひろまっていった。そして、根が好きな光貞が乗り気になり、年が明けると話は具体化し、一月（旧暦）の末に上屋敷内で行われることになった。

この時代（元禄十年、一六九七）、相撲の興行は寺社奉行の管轄で勧進《かんじん》相撲と呼ばれ、寺社の境内で行われていた。江戸では春冬の二場所で、一場所十日であった。相撲は武芸のひとつと考えられ勧進相撲であったことから、観客は男だけで女の見物は許されなかった。

光貞は、このころ人気のあった鏡山《かがみやま》、八角《はっかく》、鬼勝《おにかつ》など五人の力士を藩邸内に呼ぶことにした。光貞が取組表を作り、五人総当たりで対戦させるという。

「加納さま、力士の取組みの前座として、家中の相撲自慢にも相撲を取らせるそうでございます」

幸真の固屋に姿を見せた川村が言った。

「そうらしいな」

その話は幸真も聞いていた。

「頼職さまは、さかんに新之助君も取組みに出してみたらどうかと、光貞さまに進言しているとか」

「うむ……」

その話も、耳にしていた。

新之助は十四歳。すでに身長は六尺を超え、小柄な兄たちを圧倒する巨軀の主であった。大人たちと並んでも頭一つ抜き出る大男である。そんな体軀からしても、頼職の進言は光貞や家臣たちに無理なく受け入れられているようだった。

「懸念は、若の相手でございます」

川村が声をひそめて言った。

「相手というのは？」

「室木元之丞《むろきげんのじょう》を出すそうなのです」

「なに、室木を」

室木は徒士衆《かち》だった。新之助に負けぬ巨漢の主で、国許にいるときは草相撲では敵なしと噂されていた。取口は荒々しく、投げ飛ばした相手が頭から落ちて絶命したという話も聞いていた。

「その室木が、何度か蜂谷と会っているのです」

「そういうことか」

幸真は、すぐに頼職の狙いを察知した。

光貞や大勢の重臣が見ている前で、新之助を投げ飛ばして怪我をさせようというのであろう。怪我をさせれば、将軍との御目見得は果たせなくなる。

怪我を負わせることができなくとも、家臣たちの前で投げ飛ばされれば、図体ばかりで意気地のない男だという評判がたつ。そうした評判はすぐに家中にひろがり、新之助の剛毅な印象をくつがえすだろう。

「やはり、取組みを固辞されるよう、若にお話しした方がよろしいかと」

川村は表情を暗くして言った。どうやら、川村はこのことを伝えるために来たらしい。川村は真田一党のなかでも、慎重な男であった。

「わしは、そうは思わぬが」

逆もある。新之助が室木に勝てばどうなるか。家臣たちは、新之助に驚異と畏怖《いふ》の目をむけるだろう。

脆弱《ぜいじゃく》な綱教や頼職とはちがう質素で剛毅な若君という見方を強くし、新之助を藩主に担《かつ》ごうと思う家臣が増えるはずだった。それは、紀州家を乗っ取るための第一歩でもある。

幸真がそのことを話すと、

「ですが、若は室木に勝てましょうか」

と、川村は不安そうな顔をした。

「互角とみる」

室木と新之助の体軀はほとんど変わらなかった。新之助は相撲の技を知らないが、柔術は関口流柔術の達人である須藤に幼少のころから鍛《きた》えられてかなりの腕だった。頼職たちが、室木なら楽勝できるとみているのは、新之助の柔術の腕を知らないからであろう。

「それに、負けてもな、互角に戦えば、若の評判は上がる。考えてみろ、若はまだ十四歳だ。対する室木は二十代半ばの男盛り、しかも家中でも評判の剛の者だ。その室木に、若が互角に立ち合ったとなれば、負けても悪く言う者はおるまい」

「いかさま」

「ただ、若のお気持ちもある。気が進まぬなら、やめた方がいいだろう」

翌日、幸真はさっそく新之助に会って訊いてみた。

新之助は目をかがやかせ、

「やる、加納にとめられてもやるつもりだった」

と、語気を強めて言った。

新之助によると、頼職や綱教についている小姓衆がしきりに室木と新之助の取組みのことを噂しているという。

「されば、ぞんぶんにお楽しみくだされ」

幸真は、新之助を信じていた。体軀も人並み以上だが、剣術や柔術の腕も抜きんでている。室木であっても、互角以上に戦えるだろう。

3

その日、快晴だった。上屋敷の中庭に土俵が作られ、相撲の取組みはそこで行われることになっていた。三日前に降った雪が、樹陰や殿舎の陰に残っていたが、庭は掃《は》き清められ、幔幕《まんまく》が張られていた。

八ツ（午後二時）前に、締込《しめこ》み姿の力士たちと腕自慢の藩士三人が中庭にあらわれ、土俵の周囲に腰を下ろした。

すでに幔幕の周囲には、重臣や見物を許された家臣たちが居並んでいた。どの顔も期待と興奮とで目がかがやいている。そうした家臣のなかには、川村、須藤、八郎兵衛、古坂、それに新之助の側近の薬込役の者たちもいた。

力士や藩士が土俵の周囲に腰を下ろすと、幔幕の間から光貞、綱教、頼職、新之助が姿を見せ、その後にそれぞれの近習たちがつづいた。新之助の傅役である幸真も近習たちのなかにいた。

光貞たちが正面に用意された床几《しょうぎ》に腰を下ろすと、今日の進行役のひとりである側用人の柴田雅照《しばたまさてる》が、うやうやしく光貞に頭を下げ、前座として藩士の取組みを行う旨をつたえ、三人の名を上げた。

「御前での立ち合いを願い出た者は、室木元之丞、中江栄助《なかええいすけ》、丹波章太郎《たんばしょうたろう》の三名にございます」

中江と丹波も、巨軀と強力で知られた相撲好きの家臣だった。

「ひとり足りぬな。新之助、おまえの体はあの者たちと比べても見劣りせぬ。どれだけやれるか、試してみたらよかろう」

光貞は、頼職の脇に座している新之助に命ずるような口調で言った。

すでに、光貞は頼職から何度も話を聞き、そのつもりでいたのだが、いままで新之助には話さずにいた。新之助には、その場の座興として取らせようと思ったからである。むろん藩士を室木たち三人だけに絞ったのは、頼職の差し金だった。

「はい、やってみます」

新之助はすぐに幔幕の後ろに引き下がり、締込みをつけて土俵の脇へあらわれた。

すると、土俵のまわりに集まっていた家臣たちがどよめき、視線がいっせいに新之助にそそがれた。どの顔にも驚きの色があった。新之助の裸形は、土俵下に座していた力士にも劣らぬたくましさだったからである。

まず、最初の取組みは、中江と丹波だった。

行司役の初老の家臣に呼び出されて中江と丹波が土俵に上がり、四股《しこ》を踏み始めると、家臣たちのざわめきが消え、視線は土俵上に集まった。

中江と丹波の立ち合いは呆気なかった。巨漢の中江が頭からつっ込み、丹波は胸で受けたが、一気に土俵際まで押し込まれた。なんとか、丹波は身を反らせて踏ん張ったが、中江が締込みをつかんで振りまわすように投げると、丹波は土俵上にごろりと転がった。


次は新之助と室木の番である。

室木は赤ら顔の目のギョロリとした大男だった。太鼓腹で、腕が丸太のように太い。四股を踏むと、土俵が揺れるような迫力があった。

新之助も室木の真似をして四股を踏んだ。背丈はほぼ互角。手足も室木と同様に太く、腰もどっしりしていたが、腹だけは出ていなかった。むしろ、胸の厚さの方が目につく。幼いころから、柔術や剣術で鍛えた体である。

室木は相手が若君であっても、臆《おく》したところはなかった。仕切りながらも、挑むような目で新之助を睨みつけている。おそらく、頼職から、若君とは思わず土俵にたたきつけてこい、と命ぜられているにちがいない。

立ち合いは、室木の方が鋭かった。

すばやく両手で新之助の締込みを取り、土俵際まで寄りたてた。室木は一気に押し出せば、できたかもしれない。だが、投げることにこだわったのだろう。上手投げで、新之助を土俵にたたきつけようと体をひねった。

新之助は、下手から室木の締込みをつかんで踏ん張った。体勢がやや傾いたが、新之助は倒れなかった。

ふたりは土俵のなかほどで、がっぷり四つになった。ときおり、ふたりは上手投げや下手投げをかけ合ったが、相手の体勢をくずすことができない。土俵の中央で、ふたりは顔を真っ赤《まっか》にして唸《うな》り声を上げている。

いっときが過ぎた。冬の寒気のなかで、ふたりの肌は紅潮し、汗が浮いていた。光貞をはじめ、家臣たちは固唾《かたず》を飲んで勝負の行方を見守っている。

と、室木が吠え声を上げながら、新之助を押し始めた。すごい馬力だった。すこしずつ新之助の体が後ろに下がる。押しの圧力は、室木の方が強いようだ。

だが、新之助の左足が土俵際へつまったところで、またふたりの動きがとまった。室木が押しても、土俵に根を張ったように新之助は動かなかった。

さらに、室木が押したてようと、踏み込んだ瞬間だった。

新之助が、体をひねりながら上手投げを打った。柔術の腰投げのような技だったが、室木が前に出ようとした一瞬をとらえたため、室木の体が大きく傾いた。

だが、室木も手練だった。一瞬、体を新之助に浴びせかけるようにして下手投げを打ち返したのである。

両者の巨体が、ほぼ同時に地響きをたてて土俵の外へ落ちた。

一瞬、行司は躊躇《ちゅうちょ》したが、手にした軍配を新之助の方に上げた。室木の肩が落ちるのが早かったと見たのである。

「強いな。勝負は互角だった」

先に立ち上がった新之助が、四つん這《ば》いになっている室木の腕に手を伸ばして起こしてやろうとした。

「お、恐れ多うございます」

室木は声をつまらせて慌《あわ》てて立ち上がった。

その様子を見つめていた家臣のなかから歓声がわき起こり、土俵は驚嘆と賞賛の声につつまれた。家臣たちは、新之助がこれほど剛の者だとは思わなかったし、勝負の後に見せた家臣への思いやりにも心を打たれたようだ。

頼職は苦虫を噛《か》み潰《つぶ》したような顔をしていた。

正面の末席で、この様子を見ていた幸真は、

——これで、家中の新之助を見る目が変わる。

と、確信した。

その後、鏡山、八角など名のある力士が次々に土俵に上がり、熱戦をくりひろげて家臣たちを沸かせたが、そうした取組みより、新之助の見せた剛毅さと家臣への思いやりの態度が、多くの家臣たちの目に焼き付いたのである。

幸真の読みどおり、新之助の質素な衣装や家臣と気さくに接する態度などを粗野だとか田舎者だといって笑う者はいなくなった。それればかりか、若い藩士のなかには新之助を敬愛し、信奉する者が増えてきたのである。

相撲に負けた室木もそうだった。その後、傅役である幸真の許を訪れ、

「新之助君のためなら、命も惜《お》しくはござらぬ。なにとぞ、お側に置いていただけるようご配慮くだされ」

と、懇願したのである。

これを機に、室木も豊臣の麾下《きか》に入ることになるのである。

4

「新之助さま、上さまの御成は四月の十一日だそうでございます」

田沼意行《たぬまもとゆき》が、新之助に身を寄せて言った。

田沼はまだ十二歳だった。色白で丸顔、鼻筋の通った利発そうな少年である。田沼は光貞の小姓だった。光貞の御前での新之助の相撲を見て心酔し、何かあると新之助のそばに来て、情報を伝えていくのである。

この後、田沼意行は新之助の側近のひとりとして活躍することになる。ちなみに、意行は、後年、九代将軍家重《いえしげ》に重用されて幕府の実権を握る田沼意次《おきつぐ》の父親である。

新之助はすぐに幸真に会って、このことを伝えた。

「御成まで、わずかだ」

新之助が緊張した面持ちで言った。いまは三月の末、御成まで半月ほどである。新之助も、御成の日が豊臣の命運を賭けた大事な一日であることを自覚しているのだ。

「若、案ずることはございませぬ。頼職たちが何かと御目見得の邪魔をするでしょうが、こちらも手を打ってございます。当日、中屋敷に若が居さえすれば、御目見得はかなうはずでございます」

幸真はさとすような口調で言った。

おそらく、頼職や綱教は新之助との同席を拒《こば》み、新之助が席をはずすよう光貞に訴えるであろう。幸真はそのときのことも考えて、しかるべき手を打っていた。

そのひとつは、こうした御成のときに随行することの多い老中の大久保加賀守への働きかけであった。

新之助が室木と相撲を取った後も、須藤が久瀬と接触し、新之助の武勇を話した上で、将軍の御成の日に、新之助が中屋敷にいることを知らせてあった。このことは、久瀬から大久保へ伝わっているはずである。大久保は御成の日に新之助の姿がなければ、それとなく綱吉に新之助のことを伝えるだろう。

——万一、大久保が口をつぐんでいたらどうするか。

すこし手荒い方法だが、新之助を綱吉の目のとどく隣の座敷に控えさせ、襖《ふすま》をあけて遠くから辞儀させるつもりでいた。そのために、すでに田沼と新之助に心酔している他の小姓をひとり手なずけてあった。

四月十日、綱吉が御成になる前日、新之助は光貞に呼ばれた。

「新之助、明日、上さまが御成になったら、別室で控えておればよいぞ」

光貞は、不興げな顔で言った。拝謁はしなくてもよいというのである。

一瞬、新之助は強い衝撃を受けたが、気を取り直して、

「ですが、父上、新之助も上さまを父上とともにお迎えしとうございます」

と、訴えた。

「新之助、御成といってもな、上さまは鶴姫の顔を見においでになるだけなのだ。したがって、余と綱教、それに頼職でじゅうぶんであろう」

「で、ですが……」

新之助の顔がこわばった。

「新之助、そちは次の御成のおりに、ご挨拶もうしあげたらよかろう。上さまは、また近いうちにおいでになられる」

光貞は、分かったな、と念を押すように言い置いてきびすを返した。

取り付く島もなかった。新之助は呆然として、すこし腰のまがった光貞の後ろ姿を見送った。

後日、分かったことだが、新之助との同席を拒んだのは、やはり頼職だった。そして、綱教も頼職に同調した。ふたりの言い分はこうである。

「父上、あのような粗野な男を同席いたせば、紀州徳川家の威信にかかわります。それに、上さまから、新之助の母のことも問われるかもしれませぬ」

この謂《いい》は、光貞を動揺させた。新之助の母親のおゆらは、素性の知れぬ巡礼の子である。光貞の口から将軍におゆらの素性は語るわけにはいかなかった。

さらに、その日、鶴姫とともに同席する嫡男の綱教が、

「父上、新之助は別の部屋に控えさせておけばよろしいでしょう。上さまは、できるだけ多く鶴とお話をなされたいはず。新之助まで同席すれば、上さまの不興を買うかもしれませぬゆえ」

と、釘を刺したのである。

「あい、分かった。新之助は隣室に控えさせておこう」

光貞は、そう言わざるを得なかったのである。

この話を聞いた幸真は、ただちに動いた。まず、新之助に光貞の指示に従うことと、当日は衣装を整え、将軍に拝謁する覚悟で隣室に控えているよう話した。そして、自分も新之助と同室し、成り行きに応じて指示することを伝えた。さらに、田沼ともうひとりの小姓に会い、

「わたしが指示したら、襖をあけてくれ」

と、頼んだ。

大久保から将軍に話がなかったら、隣室から新之助に御目見得の辞儀を述べさせようとしたのである。

「いよいよ、明日だな」

新之助の初陣といえる日だったが、幸真にとっても同じだった。新之助が大名になるための初戦である。

翌朝、幸真は払暁のうちに起き、井戸端で水垢離《みずごり》を取った後、身支度を整え、上屋敷から御成御殿のある中屋敷へむかった。

5

御成御殿の玄関先で綱吉の一行を出迎えたのは、光貞、綱教、頼職の三人であった。新之助は幸真とともに、綱吉を迎える書院の隣部屋の二の間に控えていた。

式台の前に着いた乗物から下り立った綱吉は、上機嫌で光貞と兄弟ふたりの挨拶を受けた。その場に新之助がいないのを知ってか知らずか、まったく口にしなかった。

すぐに、田沼が幸真の許に注進に来た。

「加納さま、上さまの御成でございます」

田沼は興奮した声音で言った。

「して、加賀守さまは？」

幸真は、大久保が供奉《ぐぶ》するかどうかが気がかりだった。すでに、大久保邸を探った茂平たちから、当日供奉するらしいという報告を受けていたが、何かの都合で来ないことも考えられたのだ。

「ご同行なされております」

「そうか」

ひとまず、幸真は安堵した。脇でやり取りを聞いていた新之助も、いくぶん顔をやわらげた。

綱吉一行は、玄関から大廊下を通り、書院の主室である上段の間に腰を落ち着けた。

上段の間につづく一の間に、光貞以下、綱教、頼職、江戸家老など数人の重臣が居並んだ。鶴姫もきらびやかな衣装をまとい、綱教の脇につつましく座っている。また、綱吉に供奉した大久保をはじめとする他の幕閣たちもいかめしい顔付きで腰を下ろした。

まず、光貞が威儀を正して来駕の礼を述べた後、綱教の脇に座していた頼職を簡単に紹介した。すでに、頼職の御目見得は済んでいたが、あらためて口にしたのである。

綱吉は、目を細めて黙って聞いていた。当然のことながら、新之助のことなど念頭にないようである。

酒肴の膳が運ばれ、酒宴が始まった。座はなごやかな雰囲気につつまれ、綱吉は綱教と鶴姫を近くに呼んでしきりに話しかけた。綱吉の御成の目的のひとつは、紀州徳川家へ輿入れした鶴姫に会うためであった。

隣部屋で幸真と新之助は、焦燥に駆られていた。襖ひとつ隔てた書院の様子は手に取るように分かるが、光貞はむろんのこと、頼みの大久保からも新之助のことはまったく出ない。

——このままでは、襖をあけねばなるまい。

幸真は肚《はら》をかためていた。綱教と鶴姫が将軍のそばを離れたときが襖をあける機会だろうと思った。

いっときして、鶴姫が将軍に言葉をかけ、自席にもどる気配がした。

幸真が、そばに控えていた田沼に襖をあけるよう指示しようとしたとき、ふいに綱吉の声が聞こえてきた。

「光貞どのはお子に恵まれ、幸せなことだ。余は子に先立たれて、寂しい思いをしておるのじゃ」

綱吉は、すこし離れた光貞に声をかけた。

先立たれた子というのは、綱吉の嫡男で、五歳で夭折した徳松《とくまつ》のことである。綱吉には他に男児はいなかった。

このとき、大久保が口を挟んだ。おそらく、綱吉の言葉に、光貞の子がひとり足りぬ、と気付いたにちがいない。

「上さま、大納言さまは子福者であらせられ、他にもお子がおられます」

そう、大久保はとりなしてくれたのである。

「なに、他にもいるのか」

「はい、それも十四歳にて、六尺を超えるという偉丈夫だそうでございます」

「そうか。光貞どの、遠慮はいらぬ。すぐに、連れてくるがよい」

綱吉は、そう命じた。

こうなると、光貞にも頼職にも新之助の拝謁をとめようがない。

隣部屋にいた幸真は、この会話を聞いて思わず膝を打った。ここに来て、新之助の御目見得を果たすために打った手が、やっと功を奏したのである。

新之助も顔を紅潮させ、目をかがやかせていた。やっと、将軍への謁見の機会が来たのである。

すぐに、同席した紀州家の家老、三浦長門守《みうらながとのかみ》が新之助を迎えにきた。新之助は幸真を振り返り、ちいさくうなずいてから、三浦とともに出ていった。

新之助は頼職の脇に座した後、恭《うやうや》しく辞儀を述べた。

「おお、これは、ふたりの兄より大柄じゃな」

綱吉は驚いたような顔をして新之助を見たが、その後、機嫌よさそうに目を細め、頼職と新之助に領地を賜ることを口にした。

綱吉にしてみれば、引見したふたりに何か下賜《かし》しないわけにはいかなかったし、娘の鶴姫の手前、相応の配慮をしてみせる必要があったのである。

——この、合戦、われらの勝ちだ！

おもわず、幸真は心の内で叫んだ。

まだ、どれほどの領地かは分からぬが、幸真の狙いどおり、新之助がちいさいながらも大名になることはまちがいないのである。

後日、幕閣からの使者が紀州徳川家に来て、新之助と頼職にそれぞれ越前国丹生《にゅう》に三万石を下賜することを伝えた。

新之助が賜る丹生葛野《かずらの》は、痩せ地で実質五千石ほどだといわれていたが、それでも名目上、三万石の大名なのである。

6

新之助は葛野には行かなかった。代官として、明楽八郎兵衛、室木元之丞を遣わした。新之助が葛野に行かなかった理由は、実質五千石という痩せ地ということもあったが、それより紀州藩にとどまり、さらなる飛躍の機会を狙ったからである。思いは頼職も同じらしく、やはり領地にはいかず紀州藩にとどまった。

元禄十五年（一七〇二）、新之助は十九歳になっていた。すでに背丈は六尺を超え、そばを通った家臣たちが思わず見上げるほどの偉丈夫である。家臣たちは、ひそかに紀州の英傑、南海の大兵などと噂しあった。新之助は、ただ巨漢だっただけではない。剣術、柔術、馬術などの武芸で鍛え上げた体は屈強で、その質素さとあいまって、まさに英傑の名にふさわしい男に成長していた。

新之助と頼職の対立は年とともに、激化していった。特に若い家臣のなかに、新之助の容貌や人柄に藩主の理想像を重ね、何とか藩主に担ごうと思う者が増えてきたからである。

そうした家臣たちが増えてきた裏には、幸真をはじめとする真田一族の働きかけがあった。幸真や新之助の側近の薬込役の者たちが、ことあるごとに新之助の質素さや英邁《えいまい》さをひろく領民に喧伝したのである。そうした風聞が、領民から家臣たちへ伝播していったのだ。

おのずと、家臣たちも新之助派と頼職派に分かれて対立するようになった。もっとも、家臣たちの対立といっても藩全体から見れば、ごく一部である。それというのも、すでに光貞は元禄十一年（一六九八年）に隠居し、嫡男の綱教が家督を継いでいたので、大半の家臣は相続争いなど眼中になく、いかに綱教に取り入るかに腐心していたのである。

幸真は、頼職が綱吉から越前丹生三万石を下賜された後、紀州藩主の地位をますます欲するのではないかとみていた。三万石と五十五万五千石では雲泥の差があるが、それだけでなく新之助に対する敵対心もあるだろう。頼職にすれば、新之助と同じ三万石で満足できるはずはないのだ。

――さらに、策謀をめぐらせてくる。

と、幸真は読んだ。頼職との戦いはこれからなのである。

その年の二月、新之助は隠居した光貞に従って帰国した。頼職もいっしょだった。隠居したとはいえ、まだまだ光貞の威光は絶大で、何かことあれば、藩政を左右するだけの力は持っていた。

帰国に際しても、幸真たちは新之助のまわりを厳重に警戒し、決して油断することはなかった。

帰国後、新之助は和歌山城で暮らすことが多くなったが、ときおり、幼少のころ暮らした吹上にある加納邸にも姿を見せた。

その日、新之助は薬込役である中村三郎、川村弥八郎などと城下で馬責めをおこなった後、加納家に姿を見せた。三郎は大坪流馬術、弥八郎は小野派一刀流、それぞれ藩内では名の知れた達者になっていた。

玄関先で出迎えたのは、幸真と嫡男の久通だった。角兵衛が二十四歳になり、久通と改名したのだ。久通は真田一族の嫡流らしい英知に長けた面立ちの武士に育っていた。久通は、この後新之助が吉宗と名を改めた後も、側近として長く仕えることになる。

「加納、茶を馳走してくれ」

新之助は白い歯を見せて破顔した。

ちかごろ、新之助は真田や幸真の名を出さない。どこに頼職派の耳目があるか、知れないからである。

「すぐに、おしずに淹《い》れさせましょう」

幸真は、庭に面した座敷に新之助を案内した。三郎と弥八郎も同行した。

おしずが女中に手伝わせて茶を運び、いっとき新之助のそばに座して何やらしきりに話しかけていた。おしずは新之助の育ての親で、新之助に対してわが子のような情愛を持っていたのである。

おしずは新之助が豊臣の直系などとは夢にも思っていなかったが、夫の加納平次右衛門が何とか新之助を紀州藩の殿さまにしたいと動いていることは知っていた。加納家に親戚筋でもない得体の知れぬ武士が出入りするのも、そのためだと思っていた。おしずにしても、新之助を藩主にしたい気持ちはあったので、夫の行動に不審を持つようなことはなかった。

おしずが座敷から下がって、すぐだった。庭に面した障子のむこうに人のいる気配がし、かすかに人影がよぎった。まったく足音は聞こえなかった。常人ではないようだ。

「重市か、それとも飛助か」

幸真が声をかけた。これだけの忍びの達者は、ふたりのうちどちらかであろうと思ったのだ。

重市は前から薬込役として新之助に仕えていたが、青蟇の茂平、鶉の飛助、袖火の雷造の三人は幸真の手足となって動いていた。

「飛助にございます」

「入れ、若もお見えだ」

幸真が声をかけると、スッと障子があいて飛助が姿を見せた。

忍び装束ではなかった。着古した木綿羽織に濃紺の袴、腰に粗末な大小を帯びていた。城下でよく見かける軽格の藩士といった風体である。そうした姿で来訪したのは、人目を引かぬためであろう。

飛助はすばやく座敷に入ると、後ろ手に障子をしめて新之助に低頭した。

「何か、あったのか」

幸真が訊いた。飛助が、日中姿を見せたのは何か幸真の耳に入れておきたいことをつかんだからであろう。

「市古小十郎の許に、伊賀者がふたりくわわったようでございます」

顔を伏したまま飛助が言った。

「なに、伊賀者が」

「はい、猿谷《さるたに》のヨシと小野田《おのだ》の歳三《さいぞう》」

飛助によると、ふたりとも伊賀では名の知れた術者だという。とくに、ヨシは尾行や屋敷内への潜入に優れ、歳三は短弓、鉄砲などの飛び道具の達者だという。

ヨシとは奇妙な名だが、親がよし助と名付けたからとも、家のちかくに葦《よし》の原があったので、そう呼ばれるようになったとも言われていた。

「それで、市古や伊賀者の動きは？」

神山と蜂谷が、忍者を増強したようだ。新たな策謀に動き出したらしい。

「はい、新之助君の身辺につきまとっております」

今日も、城を出てからずっと新之助の跡を尾けまわし、馬責めを終えて加納家へ着くまで追ってきたという。

幸真は頼職の新之助へのただならぬ敵意を改めて読みとっていた。

「歳三は、飛び道具の達者ゆえ、ご油断なきよう」

飛助がくぐもった声で言った。どうやら、飛助はそのことを伝えるために姿をあらわしたらしい。

「分かった。こちらでも、若の身辺をかためるようにいたそう」

幸真は、新之助が城下へ出るおりには、忍びの達者である重市、それに火縄の臭いを嗅ぎ分ける特殊な能力をもっている文次郎をかならず供につけようと思った。

7

だが、幸真も新之助も思いもしなかったところから、神山たちの攻撃の狼煙《のろし》が上がった。

新之助が加納家に立ち寄った三日後、ふたたび飛助が幸真の許にあらわれた。

夜更けだった。居間にいた幸真は廊下を歩くかすかな気配を察知し、かたわらに掛けてあった刀に手を伸ばした。

「飛助にございます」

障子の向こうで飛助のくぐもった声がした。さすがである。どこから侵入したのか、身辺に近付くまで、まったくその気配を感じさせなかったのである。

「入れ」

幸真が声をかけると、すぐに障子があいた。そして、黒い人影がスッと座敷に入ってきて、障子がしまった。まったく音をたてない。ただ、燭台の火がかすかに揺れただけである。

「何事かな」

幸真が訊いた。

「九度山に何かありましょうか」

「なにゆえ、九度山のことを訊く」

九度山の慶林寺には、豊臣秀頼の孫にあたる吉頼が、秀雲という僧に身を変えて住んでいた。新之助の実の親である。このことは、幸真や新之助たちごく一部の者だけが知る秘事で、まだ飛助たちには話してなかった。

「蜂谷が、市古や歳三たちに九度山付近を探索するよう命じておりました」

昨夜、飛助は歳三を尾け、城下の蜂谷邸に入るのを目撃した。

飛助は蜂谷邸に侵入した。歳三と蜂谷が何を話すのか盗聴しようとしたのである。

蜂谷邸の防備は厳重だった。戸締まりだけでなく、忍者の侵入を防ぐために庭木の間に鳴子が仕掛けてあり、いたるところに侵入者の足跡を残すための砂が撒いてあった。

だが、飛助は己の気配を消す鶉隠れの術の達者だった。しかも、体の関節を自在にはずし、頭さえ入れば、どこへでも侵入できる術を会得していた。

飛助は床下や天井裏などにもぐり込まなかった。台所の格子窓が一本だけはずれ、頭が入る隙間があると見てとると、関節をはずして体を窓枠や柱にからみつけて屋敷内に侵入したのである。

飛助は闇を伝いながら台所から廊下へむかい、話し声の聞こえる廊下の角の闇溜まりにへばりついた。その先が客間になっているらしい。

そこで、飛助は鶉隠れの術で己の気配を消した。動きをとめ、意識を無にし、そこにある石や板壁と同じように生命のない物体になりきるのである。すぐ目の前を女中が何度か通ったが、まったく気付かなかった。

洩れてくる声から、客間には四人の男がいることが知れた。神山、蜂谷、市古、歳三である。

「神山たちは、新之助君と加納さまが人目を忍んで九度山に出かけたことを知っており、九度山周辺に加納さまや新之助君にかかわる重要な人物がひそんでいるとみているようでございます」

飛助は抑揚のない声で言った。

「尾けられたか」

幸真は新之助の要望もあって、国許に帰ってから新之助を連れて一度だけ慶林寺に出かけていた。帰国の挨拶に行ったのである。用心していたが、その際、敵の忍者に尾けられたらしい。

「慶林寺の秀雲さまは、豊臣家の血筋を引くお方だ」

幸真はそれだけ話した。すでに、飛助は新之助が豊臣家の嫡流であることは知っているので、すべてを察するはずだった。

思ったとおり、飛助の顔に驚愕の表情が浮いた。が、驚きの色はすぐに消え、黙ったまま幸真の次の言葉を待っている。

「敵に、秀雲さまと新之助君のかかわりを知られてはならぬ」

幸真は語気を強めて言った。

新之助が秀雲の子であり豊臣家の嫡流であることが頼職側に知れれば、長年にわたる徳川の世をくつがえし、豊臣が天下をとるという野望は水泡に帰す。新之助は捕らえられて処刑され、豊臣家嫡流の血は完全に消滅するであろう。むろん、幸真たち真田一族も真田に与して集まった豊臣恩顧の末裔たちも、忍者たちも、すべて抹殺されることになる。

「いかようにいたさば」

飛助が訊いた。

「忍びの者たちを九度山に集結させる。何としても、秀雲さまの身を敵の忍者から守ってくれ」

表だって動くことはできなかった。川村、須藤などの武芸の達者は使えない。藩士はむろんのこと、領民にも幸真や新之助の側近たちと秀雲のかかわりを知られるわけにはいかなかった。九度山で頼職側と戦いがあったことも秘匿せねばならない。幸真が使えるのは、忍びの術を会得した飛助、茂平、雷造、それに重市、文次郎だけである。

ただ、頼職側も、まだ不審を抱いただけのはずだ。配下の武芸者や家臣を動かすことはできないだろう。おそらく、探索にくわわるのは、市古一族と猿谷のヨシ、小野田の歳三のふたりである。

となると、忍者同士の戦いになりそうだ。

「承知」

飛助が一礼して、座敷を出ようとすると、

「待て」

と、幸真がとめた。

「わしはしばらく、屋敷内にとどまるゆえ、逐一敵の動きを知らせてくれ。くれぐれも、頼職側に知られぬようにな」

幸真は、万一、秀雲が頼職側に捕らえられるような状況になれば、その前に秀雲の命を断たねばならぬと思っていた。非情だが、豊臣の天下という大望のためには、それもやむを得なかった。

「心得えました」

ゆらっ、と燭台の炎が揺れ、かすかな衣擦れの音を残して飛助は座敷から消えた。

8

飛助たち五人の忍者は、慶林寺の周辺に潜伏していた。境内に重市と文次郎、山門のちかくに茂平と雷造、飛助は山門につづく林間の細い参道付近に身を隠していた。

すでに、敵は新之助たちが慶林寺に来たことはつかんでいるようだった。それというのも、山麓の民家や寺などにあたれば、新之助たちが行った山間の道の先には慶林寺しかないことはすぐに知れたからである。

一方、飛助たちは市古一族のひとりを始末していた。その忍者は雲水に身を変えて慶林寺を訪れ、寺男から秀雲の正体を聞き出そうとしたのである。

その日、晴天だった。山間の小径は匂い立つような新緑につつまれ、野鳥のさえずりが林間から絶えず聞こえていた。晩春ののどかな昼下がりである。

飛助は小径の脇の杉の樹陰で、耳を澄ませていた。風音、野鳥のさえずり、獣が灌木や藪を通り抜ける音、そうした音の変化から忍者の接近を感知するのである。

――だれか来る！

小径を登ってくるようだ。人声も足音も聞こえなかったが、飛助の耳に野鳥のさえずりが乱れ、樹間を逃げ散る羽音が聞こえたのである。

忍者であろう。猟師や樵《きこり》なら、足音が聞こえるはずである。

山間の道の先に人影が見えた。三人である。いずれも、雲水姿だった。

墨染めの粗末な法衣を身にまとい、手甲脚絆に草鞋がけ、網代笠をかぶって顔を隠していた。三人は、足早に山道を登ってくる。

飛助は、三人とも忍者であることを看破した。常人には分からないが、忍者独特の歩き方をしていたからである。それもかなりの術者だった。いずれも、法衣の下にひき締まった体を隠していた。

——茂平と雷造の手を借りねばならぬ。

飛助ひとりの手には負えなかった。飛助は足音を消して樹陰を走り、大樹の枝を伝い、山門近くにひそんでいる茂平と雷造にこのことを伝えた。

三人の雲水は、周囲の気配をうかがいながら山門に近付いてくる。

飛助は手裏剣をふところから取り出した。茂平と雷造も、同じように手裏剣の攻撃を仕かけるはずだった。

三人の雲水が山門をくぐり、境内に姿をあらわしたとき、飛助が手裏剣を打った。ほぼ同時に、三方から手裏剣が飛んだ。

先頭にいた男がよろめいた。

瞬間、他のふたりが左右に跳び、さらに灌木のなかへ頭から飛び込んだ。ふたりに手裏剣が飛んだ。ザザザ、と灌木を分ける音がした。ふたつの網代笠が灌木の脇に落ちているだけで、動く人影は見えない。

先頭にいた雲水は、背と脇腹に飛助たちの手裏剣を受けていた。それでも、手裏剣が飛んできた樹陰や叢《くさむら》のなかへ手裏剣を打ちながら、山門をくぐって逃れようとした。その背や太腿に、さらに手裏剣が刺さった。

雲水は山門を出ると、参道の脇にあった杉の樹陰にまわった。

すぐに、火薬の爆発音がし、網代笠が虚空に飛んだ。かすかな煙と人肉の焦げる異臭がした。忍者が己の顔を爆破したのである。

その忍者は、重市の父の西村平蔵を吹矢で仕留めた男だった。が、そのことも知られず、名や顔を消したまま闇に死んだ。これが忍者の定めである。

飛助は小柄な男を追っていた。ヨシでも、歳三でもなかったが、なかなか敏捷な男だった。灌木や大樹の陰に身を隠しながら野犬のような迅《はや》さで、山間の傾斜地を疾駆していく。しかも、ときおり後を追う飛助にむかって手裏剣を打った。

だが、飛助の方が身も軽く、足も迅かった。飛助は地を走るだけでなく、猿のように木の枝をつたい、樹上から垂れる藤蔓《ふじづる》を使って空を飛び、しだいに小柄な男を追いつめていく。

――もらった！

飛助は樹上から、逃走する男の背に手裏剣を打った。

肩口にあたった。男は身をのけ反らせたが、振りむきざま樹上の飛助を狙って手裏剣を放った。

瞬間、飛助は別の松の枝に飛び移り、さらに手裏剣を打った。

今度は男の背にあたった。男はよろめき、近くの笹藪に飛び込んだ。ガサガサと笹藪が揺れた。飛助は笹藪のなかへ手裏剣を連打した。

笹藪の揺れがとまった。男が静止したのである。

飛助は、墨染めの法衣が笹藪のなかで動かないのを見て、男に近付いた。男はこと切れていた。

顔が血まみれだった。肌がめくれ、眼球が飛び出し、頬骨が露出していた。男は手にした手裏剣の先で、死ぬ前に己の顔を引き裂いたのである。顔を消すためである。

飛助は樅《もみ》の枝を切ってきて、死骸の上にかけてやった。せめて、野犬や鴉《からす》から死体を守ってやろうとしたのである。

そのころ、雷造と茂平が、もうひとりの雲水を追っていた。この男は、市古昌平だった。市古小十郎の子で、すでに兄の登太は殺されていたが市古の兄弟猿と呼ばれるほど身の軽い男である。

対する雷造は火術の達者だったが巨漢のため、追跡や尾行はあまり得意ではなかった。茂平も毒薬の扱いには長けていたが、身の軽さは飛助ほどではない。

雷造と茂平は小半刻（三十分）ほど昌平を追ったが、その姿を見失ってしまった。

その夜、飛助からことの次第を報《し》らされた幸真は、

――まずい。

と、思った。当然、逃げたひとりから、蜂谷に子細が伝えられる。頼職側は慶林寺に新之助にかかわる重要な人物がひそんでいることを確信すると同時に、こちらのおよその戦力もつかんだはずだ。

「飛助、次は多勢でくるぞ」

飛助たち五人の忍者だけでは秀雲は守りきれまい、と幸真は思った。

9

燭台の火が揺れた。足音はしないが、何者か廊下を近付いてくる気配がする。

幸真は書見台から膝をずらし、刀掛けに手を伸ばした。近付いてくる気配は、障子のむこうでとまり、

「重市にございます」

と、低い声が聞こえた。重市は若年だが、紀州流忍術の達者である。

かすかに障子をあける音がし、座敷の大気が揺れた。辺りは静まりかえっている。畳を踏む足音も聞こえなかった。いつ侵入したのか、部屋の隅の闇のなかで、重市の双眸がうすくひかっている。

ならない。

「何事かな」

夜中、屋敷内に侵入してまで報《し》らせねばならぬほどの大事が、出来《しゅったい》したとみねば
「加納さま、蜂谷の配下の者たちが慶林寺へ攻め込むようでございます」

「やはり、そうか」

幸真は驚かなかった。蜂谷の配下の忍者たちが慶林寺にむかったと聞いたときから、いずれこの日が来るだろうと予想していたのだ。

「敵は忍者か」

幸真が訊いた。

「それが、市古一族に、森之谷宗十、猿谷のヨシ、小野田の歳三もくわわるようでございます」

重市によると、蜂谷の屋敷に忍び込み、蜂谷、市古小十郎、神山甚内が密談しているのを盗聴したという。

それによると、蜂谷と神山は、慶林寺に加納家と新之助にかかわる重要人物がひそんでいるとみて、市古に捕縛するよう命じたという。その際、神山が加納側の反撃が予想されることから腕のいい忍者の総勢を動かし、槍の宗十もくわえるよう言い添え

た。神山は頼職方の首魁である。

「いかがいたしましょうや」

重市が訊いた。

「何としても、吉頼さまのお命は守らねばならぬが……」

幸真は、燭台の火を見つめながらつぶやいた。揺れる炎を映じた双眸が、熾火《おきび》のようにひかっている。

「すぐに、川村たちを呼んでくれ」

幸真は配下の主だった者たちの名を上げた。

「ハッ」

短い返事とともに大気の動く気配がし、重市が座敷から姿を消した。

それから二刻（四時間）ほど後――。

加納家の奥座敷に九人の男たちが座していた。まだ、暁闇で、座敷には燭台が点っていた。

幸真、幸真の嫡男の加納久通、川村三郎右衛門、中村惣市、古坂東次、重市、青蟇の茂平、鶉の飛助、袖火の雷造である。

「火急に集まってもらったのは、吉頼さまのお命があやういからだ」

幸真は、重市が聴取したことをかいつまんで話した。

「されば、すぐに九度山に出立いたしましょう」

そう言って、川村が腰を浮かせたが、幸真がとめた。

「待て、われら忍び以外の者が動けば、領民の目に触れよう。ここは、忍びの者にまかせるしかない」

幸真たち豊臣方にとって、秀雲の正体を秘匿すると同時に、新之助の側近が戦いにくわわったことも知られてはならないのだ。

「戦いの指図は、惣市に頼む」

幸真は惣市に目をむけた。

惣市も幸真の腹心のひとりで、新之助が生まれる前から豊臣方として共に戦ってきた男である。

「惣市、どのようなことがあっても、吉頼さまの身を敵方に渡してはならぬ」

幸真は重い声で言った。その言葉の裏には、いざとなれば吉頼の命を奪っても敵に渡すなという強い指示があった。

——鬼にならねばならぬ。

と、幸真は思った。

豊臣の大望を果たすために、心を鬼にせねばならない。それに、幸真の胸のうちには、ここで吉頼の身を守っても、頼職方の二の矢、三の矢がくるであろうという読みもあったのだ。

「心得ましてございます」

惣市はけわしい顔で幸真に一礼し、立ち上がった。

10

翌朝、陽がだいぶ高くなってから、新之助が加納邸に姿を見せた。薬込役の文次郎、三郎、弥八郎をしたがえていた。馬責めの途中、立ち寄ったらしい。

出迎えた幸真と久通に、

「茶を所望」

新之助は、額の汗を手の甲でぬぐいながら言った。

「ともかく、座敷へ」

幸真は新之助を座敷へ上げた。

「遠慮なく、休ませてもらうぞ」

勝手知った屋敷だったので、新之助は自分から庭の見える居間へと足を運んだ。

新之助は幸真の妻のおしずが淹《い》れた茶で喉をうるおした後、

「加納、何かあったのか」

と、声をひそめて訊いた。

「若、何か気になることでもございましたか」

幸真の方で訊き返した。

「いや、朝からな、弥八郎や三郎の様子が妙なのだ。変に顔がこわばっておる。それに、何を訊いても、口をつぐんでいるのだ」

三郎は中村惣市の、弥八郎は川村三郎右衛門の子である。新之助にしたがった薬込役の三人は、頼職方の手勢が慶林寺を攻めることを口止めされているようだ。新之助はふだんと様子のちがう三人に気付いて、問い質《ただ》したのであろう。ところが、三人が何も喋《しゃべ》らないので、幸真に訊けば分かるだろうと思ったようだ。

幸真は新之助に事態を伝えようと思った。結果はどうなれ、いずれ話さねばならぬことである。それに、今後豊臣方の総大将として徳川に挑むには、肉親や忠臣の死にも私情を殺して対処せねばならぬことも知ってもらいたかった。

「若、お話しいたしましょう」

幸真は、豊臣の総大将であることをお忘れなきよう、と言い添えてから話し始めた。

幸真が昨夜からのことを話すと、新之助の顔色が変わった。

「加納、慶林寺にまいるぞ」

新之助は立ち上がった。

「お待ちください。若、慶林寺に行って、どうなさるおつもりです」

幸真の声には、いつになく鋭いひびきがあった。

「知れたこと、父上を助けるのだ」

新之助は、なおも座敷から出ようとした。

「慶林寺に行っては、なりませぬ。若が、軽はずみな行動を起こせば、われら真田一族はむろんのこと、若の許に集まった者たちを死なせることになりましょう。そのようなことを、吉頼さまがお望みだとお思いですか」

幸真の顔はこわばり、物言いには新之助を圧倒する気魄がこもっていた。

「うむ……」

新之助の足がとまった。

座敷につっ立ったままいっとき六尺余の巨軀を顫《ふる》わせていたが、急にドカリと胡座《あぐら》

をかき、

「分かった。おれは、慶林寺には行かぬ」

と言って、歯をくいしばって虚空を睨んだ。大きな顔が赭黒《あかぐろ》く染まり、双眸がひかっていた。まさに、鬼を思わせる形相《ぎょうそう》である。

そのころ、惣市と古坂が、慶林寺の庫裏にいた。ふたりは、粗末な腰切半纏《こしきりばんてん》に股引という百姓のような格好をし、汚れた手ぬぐいで頬っかむりしていた。他人の目を欺くためである。ただ、刀は茣蓙《ござ》にくるんで持っていたし、ふところには手裏剣や鉄礫なども忍ばせていた。

障子があき、素絹の衣に身をつつんだ僧形の吉頼が姿を見せた。顔がいくぶんこわばっている。己の身にかかわる大事が起きたことを察しているようだ。

「何事かな」

吉頼が訊いた。

「殿、頼職方の手勢がこの寺へむかっております」

惣市がけわしい顔で言った。幸真をはじめ豊臣方の者たちは、吉頼を殿と呼んでいる。

一瞬、吉頼の顔から血の気が引いたが、気を取り直したらしく、

「いずれ、こうなることは覚悟していた。……それで、われら豊臣の戦いは狙いどおり進んでおるのか」

と、静かな声音で訊いた。

「とどこおりなく、ちかいうちに紀州藩を攻め落としましょう」

「それはよい」

吉頼は口元に微笑を浮かべた。

「殿、手勢といっても、忍者たちだけでございます。われら、豊臣方の忍者も寺の周囲をかためておりますゆえご安堵めされ、庫裏内にてお過ごしくだされ」

惣市は古坂とともに、吉頼の身辺を守るつもりでいた。

「頼んだぞ」

吉頼は腰を上げた。

11

「来るぞ」

茂平が声を殺して言った。

雑木林のなかの小径を網代笠をかぶった雲水姿の男が三人、足早にやってくる。

「忍びだ。市古一族の者とみた」

三人はやや腰を沈ませ、なめらかな足取りで坂道を上ってくる。

「その後ろにも、ふたり」

飛助が言った。

飛助の脇には巨漢の雷造の姿もあった。三人は灌木の陰に身を隠し、柿茶《かきちゃ》の筒袖に伊賀袴の忍び装束に身をかためていた。

雲水姿の背後から来るのは、樵《きこり》ふうの男だった。ただ、猟犬を連れていず、鉄砲も持っていなかった。忍者同士の戦いの場合、物陰から狙い撃ちするのでなければ、鉄砲は役にたたないからである。

「あれも、市古一族のようだな」

「五人か。多勢だ」

市古一族と思われる忍者だけで五人。まだ、宗十、ヨシ、歳三と思われる者の姿はなかった。別の杣道《そまみち》をたどって、慶林寺にむかっているのかもしれない。

「やるか」

茂平が訊いた。すでに、雲水姿の三人は、茂平たちの眼前に迫っていた。

雷造が無言でうなずいた。

「ここで食い止めねば、寺へ入られる」

三人は慶林寺の山門まで、三町ほどの山間にいたのだ。

「行くぞ」

言いざま、茂平が手裏剣を放った。

ほぼ同時に、飛助は脇へ跳びながら手裏剣を打ち、やや遅れて雷造が抛火炬《ほうりひこ》を投じた。抛火炬は手榴弾である。土製で椀状の炮烙《ほうろく》をふたつ合わせ、なかに火薬や鉄片などを詰め、火縄に火を点けて投じるのである。雷造は、火器に長じていた。手のなかに収まるほどの特製の抛火炬をふところに忍ばせてきていたのだ。

雲水姿のひとりが、のけ反《ぞ》った。手裏剣が背と脇腹に当たったのだ。同時に、網代笠が空に飛び、黒い法衣姿のふたりが近くの灌木の陰に跳んだ。

その灌木のちかくで、バン、という爆発音がし、かすかな閃光がはしった。

と、灌木の陰からふたりが左右に跳び、傾斜地を黒い鞠《まり》のように転がった。そのふたりに、さらに飛助と茂平が手裏剣を浴びせた。ひとりは傍らの樅《もみ》の幹に飛び移り、もうひとりは林間を疾走したが、足がもつれていた。抛火炬のなかに仕掛けてあった鉄片を浴びたにちがいない。

一方、背後から来た樵姿のふたりは、茂平たちが手裏剣を打つのと同時に樹陰や藪のなかに身を隠した。そして、茂平たち三人に攻撃を仕掛けるべく、身を隠したまま接近していた。

茂平たち三人は散った。

ここから先は、身を隠したまま忍者同士の戦いということになる。

かすかに藪や枝葉が揺れ、手裏剣の刺さる音が聞こえた。ほとんど姿をあらわさず、ムササビのように樹間を飛び、斜面を黒い獣のように疾走する姿が、ときおり視界をよぎるだけである。


そのころ、重市は山門ちかくの松の樹陰にいた。境内に入る敵を門前で食い止め、同時に敵の襲撃を惣市と古坂に知らせるためである。

「来たな！」

雑木林のなかに、右手の山の斜面を登ってくる人影が見えた。参道ではなく、道のない山肌をたどって来たようである。

「宗十だ」

人影はふたりだった。ひとりは武士体で、槍を手にしていた。裁着袴《たっつけ》に黒羽織、足元を武者草鞋《わらじ》でかためている。もうひとりは、筒袖に伊賀袴。覆面で顔を隠していた。こちらは、忍者である。

「まだ、来る！」

左手の杉や松などの針葉樹の森のなかを人影が近付いてくる。はっきりしないが、二、三人はいるようだ。いずれも、忍者らしい。ひとり、短弓を手にした者がいた。動きが敏捷である。歳三かもしれない。歳三は短弓や鉄砲などの飛び道具の名人として知られていた。

——守りきれぬ。

と、重市は察知した。

敵は宗十にくわえ、忍者が数人いる。山門から先を守っている味方は、三人である。

重市は宗十を手裏剣で斃した上で、庫裏のちかくにいる惣市と古坂に敵の襲来を知らせようと思った。

重市は棒手裏剣をふところから取り出した。

宗十ともうひとりの忍者が、近付いてくる。だが、雑木林のなかを足早にやってくる敵を手裏剣で仕留めるのは、至難の業だった。木の幹や葉叢《はむら》で、その姿が隠れてしまう。おそらく、宗十たちは敵の飛び道具を避けるため、視界の悪い林間をたどってここまで来たのであろう。

宗十が重市の眼前に迫った。櫟《くぬぎ》の幹の間から、宗十の肩口が見えた瞬間、重市は手裏剣を打った。手裏剣は櫟の枝葉の間を抜け、宗十の肩先をかすめて別の木の幹に刺さった。一瞬、宗十は手裏剣が櫟の葉をかすめる音を感知し、身を前に倒したのだ。

すかさず、脇にいた忍者が脇の樹陰に飛びざま、重市を狙って手裏剣を放った。

迅《はや》い！

その敏捷な反応は、並の術者のものではない。ヨシかもしれない。

すぐさま、重市は松の樹陰から飛び出し、境内を疾走した。その姿が、庫裏の前にいるふたりの目にとまり、敵の襲撃を察知するはずである。

重市は境内をよぎり、本堂の脇の杉の幹の陰にまわった。そこから、山門を入ってくる敵に、攻撃を仕掛けるつもりだった。

12

「来たようだな」

惣市は傍らに置いてあった忍刀を腰に差した。惣市は紀州流の忍者だったが、飛び道具より刀を遣っての戦いが得意だった。

一方、古坂は庫裏の板壁の陰に身を隠していた。物陰に身を隠して移動しながら、鉄礫を放つのである。

人影がふたつ、山門を通らず、門の脇から飛び出した。人影が地をすべるように境内を横切る。いずれも忍び装束の者たちである。その人影へ、重市と古坂の放った手裏剣と鉄礫が飛んだ。

敵は忍びの手練らしい。黒い飛鳥のように境内をかこった杜《もり》のなかに姿を消した。鉄礫と手裏剣の地面を打つ音だけがひびいた。

数瞬の静寂の後、重市と古坂のひそんだ物陰へ、手裏剣と短弓が飛来した。同時に、かすかに地を蹴る音がし、鉄礫と手裏剣が飛び、ひそんでいた物陰から別の陰へと人影が疾走した。重市と古坂は駆けながら、手裏剣と鉄礫を放ったのである。

そのとき、山門の前に武士体の男が姿をあらわした。長柄の槍を小脇にかかえていた。森之谷宗十である。

宗十は、スルスルと惣市の前に近寄ってきた。腰がどっしりと据わり、上体が動かない。見事な寄り身である。

宗十は五間ほどの間合をとって足をとめた。

「森之谷流の槍、受けてみよ！」

宗十が槍を構えた。

さらに、腰を沈め、宗十は槍の穂先を惣市の下腹部につけた。宗十は下段から敵の下腹を突くのを得意としていた。下段突きの宗十との異名がある。

「おお！」

惣市は右手にした忍刀を高い八相に構えた。

通常の刀術とはちがう。疾走しながら、片手で刀をふるうのである。惣市は八相に構えたまま疾走した。

惣市が宗十の刺撃の間に踏み込んだ刹那、
ヤアッ！

宗十が甲声《かんごえ》と同時に、鋭い突きをくりだしてきた。宗十の槍先が惣市の下腹へ伸びる。

　間一髪、惣市は刀身で穂先をはじき、二の太刀で宗十の胸を突こうとしたが、宗十の突きの方が迅《はや》かった。

　一瞬の槍捌《さば》きだった。見事だった。通常、槍は刺撃の後の引きの迅さが大事とされているが、宗十の引きは、見事だった。まさに、神速の引きである。そして、間髪をいれず、二の手を惣市の下腹を狙ってくりだしてきたのだ。

　咄嗟《とっさ》に、惣市は脇へ跳んだが、脇腹に焼鏝《やきごて》を当てられたような衝撃がはしった。肉を抉《えぐ》られたようだ。

　惣市は足をとめなかった。一気に、宗十の脇を走り抜け、大きく間合を取って反転した。腰切半纏が血に染まっていたが、内臓までは達していない。

「まだだ」

　ふたたび、惣市は八相に構えた。

　そのときだった。庫裏のなかで叫び声と、障子を蹴破るような音がした。庫裏のなかに、侵入した者がいるようだ。

　惣市は刀身を下げて庫裏の戸口へ疾走した。宗十の相手より、吉頼を守らねばならなかった。宗十は槍を小脇にかかえて、追ってきた。

足は惣市の方が速かった。惣市は引き戸をあけ、上がり框《がまち》から踏み込んだ。廊下の突き当たりの障子が蹴破られている。

そこが吉頼のいる座敷だった。人の動く気配がした。惣市は飛び込むような勢いで、座敷に踏み込んだ。

忍び装束の男が、忍刀を振り上げていた。吉頼の素絹の肩口が血に染まっている。縄を掛けようとした侵入者に、抵抗したようだ。

「おのれ！」

叫びざま、惣市が忍者に斬りかかった。

忍者は、スッと背後へ跳び、さらに廊下へ跳んで、あいたままの引き戸から、スルリと外へ出た。

そのとき、表の戸口ちかくで複数の足音がした。宗十と敵の忍者であろう。

「惣市、これまでじゃ」

吉頼が蒼ざめた顔で言った。どこから持ち出したのか、短刀を手にしていた。吉頼は畳に端座し、短刀の鞘を放った。

腹を切るつもりらしい。

「惣市、庫裏に火を放て！　わしの死骸《むくろ》を、徳川の者どもの目に触れさせるわけにはいかぬ」

喝《かつ》するような声だった。

ふだんの穏やかな面貌《おもて》が豹変していた。顔が怒張したように赭黒く染まり、双眸が炯々《けいけい》とひかっている。僧侶の顔ではなかった。武将の顔である。隠していた豊臣の総帥としての顔をあらわしたのであろう。

「ハッ」

惣市は傍らにあった行灯の油を畳に撒き、火を放った。

すぐに、火は畳を這い、障子へと燃え移った。メラメラと燃え上がり、白煙が部屋へひろがった。

「殿、ごめん！」

一声上げて、惣市は座敷を飛び出した。せめて、吉頼が切腹を終えるまで、この座敷へ敵を踏み込ませまいと思った。

ちょうど、戸口から宗十と廊下から逃げた忍者が、踏み込んでくるところだった。

ふたりは、奥から出てくる惣市の姿を目にし、外へ飛び出した。家屋内の狭い場所では、自在に槍を遣うことができない。それに、奥から上がった火の手に気付いたのかもしれない。

「ここは、通さぬ！」

惣市は戸口に立ちふさがった。

顔が土気色《つちけ》をし、目がつり上がっていた。死を覚悟した凄絶な顔である。

「うぬを刺し殺し、なかの坊主を引きずりだす」

宗十が、槍を下段に構えた。

腰を沈め、つ、つ、と足裏をするように間合を狭めてくる。忍者は猫のような足取りで、惣市の左手へまわりこんできた。

惣市は八相に忍刀を振り上げたまま、動かなかった。

ヤアッ！

裂帛の気合を発し、宗十が槍を突き出した。電光の刺撃である。

惣市は動かなかった。槍は惣市の下腹部を刺しつらぬいた。惣市は槍のけら首を、ムズとつかみ、腰を沈めた。微動だにしない。

左手から忍者が、棒手裏剣を打った。鈍い音がし、惣市の脇腹に突き刺さったが、惣市は仁王のような形相のまま、その場につっ立っていた。

炎が庫裏をつつみ、白煙が上空に立ち上り始めた。炎が軒下をつたい、障子や引き戸などの焼け落ちる音が聞こえた。

「手を放せ！」

叫びざま、宗十が手にした槍を強く引いた。

槍は惣市の腹から抜けたが、それでも惣市は倒れなかった。

炎は激しい勢いで軒下を走り、紅蓮《ぐれん》の炎が渦を巻きながら燃え上がり、見る間に庫裏全体をつつんだ。

「引け！」

宗十と忍者が後じさった。

惣市は紅蓮の炎に包まれ、いっときつっ立っていたが、朽ち木のようにゆっくりと傾き直立したまま倒れた。

その日の午後、加納家の奥座敷に、新之助、文次郎、三郎、幸真、久通が集まっていた。新之助は吉頼のことが心配でならないらしく、文次郎と三郎を連れて加納家を訪ねたのである。

まず、姿を見せたのは、重市と古坂だった。重市は右の二の腕に手ぬぐいを巻いていた。血がにじんでいる。手裏剣か、敵刃を受けたのであろう。

「殿は、みずから庫裏に火を放ち、ご自害なされたようでございます」

重市が、無念そうに言った。

それを聞いて、新之助の顔が凍りついたようにかたまった。だが、何も言わなかった。巨軀が顫えている。膝の上で拳を握りしめ、込み上げてくる嗚咽《おえつ》に耐えているようだった。

幸真も、表情を動かさなかった。虚空を睨むように見すえたまま身動ぎもしない。幸真もまた、肺腑を抉られるような悲痛に耐えていたのだ。物心付いたときから、吉頼を殿と仰ぎ、徳川を倒し豊臣の天下とするために、立場は違えども共に戦ってきたのである。

「惣市どのも、見事なご最期であった」

今度は、古坂が言った。

そのとき、三郎がビクッと背筋を伸ばし、

「父上……」

と、つぶやいた。顔から血の気が引き、体がワナワナと顫えたが、三郎もそれ以上口にしなかった。虚空を凝視したまま身をかたくしている。

座敷を重い沈黙がつつんだ。男たちは端座したまま塑像のように動かなかった。

それから、一刻（二時間）ほどして、飛助が姿を見せた。木綿の羽織袴姿で粗末な二刀を帯びていた。怪しまれないよう軽格の藩士のような格好で、報告のために加納家を訪れたのである。

「雷造が手傷を負いましたが、命に別状はございませぬ」

飛助によると、敵のふたりを斃したが、他の者には逃げられたという。その後、慶林寺の庫裏の焼け跡にもどって、惣市と吉頼の死を知り、九度山から引き上げたそうである。

「これも、頼職との合戦のひとつ。いつか、頼職の首級をあげてくれようぞ」

幸真が、挑むように虚空を見つめて言った。このとき、幸真は頼職の暗殺を決意したのである。

13

宝永《ほうえい》元年（一七〇四）四月（旧暦）、床につきがちであった綱教の正室鶴姫が死去した。

その半年後の十月、真田幸真は、和歌山城本丸の御殿の奥座敷で田沼意行と会っていた。

田沼は新之助に心酔し、幸真とも気脈を通じていた。ただ、新之助が豊臣秀吉の直系で、徳川の天下を覆し、豊臣の世の再来を策謀しているなどとは思ってもみなかった。

ふたりの座している奥の書院は、ひっそりとして他の人影はなかった。そこは、新之助が城内にいるとき居住することの多い御殿の奥座敷で、頼職派の家臣の耳目を気にせず、話せる密会の場所でもあった。

「大殿のお体の具合は、あまりよろしくないようでございます」

田沼が小声で言った。

この年、光貞は七十九歳の高齢だった。一年ほど前、風邪をこじらせてから床に伏していることが多くなり、ちかごろは食事もまともに摂れないようだった。だれの目にも、余命幾許《いくばく》もないことは見てとれるようになった。

「それで、頼職さまの動きは」

気になるのは、頼職だった。このところ、しきりに附家老の水野重上や家老の三浦長門守などの重臣に近付き、親密度を増していた。ただ、三浦は頼職に同調しながらも、一歩引いているところも見受けられた。

「さかんに、ご重臣の許を訪ね、味方を増やしているようでございます」

「大殿とのかかわりは」

幸真が訊いた。田沼は光貞の許にいることが多く、城内の動きをよく把握していたのである。

「このところ、頼職さまは大殿をないがしろにして、ほとんど姿を見せませぬ」

田沼は苦々しい顔をした。

「頼職さまが本性をあらわしたということであろうな」

光貞が紀伊藩の実権を握っているとき、頼職は光貞にべったりで機嫌を取ることを忘れなかった。それが、嫡男の綱教が紀伊藩を継ぎ、光貞の権勢が衰えると掌《てのひら》を返したように振り向きもしなくなったのだ。

「加納さま、他にも気になることがございます」

そう言って、田沼が膝を寄せた。顔がこわばっている。何か、秘事を伝えたいらしい。

「気になるとは」

「新之助君に対してです。ご重臣方に、悪《あし》く言いつのっているだけではないようです。……一度、頼職さまのお控えの間を通りかかったおり、神山さまと何やら話している様子でしたので、襖のそばに足をとめたのでございます」

「それで」

田沼は頼職の控えの間に忍び寄って、密談を盗聴したらしい。

「多くは聞き取れませんでしたが、このままにしてはおけぬ、始末せねば、と頼職さまが口にされたのです。名はもうされませんでしたが、新之助さまを亡き者にせんがための密謀ではないかと……」

田沼は震えを帯びた声で言った。さすがに、ことの重大さに平常心を失っているようである。

「うむ……」

幸真は驚かなかった。新之助が将軍との御目見得を果たし、越前国丹生に三万石を下賜されたときから、頼職は新之助の命を狙っているのではないかと思っていたのである。

頼職も同じように三万石を賜ったのだが、それで満足していないことは明らかだった。頼職の狙いは、綱教の後の紀伊藩五十五万五千石である。

現藩主の綱教は四十歳だが、娶《めと》った将軍の娘である鶴姫に遠慮して側室を置かなかったので子がいなかった。しかも、病気がちである。その綱教にくらべ、頼職は二十五歳と若く、血気盛んであった。それゆえ、頼職が綱教の後の紀伊藩主の座を狙っても不思議はないのである。

ただ、その際、障害になるのは新之助の存在であった。当然順番からすれば、年上で三男（実質次男）の頼職が四男の新之助より先ということになるのだが、ちかごろ藩内では新之助に綱教の跡を継いで欲しいと願う者が日増しに多くなっていた。

理由はふたつある。ひとつは、新之助の個人的な魅力にあった。家臣たちは新之助の質素な暮らしと英明さに、藩主の理想像を重ねたのである。さらに、六尺を超える巨軀と剛気さが魅力を加え、若い家臣のなかには新之助に心酔する者も多かった。田沼もそのひとりだった。新之助のために、城内で頼職方の情報をつかんで、それとなく幸真に伝えていたのである。

もうひとつは、紀州藩の財政が極度に逼迫していたことによる。壊滅寸前の危機に瀕していたといってもいい。

参勤交代による多大な出費や江戸屋敷滞在などによる慢性的な財政難にくわえ、紀州藩では思わぬ出来事が相次いで起こった。寛文八年、天和二年、元禄八年、元禄十六年、と四度も江戸藩邸が焼失したのである。

さらに、綱教と将軍綱吉の娘鶴姫との婚儀、あいつぐ綱吉の来臨などのため御成御殿の建築などが、紀州藩に多大な出費を強いたのだ。

そうした危機的な財政難に陥《おちい》っていたにもかかわらず、綱教と頼職は華美な暮らしを改めようとせず、贅《ぜい》を尽くし濫費《らんぴ》に終始していた。

こうした状況のなかで、新之助の徹底した質素な暮らしぶりは藩士たちの目を引き、紀州藩の財政を立て直すためには、新之助のような藩主が必要だと思う者が増えてきたのである。

綱教の後を睨《にら》んだとき、紀州藩士の思いは二分されつつあった。三男である頼職が跡を継ぎ、いままでと変わらぬ藩政を続けることを願う者と、新之助に藩政を託して抜本的な改革により藩財政の立て直しを願う者とで分かれたのだ。いわば、保守と革新である。

表向きの対立はなかったが、多くの重臣たちの胸の内にはどちらに与するかで、逡巡と葛藤があった。

「その密謀のこと、他の者に話したか」

幸真が訊いた。

「いえ、加納さまが初めてでございます」

「それはよい。新之助君のお命はわれらが守るゆえ、他言せぬようにな。それに、頼職さまに知れたら、そこもとが狙われるぞ」

幸真がそう言うと、田沼は蒼ざめた顔で、

「決して、他言いたしませぬ」

と、震えを帯びた声で言った。

「新之助君のためにも、また、何か耳にしたら教えてくれ」

「承知しました」

田沼は低頭し、けわしい顔で座敷から出ていった。

14

頼職が新之助の命を狙うとすれば、毒殺であろう、と幸真は思った。刃物を使って殺せば、暗殺が明白になり、まず頼職が疑われる。手を下した者が捕らえられでもすれば、言い逃れができなくなる。そうならないためには、病死か事故による不慮の死しかなかったが、事故死に見せかけて殺すのはむずかしい。毒殺し、病死とみせるのが手っ取り早く、しかも確実だった。それに、頼職側には御典医の源庵がいる。死後、源庵が病死と断定すれば、それで済むのである。

幸真は加納邸に川村三郎右衛門、重市、青蟇の茂平、鶉の飛助、袖火の雷造の五人を集めた。

奥の座敷で対座した幸真は、頼職方に新之助の命が狙われていることを話し、

「まず、若の御膳に毒を盛るとみた。そこで、茂平、おまえは、食前に若の膳の毒味をしてもらいたい」

茂平は、とりわけ毒と薬の扱いに長けていた。毒と薬の知識が豊富なだけでなく、幼いころからあらゆる毒をすこしずつ摂取する訓練を積んだことで、毒に対する強い抵抗力を持つ体質になり、多少の毒を摂取しても当たらぬようになっていた。毒味にはうってつけの男なのである。

「心得ました」

茂平は痘痕《あばた》だらけの顔を下げた。茂平の顔の痘痕は、長年の毒物の摂取のためにできたものである。土気色をし、表情の変わらない顔は、不気味な感じがした。

「それに、重市、飛助、雷造の三人は、頼職、神山、蜂谷の動向を探ってくれ。紀州藩を手に入れるため、さらなる陰謀をくわだてるはずだが、その中味を調べてくれ」

重市、飛助、雷造は変装、潜入、尾行、火術などに長けていた。

重市たち三人は無言で低頭した。

「して、拙者は」

川村が訊いた。

「これから、わしは夜出かけることが多くなるゆえ、川村に同行してもらいたいのだ」

幸真は、藩の実力者と会い、新之助に与するよう説得するつもりでいた。むろん、頼職をさしおいて、新之助を藩主にかついで欲しいなどと口にすることはできない。そんなことをすれば、かえって反感を生むだけだろう。

藩の窮状を訴え、それとなく新之助の質実剛健さを吹聴すればいいのである。そうすれば、口にしなくとも幸真の言わんとしていることは察するはずなのだ。

藩の重臣を新之助側につけることは、紀州藩を掌握するためにどうしても必要なことだった。

川村を同行するのは、敵の襲撃に対処するためであった。当然のことだが、頼職側は幸真の命も狙ってくるとみねばならない。

幸真に対しては、毒殺という面倒な方法は取らないだろう。直接刺客を送ってくるはずだ。斬殺しても、何とでも揉み消せるからである。

頼職側には、柳生新陰流の菊池半太夫、田宮流居合の三谷源泉、槍の達人、森之谷宗十がいる。かれらに命じて、幸真の命を狙ってくることは、十分考えられたのである。

幸真が倅の久通を供に連れたとしても、敵がふたり以上でくれば敵わないだろう。川村は小野派一刀流の達人だったので、供にくわえれば太刀打ちできるのだ。

「それなれば、中村三郎も同道いたしましょう。三郎は、父の敵を討ちたがっているようですから」

「すこし、大袈裟だな」

供連れが、三人では多すぎる気がした。そのことを幸真が話すと、

「久通どのを、除いてもいいのでは。加納どのが外へ出られるとき、久通どのに若のおそばにいてもらったらどうでしょう」

川村は淡々とした口調で言った。川村は慎重な上に、常に平静さを失わない。参謀役としてもうってつけの男である。

「そうしよう」

幸真はうなずいた。

翌日から、幸真は動いた。まず、狙いは家老の三浦長門守である。頼職はしきりに三浦に接触し、自派に与するよう画策しているようだが、三浦はまだ頼職と一線を画しているところがあった。

三浦は藩の財政が危機的な状況にあることを知っている。綱教の後は三男である頼職が紀州藩を継ぐのが順当だとは思っているようだが、行く末が不安なのである。三浦には、新之助のような男に大鉈《おおなた》をふるってもらい、藩財政を立て直したいという思いもある、と幸真は読んでいたのだ。


その日、幸真は城内の廊下で三浦とすれちがったおり、

「ご家老に、新之助君からのお言伝《ことづて》がございます」

と耳打ちし、今夕《こんせき》、幸真が使者として屋敷を訪問する旨を伝えた。


幸真は川村と三郎を供に連れて、三浦邸を訪ねた。出迎えた家臣に幸真だけが奥の書院に通され、川村と三郎は別の座敷で控えることになった。


三浦は屈託のある顔で幸真と対座した。

「それで、新之助君のお言伝とは」

と、声を低くして訊いた。

「はい、新之助君はことのほか藩財政が逼迫していることを憂慮されております。このままでは、紀州藩は破綻《はたん》し、家臣を抱えておくことも御三家としての体面を保つこともかなわなくなるのではないかと」

「うむ……」

三浦の顔が曇った。三浦の心底には同じ思いがあるようである。

「それで、新之助君がおおせられるには、何とか藩財政を立て直さねばならぬが、それができるのは、三浦さまをおいて他にいないとのことなのです」

幸真は、頼職から距離を置いて新之助に与して欲しいなどと一言も口にしなかった。それでも、幸真が言わんとしていることは、三浦に伝わったはずである。

三浦の顔がさらにけわしくなった。虚空を睨むように見すえたまま黙考している。

「新之助君は、三浦さまが藩財政の立て直しに尽力されることを期待し、新之助君にできることあらば、遠慮なく申し出るようにとの仰せでございます。傅役としても、新之助君のお心をお含みいただけますよう、お願いもうしあげます」

幸真は丁重に言って、深く頭を下げた。

三浦はさらに黙考した後、ちいさくうなずいて、

「分かった。考えておこう」

と、だけ口にした。

手応えはあった、と幸真は思った。家老という立場上、迂闊《うかつ》に新之助に与するような言葉を口にすることはできないはずだった。幸真は、三浦がちいさくうなずいたのを見たとき、三浦の心が新之助にかたむき始めたと確信したのである。

日を置いて、幸真は田辺藩主であり、附家老でもある安藤直名とも会った。直名はこの年二十五歳、新之助とあまり歳が変わらないこともあり、幸真が藩財政のことを口にすると、

「新之助君なれば、紀州藩を立て直すこともできように」

と、自ら口にしたのである。

安藤は新之助にとって心強い味方だった。すでに、もうひとりの附家老水野重上は、老獪《ろうかい》な上に頼職方の重鎮として勢力をにぎっていた。新之助と幸真にとっては侮《あなど》れぬ敵将であった。だが、安藤が味方につけば、附家老としての立場上の力は拮抗するのだ。

幸真は安藤家の屋敷から帰る途中、

「これで、重臣たちの勢力もほぼ二分したぞ」

と、川村につぶやいたのである。

15

鶉の飛助は天井裏の梁に張り付いていた。和歌山城、二の丸御殿の御座之間の天井

裏である。飛助がこの場にひそんで三日目になる。頼職が居住している二の丸の御殿内で、この座敷が密談の場所に使われることが多いと知り、ここに忍び込んだのである。

竹筒の水と飢えをしのぐ兵糧丸《ひょうろうがん》を口に含み、守宮《やもり》のように凝《じっ》と耐えていた。これも鶉隠れの術である。

西ノ刻《とりこく》（午後六時）過ぎ、襖のあく音がした。

つづいて、衣擦れの音とともに複数の足音が聞こえた。頼職が、だれか伴って座敷に入ってきたようである。

飛助は耳を澄ませた。屋敷内は森閑としている。特別な盗聴器を使わなくとも聞き取れそうだ。

「神山、蜂谷、ちかごろ加納が動きまわっているそうではないか」

頼職である。その口吻《くちぶり》には苛立ったようなひびきがあった。

「三浦さまと安藤さまに、会ったようでございます」

低いくぐもったような声だった。神山らしい。

「加納の狙いは分かっていような。新之助に紀州藩を継がせようと、画策しておるのだ」

「承知しております。あの男、ただの傅役ではございませぬ。おそるべき策士で、何をするか読めぬところがございます」

神山も、幸真の影の暗躍にただならぬものを感じ取っていた。頼職を担ぎ始めた当初、神山は幸真をはじめとする新之助の一派など、とるに足らないものと考えていた。頼職がなぜ、新之助潰しにこだわるのか、不思議なほどだったのだ。だが、幸真たちは次々と神山らの策略を破り、しかも藩内の空気さえ、新之助待望にかえつつあるのだ。

「ならば、早く手を打たぬか。藩内の家臣のなかにも、ひそかに新之助を推《お》す者がいると聞いておるぞ」

頼職が甲走《かんばし》ったような声で言った。

「すでに、手は打ってございます。ちかいうちに、新之助さまは吐瀉《としゃ》によって喉をつまらせるか撃伏《うちふし》にて、ご逝去《せいきょ》遊ばすはずでございます」

そう答えたのは、別の男だった。蜂谷であろう。撃伏とは、脳出血のことである。

「それはよい」

三人の含み笑いが聞こえた。いっとき、会話がとぎれたが、

「ところで、大殿のご容体はいかがでございますか」

と、神山が訊いた。

「長くはない。今年中か、来年か……」

「ご薨去《こうきょ》なされる前に、しかるべき手を打つ必要があるかもしれませぬな。綱教さまの方は病弱とはいえ、いつになるか分かりませぬぞ。それに、いまなら若への疑いもかからぬでしょう」

神山が低い声で言った。

「来年、参勤のおりが好機かもしれぬな。神山、蜂谷、手を打て。ひそかにな。どのようなことがあっても、露見してはならぬぞ」

頼職が小声だが、鋭いひびきのある声で命じた。

ふたりが平伏したらしい衣擦れの音が聞こえた。

それからいっとき、三人は重臣たちの動向などを話した後、御座之間を出ていった。

その夜、飛助は二の丸の天井裏から出て、加納家へむかった。聴取した頼職たちの話の内容を幸真に伝えるためである。

飛助から子細を耳にした幸真の双眸がひかった。幸真はいっとき虚空を睨んでいたが、

「頼職、実《げ》におそろしき男よ」

と、つぶやいた。

頼職は綱教の病死の後を狙っているのではなかったのだ。兄の綱教を謀殺し、すぐにも藩主の座につこうとしているのである。それも、綱教を参勤交代の旅の途中で、暗殺するつもりのようだ。

「加納さま、いかがいたしましょう」

飛助が抑揚のない声で訊いた。

「放っておけばよい」

幸真の顔に不敵な笑みが浮いた。

新之助や幸真にとって、綱教も邪魔な存在であった。それを頼職が排除してくれるなら、それにこしたことはないのだ。幸真も、綱教が健在で長く藩主の座にいるようであれば、暗殺するつもりでいたのだ。頼職が狙いどおり、綱教の暗殺に成功すれば、残る相手は頼職ひとりということになる。

——その頼職を、われらの手で葬ればいい。

幸真は、これが合戦なのだ、と胸の内でつぶやいた。

幸真はしばらく黙考していたが、

「だが、その前に新之助君の命を狙ってこような」

と、飛助に顔をむけて言った。

「すでに、手を打っているようでございます」

飛助は、蜂谷たちが新之助の毒殺を計画していることを伝えた。

「新之助君の身は、茂平たちに守らせよう。飛助は、ひきつづき神山と蜂谷の動きを探ってくれ」

「ハッ」

飛助は平伏し、障子をあけるかすかな音とともに座敷から消えた。

燭台の火が、幸真の姿をぼんやりと照らしていた。幸真は静寂につつまれた座敷に凝《じっ》と端座したまま、

——いよいよ頼職との合戦が始まる。

と、胸の内でつぶやいた。

謀略と暗殺による戦いだった。これは頼職ひとりとの戦いではなく、巨大な徳川軍との緒戦なのだ。

幸真の双眸が、燭台の火を映じて熾火《おきび》のようにひかっていた。真田一族の血が、幸真の体内で滾《たぎ》っている。

第五章　怪死

1

宝永二年（一七〇五）二月、和歌山城本丸御殿の奥座敷に、三人の若者が座していた。新之助頼方、久通、田沼意行である。

「新之助君、ご油断なきよう。頼職君に不穏な動きがございますぞ」

田沼がこわばった顔で言った。この年、田沼は二十歳であったが、隠居している光貞の小姓であった。

田沼によると、頼職はこのところ頻繁に腹心の神山甚内や蜂谷次左衛門と城内で密会しているという。

「おれの命を狙っているのか」

新之助が声を低くして言った。平静だった。すでに、幸真や久通から、頼職が新之助の暗殺をくわだてていることは耳にしていたので驚かなかったのだ。

「田沼どの、こちらも対応策をこうじてあるゆえ、騒ぎ立てすることはござらぬ」

久通が言った。

新之助には、久通をはじめとする薬込役の親衛隊がいて、常時その身辺を守っていた。薬込役の者は、いずれも豊臣方で幸真の配下でもあった。さらに、敵の忍者が城内に忍び込んで毒殺を謀《はか》ることを警戒し、毒味役として青蟇《あおひき》の茂平を側近においていた。

「それより、父上のご容体は」

新之助が訊いた。

光貞のことである。新之助は、表向き光貞を父上と呼んでいる。光貞は八十歳の高齢で、風邪をこじらせ二の丸の御殿で養生していたが、病状は重いと聞いていた。

「重篤《じゅうとく》で、ございます」

田沼は顔を曇らせた。

「されば、和歌祭《わかまつり》へ御出座《おでまし》にはなられませぬな」

久通が言った。久通は、それまで光貞の命が持つか、訊きたかったのだが、御出座という言葉を口にしたのである。

和歌祭は、藩祖徳川頼宣が南海の総鎮護として創建した紀州東照宮の御輿渡御祭《しんよとぎょさい》である。紀州東照宮の祭神は、東照大権現徳川家康で、頼宣も南龍《なんりゅう》大権現として祠《まつ》られていた。その日、領内は武士も町人も百姓も祭りに酔いしれるのである。

「とても、とても……」

田沼は顔をしかめて首を横に振った。その仕草で、命もあやうい、と答えたのだ。

「和歌祭までに、江戸の兄上がもどられよう」

新之助が言った。

江戸の兄上とは綱教である。現在、参勤交代のため江戸藩邸に住んでいるが、三月下旬には江戸表を発駕し、四月初旬には和歌山城へもどる予定になっていた。当然、和歌祭には藩主として出座するであろう。

「それまでに、大きな動きがあるかもしれませぬ」

久通が声をひそめて言った。新之助と田沼は、まだ知らなかったが、頼職が藩主である綱教の命を狙っていることを知っていたのである。

そのとき、廊下を歩く音がし、明楽文次郎が姿を見せた。文次郎も薬込役である。

「若、夕餉の膳の用意がととのいましてございます」

「そういえば、腹がへったな」

新之助は、座敷内に目をやった。床の間や欄間《らんま》のあたりに淡い夕闇が忍んできていた。

「新之助君、これにて。大殿の許へもどらせていただきます」

田沼は叩頭《こうとう》すると、慌《あわ》てて座敷を出ていった。

新之助は本丸御殿内の膳立の間で食事することになっていた。以前は、光貞や頼職といっしょだったが、いまは別々である。光貞は寝所で横になったままなので無理だが、頼職と別にしたのは、お互いが確執を意識していたからである。

膳立の間には、薬込役の中村三郎と茂平がひかえていた。新之助が座り、すこし身を引いて久通が座った。

いっときすると、別の座敷にひかえていたふたりの小姓が、食膳を新之助の前に運んできた。一汁二菜である。新之助は贅沢を嫌い質素倹約を旨としていたので、大名の若君の食膳とは思えぬほどの粗食であった。ただ、新之助は大食漢だったので、飯《めし》櫃《びっ》のなかには三人前は入っているはずである。

すかさず、茂平が新之助の脇に膝を寄せて、膳に目をくばった。

膳の上には杉の白箸が一膳、香の物、焼き鰈《がれい》、飯を入れる陶器の食碗、木椀には味噌汁が入っていた。それに、御膳の脇に木盃があった。ちかごろ、新之助は酒を飲むようになった。巨軀のせいもあってか、酒も強い。三、四合の酒では、まったく顔にも出ないのだ。

新之助は盃を取って、傍らに座していた久通にむけた。すぐに、久通が銚子で酒をついだ。

膳に目をそそいでいた茂平が、白箸を一膳手にした。まず、塩を振りかけて焼いた鰈を裏返して尾のあたりに箸先をつけ、すこしだけ口にした。そして、ちいさくうなずいた。毒の心配はないということである。

いかに、毒味とはいえ、若君の前に出された膳の汁や菜に直接箸を付けるようなことはしないが、幸真がそうするよう命じたのだ。それだけ、幸真は新之助が毒殺されるのを警戒していたのである。

次に、茂平は味噌汁に箸先をつけた。その先を口にふくんだ瞬間、茂平の痘痕面《あばたづら》がこわばった。

「どうした」

久通が訊いた。

「烏頭《うず》にございます」

茂平がくぐもった声で言った。

烏頭は、とりかぶとのことである。山野に自生する多年草で、その根には猛毒がある。アイヌなどでは、根の汁をやじりに塗って熊狩りに使うといわれている。

「なに！　烏頭とな」

一瞬、新之助は目を剝いた。血の気が引いている。そばにいた久通と文次郎も、顔をこわばらせて木椀に目をそそいでいる。

「一口で、お命を奪われましょう。それほどの猛毒にございます」

茂平は顔色ひとつ変えなかった。

「敵の忍者にございましょう」

久通が小声で言った。

新之助、頼職、光貞の食事は藩士である台所方の料理人が調理する。食材や水に毒を混入すれば、頼職や光貞にも累が及ぶことになる。したがって、新之助用の味噌汁だけに、配膳のおりか運ぶ途中で毒を混入したものであろう。料理人か小姓を籠絡《ろうらく》したか、台所方の隙を見て毒を入れたかである。

「お、おのれ、頼職！」

新之助は怒りに顔を紅潮させ、頼職と呼び捨てた。頼職が毒殺を謀《はか》ったことを知っているのである。

「若、合戦の陣中なれば、常に敵がお命を狙っているとお心得くだされい。……毒が含まれているのは汁だけにございます。茂平の毒味は確かでございますので、他の物は安心してお召し上がりくだされ。われらに、毒殺の陰謀など通じぬことをみせてやりましょう」

久通がそう言うと、新之助は目をひからせてうなずき、

「合戦の陣中か、されば、腹ごしらえもしておかねばならぬな」

そう言って、自ら飯櫃の飯を盛り付け豪快に食し始めた。

2

頼職側の攻撃はさらにつづいた。

新之助の毒殺を狙った五日後、今度は新之助側の巨魁である幸真の命を狙い、刺客を放ったのである。

その日の夕方、幸真は川村三郎右衛門と三郎を供に連れ、吹上にある自邸を出た。家老の三浦長門守に会うためである。このごろ、三浦は藩の危機的な財政逼迫《ひっぱく》を打破

するためには、新之助のような質実剛健で英邁な藩主に藩政を大胆に改革してもらうしかないと考えるようになっていた。そのため、幸真と密かに会って綱教後のことを話し合うことがあったのである。

自邸を出てしばらく行くと、松並木のつづく通りがあった。武家屋敷がとぎれ、寂しい通りが数町つづいている。

「加納さま、後ろから」

川村が小声で伝えた。

それとなく振り返って見ると、風呂敷包みを背負った行商人らしき男がふたり、すこし前屈みの格好で足早にやってくる。腰に脇差を帯びていた。

「忍者か」

ふたりに、獲物に迫る獣のような気配があった。

「おそらく。……ふたりだけではござるまい」

川村は、油断なく周囲に目をくばった。

「加納さま、前方の松の樹陰に」

三郎が言った。

三人だった。武士体の男がふたり、小柄な行商人ふうの男がひとり。武士体のひとりが、長柄の槍を小脇にかかえていた。

「宗十か！」

佐分利流槍術の達人、森之谷宗十である。

「それに、菊池半太夫。商人ふうの男は、市古小十郎ではござるまいか」

川村が言った。

敵は大物をそろえていた。柳生新陰流の達人の菊池、佐分利流槍術の宗十、雑賀流忍者で、市古家の当主である小十郎。それに、背後からのふたりも、市古一族の忍者とみていいようだ。

「おのれ！　宗十」

三郎が怒りをあらわにして、刀の鯉口を切った。三郎は父、中村惣市を宗十に討たれていたのだ。

「敵は五人、何としても加納さまを守らねばならぬぞ」

川村は、幸真の前に立ちふさがるようにまわり込んだ。

五人は強敵だった。おそらく、蜂谷は川村と三郎が幸真の護衛についていることを承知で、五人を刺客として差し向けたにちがいない。

前方の三人が足早に迫り、背後からふたりが疾走してきた。

る。

声を上げ、川村が抜刀した。走り寄りざま敵の忍者が手裏剣を打つとみたのである。

「手裏剣がくるぞ！」

そのとき、疾走するふたりの忍者の身が起きた。次の瞬間、大気を裂く音がし、手裏剣が飛来した。

すかさず、川村と幸真が手裏剣をはじき、三郎は飛びすさってかわした。

さらに、忍者が手裏剣を打とうとして身を起こした瞬間だった。ひとりの忍者がのけ反り、よろめいた。刹那、もうひとりは脇の松の樹陰へと跳んだ。何者かの飛び道具が襲ったのである。

「古坂でござる」

川村が言った。

古坂東次である。古坂は鉄礫《つぶて》の手練《てだれ》だった。川村が敵の忍者の襲撃を考慮し、ひそかに古坂に尾行を頼んでおいたのだ。慎重な川村らしい配慮である。

古坂は姿を見せなかった。物陰から忍者の動きを追っているにちがいない。樹陰に身を隠した忍者も、姿を見せなかった。

前方からの三人が間近に迫ってきた。菊池は抜刀し、宗十は槍を手にしていた。小十郎は、猿のような敏捷な動きで樹陰をたどりながら近寄ってくる。

——互角か。

と、幸真は読んだ。

四対四である。川村は小野派一刀流の達人であり、三郎は紀州流の忍者だった。幸真も一刀流を遣う。

「柳生新陰流、一手、ご指南いただきたい」

菊池が声を上げて川村の前に立った。

菊池は紀州藩の家臣である。闇討ちではなく、剣の立ち合いにしたいのであろう。

「小野派一刀流、川村三郎右衛門、いざ！」

川村は青眼に構えて、切っ先を菊池にむけた。

川村と菊池は剣客である。こうした場でも、剣客らしく立ち合いたいという思いがあるのだろう。

この間に、宗十が幸真の右手にまわり込んできた。宗十は名乗らなかった。腰を沈め、穂先を幸真の胸元につけた。双眸が炯々《けいけい》とひかっている。

三郎は小十郎に目をくばりながら、手裏剣を手にしていた。幸真の戦いの様子を見て、宗十にも攻撃を仕掛けるつもりのようである。

菊池の切っ先は川村の左眼につけられていた。柳生新陰流の片目外しと呼ばれる構えである。菊池の剣尖《けんせん》には、巌《いわお》で押してくるような威圧があった。全身に気魄を込めて攻めているのだ。

対峙した川村も青眼だった。菊池の気攻《きぜ》めを受け流すように、ゆったりと構えている。

だが、間をつめているのは川村だった。足裏を擦るようにして、ジリジリと間合を狭めていく。川村には、早く勝負を決し、幸真を守らねばならない、との気持ちがあったのである。

川村が一足一刀の間境に迫ったときだった。ふいに、菊池が切っ先を下段に下げ、全身から力を抜いた。全身から殺気が消え、その面貌《おもて》からも死人《しびと》のように表情が消えた。

柳生新陰流「無形《むぎょう》の位《くらい》」である。

かまわず、川村は間合をつめる。

そのとき、ふいに三郎が脇に飛びながら手裏剣を打った。手裏剣の飛び交う音がし、川村の足元ちかくの地面にも刺さった。小十郎と三郎が手裏剣を打ち合ったようだ。

と、菊池が斬撃の間境に右足を踏み込んできた。

ピクッ、川村の剣尖が沈み、稲妻のような剣気が疾《はし》った。間髪をいれず、菊池と川村が裂帛の気合を発し、二筋の閃光がきらめいた。

菊池の体《たい》が躍動し、切っ先が青眼から川村の頭上へ伸び、ほぼ同時に、川村が体をひらきざま刀身を撥ね上げた。

キーン、と甲高い金属音とともに青火が散った。

次の瞬間、ふたりは弾かれたように飛びすさり、構え合うや否《いな》や二の太刀をふるった。ふたりとも敵の手元へ突き込むような籠手《こて》をみまったが、わずかに川村の切っ先が前に伸びていた。一瞬の攻防である。

菊池は切っ先で右手の甲の肉を削がれていた。タラタラと血が滴り落ちている。

「まだだ！」

菊池が声を上げてふたたび青眼に構えた。

そのとき、宗十が動いた。

タアッ！

短い気合とともに、幸真の腹を狙って槍をくりだしたのである。電光のような鋭い刺撃だった。

幸真は刀身で払うことができず、咄嗟に脇へ跳んで腹部への刺撃は逃れたが、左手の袖を突かれた。着物が裂け、二の腕に疼痛がはしった。穂先で皮肉を裂かれたらしい。

さらに、宗十が槍を引いて次の突きをくりだそうとしたとき、袴に何か当たった音がし、宗十の出足がとまった。

鉄礫だった。古坂が幸真の危機を見て打ったようだ。

宗十の視線が鉄礫の飛来した方へ流れた。その一瞬の隙を、幸真がとらえた。鋭く踏み込みざま槍の柄を撥ね上げ、手元に斬り込んだのである。

宗十の右手首の肉が削げ、一瞬、骨が覗いたが、すぐに迸《ほとばし》り出た血で真っ赤に染まった。

「お、おのれ！」

宗十は激怒で顔を赭黒く染め、幸真に突きをみまおうとした。

そのとき、三郎が手裏剣を打った。

宗十の右肩口に刺さった。宗十の体が揺れ、槍の構えが乱れた。間髪を入れず、幸真が飛び込み、槍柄へ斬り下ろした。

その衝撃で、膂力《りょりょく》を失っていた宗十の手から槍が足元に落ちた。

「三郎、いまだ、討て！」

幸真が叫んだ。

その声に弾かれたように、三郎が脇差を抜いて踏み込み、宗十の脇腹へ突き刺した。ふたりの体が密着し、脇差が深々と刺さった。

宗十は獣の咆哮《ほうこう》のような声を上げ、三郎の肩口に腕をまわしてつっ立っていたが、三郎が身を引きざま脇差を抜くと、ガックリと両膝を折り、地面にへたり込むように尻餅をついた。

「とどめを刺せ！」

幸真の声で、三郎が宗十の首根にたたきつけるように脇差を振り下ろした。

宗十の首がかしぎ、血飛沫《しぶき》が噴いた。

いっとき、宗十は血を撒きながら座り込んでいたが、そのまま後ろへ仰向けに倒れて動かなくなった。

川村と対峙していた菊池は、宗十が討たれたのを目にすると、大きく後じさり、

「勝負、あずけたぞ」

と、言いざま反転した。

川村は後を追わなかった。幸真のそばを離れたくなかったのである。

「三郎、みごとだ」

幸真がいたわるように声をかけた。

返り血を浴びた三郎は、顔を赭黒く染め荒い息を吐きながら目をひからせていたが、幸真の声に、

「加納さまのお蔭で、父の敵が討てました」

と、安堵したように言った。

菊池の姿が夕闇のなかに消えると、松の樹陰から古坂が姿を見せた。

「小十郎と手下は、逃げたようです」

古坂が歩を寄せながら言った。

3

幸真たちが宗十を返り討ちにしてから、しばらくの間、頼職方は鳴りをひそめていた。神山と蜂谷も何事もなかったように城に出仕し、それぞれの任務に没頭している

ように見えた。

　三月の下旬、鶍の飛助と袖火の雷造が、加納邸に姿を見せた。ふたりは、頼職方の動きを探っていたのである。

「加納さま、市古たち数人が、領内から出たようでございます」

　飛助が、表情のない顔で言った。

　その脇に熊のような巨漢の雷造が、口をひき結んで座していた。小柄な飛助と並ぶと、体軀のちがいから親子のように見える。

「いずれも、忍者か」

「はい、ヨシと歳三も姿を消しました」

　猿谷のヨシと小野田の歳三も、敵方の忍者だった。

　飛助によると、敵の忍者と思われる者が、雲水《うんすい》、行商人、修験者などに身を変えて、紀州街道を大坂方面にむかったという。

　——綱教の暗殺だ！

　すぐに、幸真は察知した。

　参勤交代で国許へ帰る綱教を狙うつもりなのだ。おそらく、行列中か宿泊中の本陣内で、飛び道具か毒で殺すつもりだろう。

「いかが、いたしましょう」

雷造がくぐもった声で訊いた。

「放っておけばよい」

幸真や新之助たち豊臣方にとって、綱教も邪魔な存在だった。頼職が綱教を弑虐《しいぎゃく》してくれれば、手がはぶけるのである。

「引きつづき、領内の敵の動きを探ってくれ」

いまは、頼職方の闇の戦力は、綱教にむけられているだろう。問題は、綱教を殺害した後だった。当然、頼職は藩主の座を狙い、総力を上げて新之助を暗殺しようとするはずだった。

——そのときは、打って出ねばならぬ。

幸真は防戦だけでなく、攻撃に転じようと腹をかためていた。頼職の命を狙うのである。そのためにも、神山、蜂谷、菊池、三谷源泉などの動向をつかんでおく必要があったのだ。

「心得ました」

ふたりは低頭し、座敷から姿を消した。

それからほぼ半月後の四月の初旬、綱教一行は無事に和歌山城に着いた。頼職方の忍者は、参勤交代の途中での暗殺に失敗したようである。おそらく、綱教方も警戒し、厳重な警備を敷いたにちがいない。

頼職と新之助は、何事もなかったように綱教を出迎えた。綱教は病床の光貞を見舞った後、旅の疲れを癒《いや》すためと称して二の丸の御殿に引きこもり、三日ほど重臣たちの前にも姿を見せなかった。

四月十二日、加納邸の奥座敷に五人の男が集まっていた。幸真、川村、久通、須藤左之助、それに飛助である。このところ飛助が忍者たちの連絡に来ることが多かった。忍び込みの達者だったので、加納邸にも出入りしやすかったからである。

「どうだな、蜂谷たちの動きは」

幸真が訊いた。

「市古たち、忍びだけでなく、配下の番衆も動いております」

飛助によると、紀州東照宮の境内、拝殿から参道へとつづく百八段もある急傾斜の長い石段、参道から和歌浦までの道筋、御船舞の行われる海上ちかくの砂浜などを調べているという。

「やはり、和歌祭か」

和歌祭は、四月（旧暦）十七日に行われる。紀州領内では、最大の陸と海の祭りである。

その日、東照宮より御輿が長い石段を担ぎ下ろされ、和歌浦ちかくの御旅所まで、渡御の行列がつづく。和歌浦沖では、関船を中心とする軍船が囃子《はやし》やお船歌を歌いながら漕ぎだし、御旅所では、相撲、母衣舞《ほろまい》、雑賀踊などが奉納される。

祭礼の前夜から大勢の領民と藩士がくりだし、東照宮周辺から和歌浦にかけて見物人で埋めつくされるのだ。

その祭りに、綱教は藩主として御旅所に陣取り、祭りの見物をすることになっていた。当日は、御先手物頭を筆頭に大勢の先手組、同心などが警戒にあたるが、暗殺には絶好の機会である。

「綱教が討たれるのはかまわぬが、新之助君も狙ってくるかもしれぬ」

新之助も、綱教といっしょに御旅所で見物することになっていた。頼職がどのような手を打ってくるか分からぬが、万全の警護態勢を取らねばならない。

「久通、和歌祭が終わるまで、薬込役の者は若のおそばを離れるな」

「心得ました」

久通がうなずいた。

「飛助、忍びの者たちは、祭りの当日、若の身辺をかため、うろんな者を近付けるな」

「承知」

飛助が低頭した。

それから、幸真たちは和歌祭でのそれぞれの動き、頼職方の忍者が綱教だけを狙うなら、放置しておくことなどを打ち合わせた。

「いよいよ頼職との合戦が始まる」

そうつぶやいた幸真の双眸が、燭台の火を映して燃えるようにひかっていた。

4

四月十七日。朝からよく晴れていた。すでに、桜の季節は過ぎ、和歌山城のそびえる虎伏山は、輝くような新緑につつまれている。

五ツ（午前八時）過ぎ、藩主、綱教は大勢の家臣をひきつれて和歌山城を発駕し、和歌浦にむかった。頼職と新之助も駕籠に乗って、綱教の後につづく。

新之助の駕籠の前後には、幸真、川村、須藤、それに薬込役の者たちがしたがっていた。頼職にも、神山、蜂谷、菊池、三谷らが随身し、警戒の目をひからせている。

忍者たちの姿はない。領民の見物人や警護の藩士たちのなかにまぎれているはずである。

和歌山城から和歌浦までの通りも、大変な人出だった。藩士はもとより、町人や漁師などが路傍で平身低頭して藩主の行列を見送り、通り過ぎると後方についていく。

和歌浦の御旅所の周辺や御輿渡御の行列の通る道筋には、青竹に松葉《まつば》を飾った松葉桟敷《さじき》がしつらえられ、見物人であふれていた。桟敷に入れない者も多く、通りから砂浜まで人波で埋まっている。

「不審な動きはないか」

駕籠の脇についた幸真が、かたわらにいる重市に小声で訊いた。重市は領内で生まれ育った紀州流の忍者で、祭りの流れや見物人の様子などを熟知していることから、新之助のそばに張り付いていたのである。

「変わった動きはございませぬ。近くに、忍びらしき者もおらぬようです」

周囲に目をくばりながら、重市が答えた。

「かならず、何かが起こる。油断いたすな」

幸真がそう言うと、重市は無言でうなずいた。

やがて、綱教の乗る駕籠が、御旅所の桟敷の前に着いた。駕籠から下りた綱教は家老や重臣たちをしたがえて、座敷に着座した。

頼職と新之助も綱教の脇に腰を下ろした。御旅所の前の広場では、着飾った女たちが笛や太鼓のお囃子に合わせて踊っている。大勢の見物人が広場を埋めつくし、その人波の先には和歌浦の海原が、初夏の陽射しにかがやいていた。

その海上に、幟《のぼり》や旗で飾りたてた何艘もの関船が出ていた。その船の周囲を、小舟が太鼓や鉦《かね》の音のお囃子をひびかせながら漕ぎまわっている。

やがて、御輿渡御の一行が御旅所に着き、祭りは最高潮に達する。桟敷の見物人たちは奉納される舞いや相撲、武芸などに喝采を送り、酒に酔った者がお囃子や唄に合わせて、踊りだしたりする。

綱教がいる桟敷でも、酒宴が始まった。台所方が用意した弁当、酒、菓子などが、随身した家臣たちにふるまわれ、綱教、頼職、新之助たちも口にする。

「若、われらが食した物だけを口にされますよう」

新之助の脇に座していた幸真が、小声で言った。

桟敷には、幸真と久通しかつくことができなかったので、幸真自ら毒味をするつもりだった。ただ、幸真も他の重臣が食するのを見てから、口にするようにしていた。

新之助はこわばった顔でうなずいた。

綱教はことのほか機嫌がよかった。着飾った女たちの舞いが終わると、いま一度、所望じゃ、と言って再度披露させ、目を細めて見入っていた。

綱教は酒や弁当はあまり口にしなかったが、暑いせいもあってか、茶と餅菓子を口にした。

好物の饅頭を食べ終え、茶を一口ふくんだときだった。急に顔がこわばり、胸を押さえて苦しげな表情を浮かべたと思うと、突然、吐いた。そして、前につっ伏すと、低い呻き声を洩らした。

その異変に気付いた近習や重臣たちが騒ぎだした。綱教を取り囲み、ご気分が悪《あ》しゅうなられた、早く、お駕籠の用意をいたせ、などと慌てた様子で、口々に叫んでいる。

——毒を盛ったな！

幸真はすぐに察知した。

饅頭の餡《あん》に毒を混入させたのではないかと思った。

「兄上の身に、何があったのだ」

新之助は立ち上がり、綱教の方にこわばった顔をむけていた。

すでに、近習たちが取り囲んでいるため綱教の姿は見えなかった。

「若、お静かに。ご気分が悪いだけのことかもしれませせぬ」

幸真は平静な声音で言った。

桟敷が混乱し、家臣たちが入り乱れて押し合うような事態になれば、絶好の暗殺の場になる。綱教につづいて、新之助も狙われかねないのだ。

桟敷の周辺も騒然となった。見物人たちも異変に気付いたらしく、ざわめきが起こった。こうなると、奉納舞いどころではない。太鼓や鉦の音がやみ、華やいだ気分は吹き飛び、群衆は異様な雰囲気につつまれた。

桟敷や周辺で警護についていた家臣たちが、慌てた様子で動きだした。新之助のそばにも家臣が走り寄ってきた。

幸真は、桟敷の近くにいた重市と川村を呼び寄せ、久通もくわえた四人で新之助の周囲をかためた。さらに、付近では飛助たち忍者が、警護の家臣や見物人に身をかえて敵の刺客に目をくばっているはずである。

駕籠が桟敷の前に運ばれた。綱教は重臣の肩にかつがれ、足をひきずるようにして駕籠に乗り込んだ。

綱教の乗る駕籠を大勢の近習や重臣が取り囲み、見物人たちを押し分けるようにして御旅所から和歌山城へとむかった。

新之助と頼職も、それぞれの側近に守られながら帰城した。

「毒を盛ったのか？」

帰路、新之助が幸真に小声で訊いた。

「おそらく」

何者かが、毒殺を謀《はか》ったことはまちがいなかった。おそらく、頼職方の忍者であろう。饅頭の餡に毒を混入させたらしいが、証拠は湮滅《いんめつ》されてしまったにちがいない。桟敷の混乱に乗じて、吐瀉物や食べ残しの饅頭は、始末してしまったはずである。

「助かるかな」

「まだ、なんとも」

毒物が何かは分からないが、落命させるだけのものを混入させたはずである。だが、綱教は吐いていた。毒物を吐き出した可能性もある。

「それにしても、恐ろしいな」

新之助は蒼ざめた顔で言った。名は口にしなかったが、頼職の陰謀による暗殺であることは知っているのだ。

「合戦には、裏切りや弑虐もございます」

幸真が小声で言った。

5

綱教は重篤だったが、すぐに死ななかった。二の丸の奥座敷に伏し、御典医と江戸から連れてきた側近しかそばに近付けなかった。

御典医の源庵の診断《みたて》は、癪《しゃく》か泄痢《せつり》とのことだった。この時代、腹部の痛みをともなう疾患のすべてを癪と呼んでいた。当然、吐瀉をともなうこともある。また、泄痢は食あたりのことで、食中毒である。状況からすれば、泄痢か毒とみるのが妥当と思われるが、源庵は癪であることを強調した。泄痢か毒ということになれば、台所方が調べられるし、毒物を盛った者の探索がおこなわれるからだ。

源庵は頼職と気脈を通じていたので、探索や詮議がおこなわれない病名を主張したのであろう。

一時、綱教の症状が回復したこともあり、癪らしいということで、探索や詮議の話は立ち消えた。

幸真からそのときの様子と症状を聞いた茂平は、

「彼岸花《ひがんばな》の根でございましょう」

と、断定するように言った。

烏頭は毒性が強く、その場で激しく吐瀉して死ぬという。彼岸花の根汁にも、猛毒があるが微量なら即死することはないとのことである。

——狡猾《こうかつ》だな。

と、幸真は思った。

だれの目にも毒殺と分かるような殺し方をすれば、頼職も疑われる。そのため、癪か泄痢として通る毒を盛ったのであろう。

ただ、このことは新之助にとっても利があった。新之助も、疑われる心配がなくなったからである。

綱教は持ち直したかに見えたが、十日ほどすると、激しく吐瀉し、食べ物も喉をとおらなくなった。日とともに衰弱し、昏睡状態におちいった。

宝永二年五月十一日、綱教は死んだ。

これを聞いた茂平は、

「さらに、毒を盛ったのでございましょう」

と、口にした。病床の綱教に、源庵か忍者かが絶命するだけの毒をあらたに摂取させたというのだ。

いずれにしろ、綱教は毒殺されたのである。だが、その死はすぐに公表されなかった。突然の死で、重臣たちがその後の処置をめぐって混乱したからである。ただ、綱教の死を長く伏せておくことはできなかった。すでに重臣や側近の知るところであり、いつまでも耳目をふさいでおくことは不可能だったのだ。

三日後、綱教の薨去《こうきょ》が公表された。これにより、五月十四日、綱教は四十一歳で、和歌山城内で病没したことになったのである。

すぐに、重臣たちの間で、だれに綱教の跡を継がせるかが問題になった。附家老の水野重上をはじめとする多くの重臣は、年上である頼職が継ぐのが当然だと主張した。それに対し、藩財政が危機的な状況にあるいま、質素倹約を旨とする新之助に紀州藩の立て直しを期待して推す者もいた。新之助派は、附家老の安藤直名、家老の三浦長門守、それに一部の重臣だった。

ただし、新之助を推す勢力はかぎられていた。それに、この時代、家督相続の上で兄であることは絶対的に有利で、よほどの理由がなければ、兄をさしおいて弟が家を継ぐことなどなかったのである。

さらに、頼職に対する将軍綱吉の覚えも悪くなかった。幕府の意向が頼職の相続でかたいと分かると、安藤も三浦も自説を取り下げた。そのため、藩の意見は綱教の跡を頼職に継がせることでまとまった。

幸真も新之助も、落胆はしなかった。

「若、紀州藩を豊臣が手にするのは、頼職を斃してからでございます」

幸真は、綱教の生前からそう口にしていたのである。

宝永二年、六月十八日、徳川頼職が紀州藩四代藩主に就任した。綱教が没して一月余、頼職は二十六歳の若さであった。

頼職は藩主として、すぐに動いた。まず、丹生郡内の三万石を幕府に返上し、紀州藩主であることを領民や幕府に印象付けた。そして、自分の周辺を腹心でかため、綱教派と新之助派の家臣を遠ざけたのである。

まず、神山を家老のひとりに、蜂谷を武具奉行に栄進させ、ふたりの家禄を倍増させた。さらに、菊池、三谷も栄進させて家禄を引き上げた。その他、神山や蜂谷の配下にも、相応の加増や恩恵があった。当然、蜂谷の下で働いていた市古一族をはじめとする忍者たちにも相応の恩賞が与えられたはずである。

綱教派と新之助派の家臣に、すぐに減俸や罷免などの処置はとられなかったが、露骨に疎外され、いずれ頼職の手で一掃されるであろうと噂された。

そんななか、御典医の源庵が何者かに暗殺された。頼職が藩主の座について一月ほど後のことである。事件を吟味した目付は、城からの帰路、夜盗に襲われたとみなしたが、下手人は捕らえられなかった。

「口封じでございましょう」

川村が、幸真にそう言った。

幸真もそうみた。綱教の毒殺を秘匿するためである。

頼職は短期間で当面の人事を終えると、攻撃の手を新之助とその側近の者に伸ばしてきた。降格や減俸などという生温《なまぬる》いものではなかった。新之助をはじめとする幸真たち主だった家臣の命を執拗に、狙ってきたのである。そうした攻撃は、頼職が新之助を恐れている証左でもあった。自分が兄の綱教を手にかけたように、新之助が自分を弑虐するのではないかという怯えがあったのであろう。

「若、城内にいるのは、危険でございます」

新之助の身辺には常時、薬込役と茂平がひかえていて、襲撃や暗殺にそなえていたが限度がある。それに、頼職の藩主の座が確定したいま、新之助が和歌山城内で頼職と顔を突き合わせている必要もなかったのである。

「分かった。城内にいるより外の方がよい」

新之助は、むしろ城外で暮らすことを望んだ。

「加納、ひとまず、葛野に身をひそめようか」

新之助が言った。

葛野は新之助の領地だった。腹心の明楽八郎兵衛と室木元之丞を遣わして治めていたのである。葛野へ行けば、頼職方の者に襲われる心配はなかった。

「それは、なりませぬ」

幸真は語気を強めて言った。

いま紀州領内から出て葛野に引きこもることは、合戦に敗れて自領に逃げ帰るのと同じだった。

「頼職との戦いはこれからでございます。豊臣の天下のため、紀州の地に踏みとどまらねばなりませぬ」

「分かった。頼職などに、後ろを見せたくないからな」

新之助は、武将らしい剛毅な面構えで言った。

その後、新之助は病気を理由に城へは行かず、吹上の加納邸で日を過ごすことが多くなった。

だが、加納邸にも頼職の手が伸びてきた。

6

その日、幸真は川村と古坂を連れて、安藤直名と三浦長門守の屋敷をまわった。ふたりとも頼職が藩主の座についてから疎外されることが多かったが、長年紀州藩を支えてきた家柄で、いまでも藩の重臣であることはまちがいなかった。何とか新之助に対する支持をつなぎとめておきたかったのである。

「まさか、中納言さまが、あれほど急にご薨去なされるとは、思いもせなんだ」

三浦はそう言って嘆息した後、

「頼職さまが、跡を継がれるのはいたしかたない。何といっても、新之助君の兄だからな。……ただ、行く末が案じられる」

そう言って、顔を曇らせた。

三浦によると、頼職は財政逼迫など意に介さず、綱教の葬儀の際に莫大な費用をかけたという。さらに己の藩主就任を祝って、気に入りの家臣たちを不相応に栄進させたり家禄を加増したり、多くの家臣たちに祝い金まで賜《たまわ》ったというのだ。

だが、そうしたことは幸真も知っていたので、驚かなかった。

「その金を、どこで都合したと思うな。みな、借財じゃ。勘定奉行、留守居役などに命じて、領内をはじめとする大坂、江戸の豪商らに金を都合させたのだ」

紀州領内では米のほか、海産物、蜜柑、木綿、漆器などが特産品で、それらを扱う商人から多額の金を借り入れたという。

「新之助君なら、藩の財政を立て直すこともできましょうが……」

幸真はちかいうちに頼職を暗殺する腹でいたが、それを口にすることはできない。

「新之助君の世がくることを、ひそかに願っていよう」

三浦には、頼職を排除する気まではない。ただの願望である。それでも、頼職が死ねば、新之助を藩主の座に推してくれることだけはまちがいなかった。

安藤もほぼ同様だった。若いこともあって、はっきりものを言ったが、頼職を暗殺する気まではなかった。ただ、三浦以上に新之助を買っていることはまちがいなかった。

その日、幸真たちが安藤邸から吹上の自邸にもどったのは、七ツ（午後四時）ごろだった。頼職方の者に襲撃されないよう、明るいうちに帰宅したのである。

門をくぐると、重市と茂平がすぐに近寄ってきた。新之助を屋敷内で警護するため、川村をはじめとする武芸者、薬込役、忍者たちを屋敷内と周辺に配置していたのである。

「加納さま、敵の忍びが屋敷内をうかがっていたようです」

茂平によると、行商人に身を変えた忍者らしき男がふたり、屋敷周辺を歩きまわっていたという。

「それだけでは、ございませぬ。菊池、三谷、小十郎の三人が、蜂谷の屋敷に出向き、密会をもったようです」

重市が言った。

「来るな、今夜あたりかもしれんぞ」

頼職方が屋敷を襲撃する気のようだ、と幸真は察知した。狙いは新之助と幸真の命であろう。

幸真は、新之助を守る自信があった。頼職方もこれほど多くの武芸者や忍者が、屋敷を守っているとは思わないはずだ。かえって、敵の戦力をそぐいい機会かもしれないと幸真は思った。

「茂平、重市、屋敷周辺をかためてくれ」

「承知」

ふたりは、すぐに門から駆け出していった。

曇天だった。屋敷を暮色がつつみ始めていた。生暖かい風が吹いている。武家屋敷のつづく通りは、ひっそりとして人影もない。

菅笠をかぶり、風呂敷を背負った行商人ふうの男がふたり、築地塀に身を寄せるようにして足早に近寄ってくる。

「右手、路地からふたり」

文次郎が、小声で言った。

文次郎は板塀の節穴から通りを覗いていた。文次郎は雑賀衆で、鉄砲の名手だった。遠方の獲物を識別する優れた視力を持っている。その文次郎の脇に、幸真、川村、須藤の三人が立っていた。

三人の背後に、新之助のいる居間があった。敵の侵入にそなえて、新之助のそばには久通と川村の嫡男の弥八郎がついていた。

「さらに、左手からふたり」

文次郎の目に、左手の空地を疾走してくる漁師ふうの男が見えた。屋敷の方に迫ってくる。

「いずれも、忍びか」

「そのようです」

「多勢のようだな」

おそらく、八方から様々な姿に変装し、屋敷に迫っているのだろう。市古一族が総力を上げて、新之助を討ちにきたようだ。

「牢人体の男がふたり！」

文次郎が、声を大きくした。

「菊池と三谷か」

川村が別の節穴から外を見た。

暮色に染まった空地に、二刀を帯びた人影がふたつ浮かび上がっていた。菊池と三谷である。牢人体に身を変えて、襲撃にくわわったようだ。

「屋敷内に入れると、面倒でござるな」

そう言って、川村が肩にかけていた羽織を脱いだ。すでに、襷で両袖は絞ってある。

「拙者が、ひとり相手になろう」

須藤が言った。須藤も襷をかけ、武者草鞋《わらじ》で足元をかためていた。ふたりは、菊池と三谷が姿を見せたら、立ち合うつもりでいたのだ。

「拙者が助勢に」

文次郎がそう言うと、

「そこもとは、ここで若を守ってくれ。これは、武芸者としての立ち合いだ。助太刀はいらぬ」

と、川村が制した。

川村と須藤は門から出て、空地の方にゆっくりと歩を進めた。

そのとき、屋敷の裏手で二度爆発音がひびき、呻き声が聞こえた。雷造が抛《ほうり》火炬《ひこ》を遣ったようだ。

つづいて、右手の板塀の方で手裏剣が塀に刺さる音がし、獣が叢《くさむら》を分けるような音が聞こえ、さらに板塀に短弓が刺さった。

「ヨシにございましょう」

文次郎が言った。ヨシと歳三も攻撃にくわわっているようだ。

「総力で、来たようだな」

幸真の顔がけわしくなった。敵の忍者が屋敷内に侵入し、味方の忍者が迎え討っているのだ。文次郎の顔も緊張した。ふたりで、新之助のいる部屋に近付く敵を斃さねばならないのだ。

「菊池半太夫、勝負を決しようぞ」

川村は、ゆっくりとした足取りで菊池の正面に歩を進めた。和歌祭の前、ふたりは切っ先を合わせていたが、勝負をあずけたままになっていたのだ。

「望むところ」

菊池も羽織を脱いだ。すでに、襷で両袖をしぼり、袴の股立も取っていた。菊池にも、武芸者の意地があるのであろう。まず、川村と立ち合うつもりで来たようだ。

柳生新陰流と小野派一刀流の立ち合いである。

一方、すこし離れた場所で、須藤と三谷源泉が対峙していた。

「素手か」

三谷が訊いた。須藤のことは知っているはずだが、素手で戦うとは思わなかったようだ。

「おれは、武器を遣わぬ」

須藤は両手を前に出して身構えた。

「されば、田宮流居合、まいるぞ」

三谷は刀の柄に手をかけて、居合腰に沈めた。

こちらは、田宮流居合と関口流柔術の対戦だった。

淡い夕闇のなかに、四人の達人の姿が浮かび上がっていた。足元の夏草が風に揺れている。

7

「加納さま、敵が！」

文次郎が声を上げた。

左手から腰切半纏《こしきりばんてん》に股引姿の男がひとり、右手から行商人ふうの男がふたり、いずれも、手に忍刀をひっ提《さ》げて、疾走してくる。

幸真は抜刀して、身構えた。文次郎も抜いて、幸真の脇へ立った。

「ここは、通さぬ！」

幸真と文次郎の立っている背後には、新之助のいる居間があった。何としても、新之助を守らねばならない。

左手から疾走してきたひとりが、走り寄りざま幸真に斬りつけてきた。

タアッ！

鋭い気合とともに、幸真が敵刃を弾き上げた。甲高《かんだか》い金属音とともに忍者の体が猿のように後ろへ跳び、ふたたび忍刀を構えた。

この一瞬の攻防の隙をついて、右手からのふたりが、幸真の脇をすり抜けようとした。

「そうはさせぬ！」

文次郎が走り抜けようとしたふたりの前に立って斬りつけた。

ひとりの忍者の肩口が裂けて、血飛沫が飛んだ。文次郎の切っ先が、肩口をとらえたのである。

だが、もうひとりが廊下へ飛び上がり、居間の障子をあけた。

その瞬間、バサッ、という音とともに障子が斜に裂けて忍者がのけ反った。

小桶《こおけ》で血を撒いたように、障子が真っ赤に染まった。忍者はよろめき、廊下から地べたに落ちた。

弥八郎である。一太刀で、障子ごと忍者を斬殺したのだ。血刀をひっ提げた弥八郎の脇に、久通の姿もあった。さらに、その後ろには新之助が立っていた。三人の双眸が夕闇のなかで、うすくひかっている。

それを見た幸真は、背後に跳んだ忍者へ鋭く踏み込み、袈裟に斬り込んだ。

鋭い斬撃だった。忍者は頭上で十文字に受けたが、体勢がくずれてよろめいた。

「逃さぬ！」

声を上げざま、幸真が唐竹割りに斬り下ろした。

にぶい骨音とともに忍者の顔が割れ、頭頂から血と脳漿《のうしょう》が飛び散った。悲鳴も呻き声もなかった。即死である。

と、矢が飛来した。短弓である。廊下に刺さり、さらに障子をつらぬいた。歳三であろう。

「若、後ろへ！」

幸真が叫んだ。

そのとき、斜向かいの欅《けやき》の枝葉が揺れ、ザザザッという音とともに人影が落下した。その落下地点へ、人影が疾風のように走る。

重市か、飛助か。味方の忍者が、樹上にいた敵に手裏剣を打ったようである。敵が落下したところを見ると、当たったにちがいない。

屋敷内の他の場所からも屋根を疾走する音、刀の触れ合う音、手裏剣が葉叢《はむら》に刺さる音などが聞こえてきた。姿は見えないが、忍者同士の戦いがつづいているようである。

そのころ、屋敷からすこし離れた空地で、川村と菊池、須藤と三谷がそれぞれ対峙していた。

菊池は刀身をだらりと下げていた。両肩が落ち、体には覇気も気勢もない。柳生新陰流、「無形の位」である。

対する川村は、切っ先を敵の目の高さにとり、左右の踵《かかと》をすこし浮かせている。一刀流の基本的な青眼の構えである。

ふたりは、それぞれの流派の神髄を会得した達人だった。塑像のように動かなかったが、痺れるような剣の磁場がふたりをつつんでいる。

一方、須藤と三谷は、およそ二間の間合を取って向き合っていた。

須藤は素手だった。両手を前に出し、やや前屈みの格好で構えている。対する三谷は、刀の柄に右手を添え、居合腰に沈めていた。

居合対柔術。

須藤の勝機は、居合の抜き付けの一刀をかわし、相手の体の一部をつかめるかどうかにある。

ふたりはジリジリと間合をせばめていく。

居合の斬撃の間に須藤が右足を踏み込んだ刹那、稲妻のような剣気が疾《はし》り、鋭い気合とともに三谷が抜きつけた。

シャッ、という鞘走る音とともに閃光が弧を描く。

同時に、須藤が脇へ跳んだ。

が、居合の斬撃の方が迅《はや》かった。須藤の左の肩口が裂け、血が噴いた。

次の瞬間、さらに須藤が前に跳んだ。

三谷が刀身を返して、胴を払う。

刀身が須藤の腹に食い込んだ。だが、そのとき須藤は両手で三谷の両襟をつかんでいた。

つっ立ったまま、須藤は渾身の力を込め万力のような力で、三谷を絞め上げた。めりめりと骨の軋《きし》む音が聞こえた。

須藤の顔が怒張し、目をつり上げていた。鬼のように凄まじい形相である。腹をえぐられたのであろう、腰から下が血に染まっている。

三谷の顔がゆがんだ。血の気が失せ、手にした刀が地に落ちた。肋骨が何本か折れたようである。

が、ふいに三谷の襟元をつかんだ須藤の手がゆるんだ。ぐらっと須藤の体が揺れ、腰から沈むように地面に両膝をついた。そして、そのまま路傍に座り込んだまま動かなくなった。力が尽きたのである。

「おそろしい男だ……」

三谷は、そうつぶやくと、自分の体を抱くようにして、ふらふらと夕闇のなかへ歩きだした。

川村の全身に剣気が疾った。須藤と対峙していた三谷が、気合を発した瞬間だった。

菊池の目に川村の体が膨れ上がったように見え、剣尖《けんせん》が前に伸びてきた。

間髪をいれず、菊池が反応した。

イヤアッ！

タアッ！

ふたりの裂帛の気合が静寂をつんざき、体《たい》が躍った。

川村が青眼から袈裟に。ほぼ同時に、菊池が出頭《でがしら》を狙って籠手へ斬り込んできた。

一瞬の斬撃である。

菊池の肩口が割れて、血飛沫が散った。川村の右の二の腕も肉が裂けて、血が噴出した。

ふたりは一合し、大きく背後に跳んで、ふたたび構え合った。

菊池は無形の位ではなかった。青眼である。体が顫《ふる》え、目がひき攣《つ》り、切っ先が揺れていた。肩をえぐられた衝撃で気が昂《たかぶ》っているのだ。

川村も両肩が上下に揺れていた。荒い息が洩れている。だが、全身に気勢がみなぎり、痺れるような剣気を放射していた。

ふたりは、ジリジリと間合を狭めだした。

一足一刀の間境にせまると、すぐに菊池が仕掛けた。気攻《きぜ》めも牽制もなかった。心の動揺で、構え合って攻める余裕がなかったのだ。

菊池は踏み込みざま、川村の頭上に斬り込んできた。捨て身の斬撃である。

川村は体《たい》をひらいて、その斬撃をかわし、刀身を横に払った。

ドスッ、というにぶい音がし、刀身が菊池の腹に食い込んだ。払い胴である。

菊池は数歩前に泳いだが足をとめ、左手で腹を押さえてつっ立った。裂けた着物が血に染まり、腹部から臓腑が覗いている。

数瞬、菊池は低い呻き声を上げて佇立《ちょりつ》していたが、ガックリと両膝を折り、前につっ伏すように倒れた。

川村は須藤の方に目をやった。

夕闇のなかを、ふらつきながら去っていく三谷の後ろ姿が見えた。須藤は路傍に倒れていた。

「須藤！」

川村が走り寄って、須藤を抱え上げた。

須藤が目をあけた。まだ、生きている。

「や、やつの居合は、迅《はや》い……」

そうつぶやき、顔をゆがめたのが最期だった。


屋敷内の戦いも終わっていた。新之助も幸真も無事だった。古坂が敵の手裏剣を右手に受けたが、浅手である。

屋敷内に四人死んでいた。ほとんど顔をつぶしていたので、何者か正体は知れなかったが、市古一族の忍者であることはまちがいない。頭目の小十郎、それにヨシと歳三は逃げたようである。

「須藤が死んだか」

幸真の顔が悲痛にゆがんだ。長年、幸真とともに徳川方と戦ってきた真田の勇士をまたひとり失ったのである。西村平蔵、矢崎武左衛門、中村惣市、そして須藤左之助である。

新之助をはじめ、そこに集まった者たちの顔にも悲しみの色が濃かった。

「加納、死んだ須藤たちのためにも頼職をたおして、紀州藩を豊臣のものにせねばならぬな」

新之助が虚空を睨んで言った。

「紀州藩の次は、徳川幕府をたおしましょうぞ」

幸真が語気を強めて言い添えた。

8

徳川頼職は、あわただしく参勤の供奉をととのえ和歌山城を発駕した。菊池たちが加納邸を襲撃した七日後のことである。

将軍綱吉に拝謁し、御遺領相続の御礼を申し述べるためであった。神山、蜂谷、それに市古一族、ヨシ、歳三も参勤の供にくわわって江戸へむかったようである。ただ、三谷の行方は知れなかった。須藤との戦いで負傷したため、領内に身をひそめているにちがいない。

頼職が紀州を去った翌日、川村が加納家に姿を見せた。

「ひとまず、安心でございますな」

頼職側の襲撃や暗殺の心配がなくなったというのだ。

「だが、頼職の身も安泰だ」

幸真は、頼職の命を狙っていた。頼職を暗殺すれば、紀州藩は新之助が継ぐことになる。それが、当初からの狙いであった。

「江戸へ、刺客を差し向けますか」

「いや、それはむずかしかろう」

頼職も暗殺を恐れて、藩邸内の警護をかためているはずである。それに、幸真たちが紀州を出れば、頼職側だけでなく多くの家臣に知れ渡り、暗殺を疑われることになる。

「ちかいうちに機会はくる」

幸真は、頼職の在府はそう長くならないだろうとの読みがあった。

その読みは、すぐに現実のものとなった。

一時持ち直していた光貞の病状が悪化したのである。光貞の重篤の知らせは、早飛脚で江戸の頼職の許にとどいた。

ただちに、頼職は看病御暇《おいとま》をたまわって江戸を発った。頼職は、光貞に対して親子の情愛など持ってはいなかったが、家臣や領民に対し、いかに孝を尽くしたかを見せねばならなかったのである。

「好機だ」

すぐに、幸真は重市や飛助らの忍者を集めた。

「急仕立ての行列だ。警護にも隙があろう。旅の途中を襲って、頼職の命を奪え」

幸真が語気を強めて命じた。

幸真や久通などは、紀州を出るわけにはいかなかった。忍者だけをむけることにした。

「暗殺と知れぬようにな」

幸真は念を押した。

藩主だった綱教が、急死したばかりである。しかも、和歌祭のおりに吐瀉して体調をくずし、そのまま寝込んで死んだのである。藩士のなかには、毒を盛られたと噂する者もあった。そうしたおり、頼職まで暗殺と思われる死に方をすれば、当然新之助が藩主の座を狙って、ふたりの兄を弑虐したと疑われる。

そうなれば、附家老や重臣たちはこぞって、新之助を排除しようとするだろう。紀州藩を継ぐどころか、新之助の命があぶなくなる。

「承知しております」

茂平が醜怪な痘痕面《あばたづら》をほころばせた。茂平は毒物に精通し、その扱いに長けていた。おそらく、病死と見せるような毒殺を仕掛けるであろう。

紀州を発った忍者は、茂平、飛助、雷造、重市、文次郎、それに古坂東次だった。六人は雲水、行商人、修験者などに身を変えて、紀州街道から東海道をたどり、江戸へむかった。

六人は、箱根を越えたあたりで、頼職の行列と出会うだろうとみていた。ところが、行列に出会ったのは、吉原宿の手前だった。

「やけに早いな」

雲水姿の茂平が、網代笠を上げて行列に目をやりながら、かたわらの飛助に言った。

「この足だと、今夜の宿は府中あたりだぞ」

「いずれにしろ、本陣で狙わねばなるまい」

「いかさま」

ふたりは行列をやり過ごし、街道の脇の岩陰から街道へもどった。

頼職の一行は強行軍だった。大名行列とは思えぬほど急いでいた。頼職には、光貞が生きているうちにもどりたい気持ちと、旅の途中で暗殺者に襲われる危険から逃れたい気持ちがあったのである。

その日、頼職一行は、府中の本陣に草鞋を脱いだ。

茂平たち六人は、本陣から離れた宿場外れの旅籠に宿をとった。

その夜遅く、忍び装束の六人が、街道からすこし離れた古刹の境内に集まっていた。

「だめだ、警護がかたすぎる」

飛助が言った。飛助によると、本陣の周囲には篝火《かがりび》が焚《た》かれ警護の者が寝ずの番をしているという。

「それに、敵の忍びもひそんでいるはずだ」

重市が言い添えた。

敵の忍者は、市古一族、ヨシ、歳三である。警護の藩士にくわえ、かれらが忍者の侵入をふせぐための結界を張っているとみなければならない。

「われらが、先に網をはろう」

飛助が言った。

「網とは」

「頼職一行が、到着する前に本陣に入り込む」

「だが、頼職たちは急いでいる。どの宿場に宿を取るか、われらには分からぬぞ」

重市が言った。

通常の参勤交代の旅であれば、前日から先番の近習、納戸、台所方などが出立するので、次の宿は容易に知れるが、今度はいつもの参勤交代とはちがう。供揃えもわずかだし、一日の旅程も通常の倍ちかく進むこともあった。

「なに、昼の休憩をどこで取ったか、分かれば、次の宿場の見当はつく」

それから先まわりして、本陣に忍び込むことができるというのだ。

「承知した」

重市が言い、他の者がうなずいた。

本陣への侵入は飛助、毒の調合は茂平がすることになった。他の者は飛助の仕事を助けるため、敵の忍者を本陣の外へおびき出す役である。

「では、明朝」

飛助たち六人の忍者は、古刹の境内から闇のなかに散った。

9

「飛助、これだ」

茂平が細い竹筒を飛助に手渡した。片側にちいさな栓があり、なかに液体が入っていた。茂平が調合した毒を水に溶かしたものである。

「数滴、頼職の口にふくませればよい」

「死ぬのか」

「いや、すぐには死なぬ。腎虚《じんきょ》となり、精気を失う。だれの目にも旅の疲れと映るはずだ」

腎虚とは、虚弱で生気のない症状のことである。房事過多から腎虚になるとされていたので、陰萎《いんい》(インポ)もあてはまるであろう。

「秘伝の毒だ」

茂平が、ニヤリと笑った。

班猫《はんみょう》、蟇《ひき》の皮、蜥蜴《とかげ》などの粉末に、幾種類かの毒草を混ぜて作ったものだという。

「後は、おれの役だな」

飛助が、体を奇妙にくねらせて言った。飛助は己の関節を自在にはずし、頭さえ通れば、どこへでも侵入できる術を会得していた。

ふたりは、島田宿《しまだ》のはずれの街道沿いの樹陰にいた。府中から島田まで七里の余。重市からの知らせを受けて、頼職の今夜の宿を見極めるために待っていたのである。

「来たようだな」

街道を雲水が急ぎ足でやってくる。網代笠《あじろ》をかぶっていたので顔は見えないが、その姿は重市である。

茂平と飛助が樹陰から路傍に出た。ふたりは、行商人のような格好をしていた。

「一刻（二時間）ほど前、頼職一行は藤枝《ふじえだ》を出た」

重市が、歩きながら言った。

「だいぶ早いな。となると、今夜の宿は、掛川《かけがわ》だな」

後ろから、茂平が言った。

藤枝から掛川まで六里の余あるが、頼職一行は強行軍で掛川まで足を伸ばすにちがいない。

「井伊《いい》家の城下か」

掛川は藩主の交替が頻繁に行われたが、このとき（宝永二年）は、井伊直矩《なおのり》が藩主であった。

「夜になれば、城下でもかかわりはない」

飛助が足を速めながら言った。

忍者の足は速い。茂平たち三人は、七ツ（午後四時）前に、掛川宿の本陣ちかくに来ていた。

「やはり、ここだ」

本陣の前に、紀州藩の関札が立っていた。通常の参勤交代の旅ではないが、先触が届いているらしい。

宿の使用人や女中などが慌ただしく出入りし、門には定紋入りの幕が張られ街道の清掃などが行われていた。頼職の緊急の帰国のため、本陣への予約もなかったとみえ、かなり慌てているようだ。紀州家の警備の者も、まだ到着していないようである。

「これならば、侵入もたやすい」

飛助が言った。

「われらは、敵の忍びを宿の外に引き出しましょう」

重市は、後から来る雷造、古坂、文次郎の三人を待ち、夜になってから仕掛けると言い残して、茂平とともにその場を離れた。

一刻（二時間）ほど後、飛助は本陣上段の間の天井裏にひそんでいた。奉公人らしい身装《みなり》で本陣内に侵入し、宿泊の準備に追われている宿の者の隙をみて、次の間の天井板をはずし、天井裏にしのび込んだのである。

天井裏は深い闇につつまれ、上段の間も夕闇につつまれていたが、まだ頼職一行は宿に到着していなかった。

飛助は天井裏で忍び装束に着替え、天井板につぼ錐《きり》で穴をあけ、隅の一ケ所をはずれるようにしておいた。

頼職一行が宿に着いたのは、暮れ六ツ（午後六時）をだいぶ過ぎてからだった。すでに、上段の間の行灯《あんどん》には、灯《ひ》が点《とも》っている。

まず、上段の間に入ってきたのは、小姓と神山、それに小柄な軽格の藩士に見える男だった。

——忍びだ！

梁に張り付いていた飛助は、すぐに気配を断った。鶉隠《うずらがく》れの術である。寒夜に霜を聞くごとく凝《じっ》として、息の音すら消すのである。

小柄な男は座敷の様子を窺い、侵入者や仕掛けの有無を確認しているようだったが、やがて神山とともに出ていった。飛助には、気付かなかったようである。もっとも、頼職側が最も恐れていたのは毒殺だったので、台所への侵入者、食材や水、料理人などに特に警戒の目をひからせていたようである。

頼職が食事と入浴を済ませ、床に入ったのは、五ツ半（午後九時）ごろだった。上段の間に小姓がふたり、次の間と奥の書院にそれぞれ近習が三人ずつ、不寝番がついていた。警備は厳重だった。本陣の周囲はむろんのこと、出入り口、廊下、厠《かわや》付近などでも家臣たちが張り番をしていた。

本陣内は静かだった。歌舞音曲《かぶおんぎょく》は禁じられていたので、家臣たちや宿の者は早く床についていたのである。

ふたつ点っていた行灯のうちのひとつ、枕元のものが消された。

飛助は梁に張り付いたまま動かなかった。やがて、頼職の寝息が聞こえだした。旅の疲れで、熟睡しているようである。

宿直《とのい》の者たちは、それぞれの座敷に座したまま凝としている。むろん、眠ってはいない。静寂に耳を澄まし、侵入者に気をくばっているはずである。

丑《うし》ノ上刻《じょうこく》（午前一時過ぎ）だった。上段の間に座していた小姓が、もうひとりの小姓に声をかけて立ち上がった。厠にでも行くらしい。畳を踏む音と衣擦れの音がし、座している小姓の目が、座敷を出て行く小姓の背にそそがれた。

そのとき、座敷の隅の天井板があき、スルリと人影が脇の柱に張り付いた。守宮《やもり》のように柱を伝い下りていく。

まったく音をたてない。その忍び装束は部屋の隅の薄闇にとけていた。そろそろと頼職の枕元に近付いていく。

そのとき、廊下を歩く足音がかすかに聞こえた。しだいに近付いてくる。小姓のひとりが、厠からもどってくるようだ。

部屋に座している小姓は、顔を音のする廊下の方にむけていた。

頼職は、口をすこしあけたまま寝息をたてている。

すばやく、飛助はふところから竹筒を取り出して、頼職の口に二滴垂らした。熟睡している頼職はかすかに呻《うめ》くような声をもらしたが、寝返りもうたずに垂らした毒液を飲み込んだ。

飛助はさらに二滴垂らした。

廊下を歩く足音が間近に迫っていた。

飛助が部屋の隅の闇溜まりに身を引くのと、襖があいて小姓が入ってくるのとがほぼ同時だった。

小姓は眠っている頼職に目をやってから、もうひとりの小姓と目配せし、部屋を出る前まで座していた場所に歩を寄せてきた。

その足音と衣擦れの音にまぎれ、飛助は柱をよじ登り天井裏に姿を消した。大気が揺れただけで、ほとんど音をたてなかった。まさに、実体のない影のような動きである。伊賀でも屈指の侵入術を身に付けた術者だけのことはある。


その夜、本陣からすこし離れた街道筋で、忍者同士の死闘がくりひろげられていた。重市たち五人が、本陣ちかくで警戒していた市古一族の忍者の目にわざと触れ、外へおびき出したのである。

この戦いで、雷造と文次郎が手傷を負った。一方、敵の市古小太郎の倅の昌平が古坂の鉄礫を首筋に受けて落命した。

戦いは寅《とら》ノ上刻（午前三時過ぎ）には、終わった。重市たちの目的は敵の忍者を本陣から外に出すことにあったので、ころあいを見計らって逃げたのである。

翌日の早朝、頼職一行は何事もなかったように掛川宿の本陣を出立した。頼職は気鬱でも病んでいるように暗い顔をし、疲労困憊した様子だったが、御付の近習たちは旅の疲れだろうと思った。

10

「早馬だ！」

重市が声を上げて街道の脇へ身を引いた。

「国許からの使者のようだ」

茂平が言った。

琵琶湖《びわこ》畔の大津《おおつ》宿を目前にした街道沿いである。重市、茂平、古坂、飛助の四人が、頼職の一行より五町ほど先を歩いていた。手傷を負った雷造と文次郎は先に領内にもどっている。

暮れ六ツ（午後六時）前で、辺りはすでに暮色に染まり始めていた。

「様子を見てくる」

そう言い置いて、重市と飛助が行列の方へ駆けもどった。

茂平と古坂が、大津宿のはずれの茶店のそばでいっとき待つと、重市と飛助がもどってきた。

「光貞が亡くなったようだ」

重市によると、頼職一行は大津宿の本陣に入ったが、家臣たちの間に動揺がひろがっているという。警護についている者に旅人を装って近寄り、会話を盗み聞きすると、光貞が亡くなったことを話していたそうである。

宝永二年八月八日。光貞は八十歳であった。

「国許にもどって、お頭の指示を仰ごう」

茂平が言った。

紀州領内まで、後わずかだった。順調に行けば明後日には着くであろう。飛助たち四人は、領内に入るまで頼職の様子を見るつもりだったが、状況が変わったので早く領内にもどった方がよさそうだった。

飛助たちは大津宿の旅籠屋に草鞋を脱がず、夜通し紀州へむかって歩いた。

「ごくろうだったな」

飛助たちからの知らせを受けた幸真は、その働きをねぎらった後、

「それで、頼職の具合は」

と、念を押すように訊いた。

「だいぶ弱っておりますが、御付の者も頼職自身も旅の疲れと思っておりましょう」

茂平がそう話すと、

「さすがは、伊賀の術者だな」

幸真が感心したように言った。

茂平は醜怪な痘痕面《あばたづら》をくずし、飛助や雷造の手柄でございます、と言い添えた。

「それで、頼職の余命は」

幸真が訊いた。弱っているだけではどうにもならなかった。欲しいのは、頼職の命である。

「いまいちど、毒をふくませれば、まちがいなく落命いたします。頼職が城下にもどりしだい、飛助が城内に侵入することになっておりますが」

茂平が飛助の方に目をやると、飛助がうなずいた。

「いや、待て。光貞の葬儀が済んでからがよい。頼職に、父親の葬儀をさせてやろうではないか」

幸真には、したたかな読みがあった。

頼職は旅の疲れにくわえ、休む間もなく父親の葬儀を執《と》り行うことになる。だれもが、頼職の衰弱は過度の疲労と思うはずだ。それに、葬儀の直後なら側近や警護の者にも隙ができるだろう。城内に侵入して毒を盛るにはいい機会である。

「承知しました」

飛助たちも、幸真の策に納得したようである。

頼職の体力はかなり弱っていたが、着城するとすぐに光貞の葬儀の準備を重臣たちに指示した。

「何としても、徳川御三家に相応《ふさわ》しい葬儀にせねばならぬぞ」

それが、頼職の一声であった。

まだ若く、藩主になったばかりの気負いもあって、頼職は歩くこともままならないほど衰弱しながらも、重臣たちに盛大な葬儀を挙行するよう命じた。

藩の財政逼迫に苦慮する重臣たちは表立って反対はしなかったが、内心は困惑《こんわく》していた。紀州藩は、昨年から弔事の連続だった。昨年四月、綱教の正室、鶴姫。今年の五月に藩主、綱教。そして、八月に元藩主の光貞の死である。

頼職の言い分は分かるが、ここでまた盛大な葬儀を挙行すれば、借財のかさんでいた藩財政がさらに逼迫することは目に見えていたのだ。

それでも光貞の葬儀は、盛大に執り行われた。またしても、紀州藩と取引のある富商からの借財である。

光貞の遺体は、慶徳山《けいとく》長保寺《ちょうほう》にある紀州徳川家の廟所に埋葬された。綱教と同じ廟所である。

葬儀後、頼職は床に伏し、ほとんど起きてこなくなった。近習はむろんのこと、神山や蜂谷までが、

「殿は、長旅とその後の葬儀で、お疲れになったのだ。しばらく養生すれば、ご回復なされるはず」

と、口にしていた。

側近にも不審をいだかせないほど、茂平の調合した毒は頼職の体をすこしずつ蝕《むしば》んでいったのだ。

頼職は、養生してもいっこうに回復しない自分の体の変調に疑念をいだいた。

――これは、疲れではないかもしれぬ。

と、頼職は思った。

光貞の葬儀後、頼職は複数の御典医に診断させたが、

「お疲れによる、腎虚でございましょう。精のつく物をお召し上がりになり、ご養生なされれば直《じき》にご回復遊ばされるはずでございます」

と、ほぼ同様のことを口にするばかりだった。

頼職は病床に腹心の神山を呼んだ。

「か、神山、上さまに使者を出せ。病状がおもわしくないゆえ、奥医を差し向けていただきたいとな」

頼職は声を震わせて言った。頬は落ちくぼみ、肌は土気《つちけ》色で生気がなかった。

頼職は紀州藩の御典医に対しても、新之助一派に籠絡されたのではないかと疑心暗鬼に陥《おちい》っていたのだ。それというのも、頼職側が綱教の毒殺のおり、御典医の源庵を抱き込んで毒殺を否定させ、さらに口封じのため源庵を始末したという経緯があったからである。むろん、腹心の神山や蜂谷が手をまわしたことで、頼職自身は話を聞いて承諾しただけである。

「承知しました」

神山はすぐに動いた。

この頃には神山の胸の内にも、あるいは、新之助側が毒を盛ったのではないか、との疑念が生じていたのである。

11

　神山は頼職の使者として、自ら江戸へむかった。表むき、数人の家士を引き連れていっただけだが、行商、修験者、虚無僧などに身を変えた忍者らしき男たちが数人、前後して紀州を離れた。忍者たちは、幸真たちの襲撃を恐れての護衛にちがいない。

　このことは、神山の身辺を見張っていた重市や紀州街道に目をひからせていた飛助などからただちに幸真に知らされた。

「江戸から名医を呼ぶつもりであろう」

　と、幸真は思った。

　神山たちが紀州を離れた三日後、吹上の加納邸に四人の男が集まっていた。幸真、川村、久通、それに新之助だった。

「若、いよいよ頼職の首級を上げるときがきたようでございます」

　幸真が低い声で言った。

「病床の頼職に刺客を送るのか」

　さすがに、新之助は顔をこわばらせた。

「いえ、江戸から医者が来る前に、病死していただくのが、上策と存じます」

「そのようなことができるのか」

新之助は驚いたように目を剝いた。

「そのために、頼職が江戸より紀州へもどるまでの間に、しかるべき手を打ったのでございます」

「…………」

「そこで、若、ここ十日ほど、頼職のいる二の丸には行かぬようにしていただきたいのです」

幸真は江戸から医者が来る前に、頼職の命を奪いたかった。そのために、もう一度飛助を城内に侵入させ、毒を盛るつもりでいた。

頼職が死ねば、頼職側のなかに新之助側による毒殺を口にする者が出るはずである。そうした者たちに根拠を与えぬためにも、新之助は二の丸から離れていた方がよいと判断したのである。

「分かった。そうしよう」

勘のいい新之助は、すぐに幸真の胸の内を察知した。

川村と久通には、薬込役や新之助の側近たちに台所方や二の丸の頼職の寝所のそばに近付かぬよう指示させることにした。

ここで、頼職を毒殺すれば、わずか五ケ月ほどの間に、藩主の綱教、元藩主の光貞、跡を継いだばかりの頼職と、つづけざまに三人死に、新之助がただひとり残ることになるのだ。しかも、高齢の光貞はともかく、男盛りの綱教と若い頼職は病名もはっきりしない急死である。

——紀州藩を継ぐための、新之助の弑虐。

と、疑われても仕方がない。

それを考えると、幸真は慎重にならざるを得なかったのだ。

新之助と手筈を整えた後、幸真は飛助、茂平、雷造の三人に会った。

「いよいよ、決戦のときがきた。頼職の命を頂戴したい」

幸真が目をひからせて言った。

「いま一度、同じ毒を頼職の口にふくませれば、四、五日のうちに落命いたします」

茂平はきっぱりと言って、飛助の方に目をやった。

「いまなら、城内への侵入も容易でございます」

そう言って、飛助がうなずいた。

城内には葬儀後の弛緩した雰囲気がある上に、小十郎以下市古一族の忍者が神山の警護で紀州を離れているので、城の警備は手薄だという。

「頼んだぞ」

「ハッ」

三人は低頭して出ていった。


幸真と会った二日後の夜、飛助は頼職が寝所にしている二の丸の奥御殿、御寝之間の天井裏に侵入していた。予想通り、城内の警備はそれほどではなかったが、御寝之間、台所などの警戒は厳重だった。頼職は毒殺を恐れ、食べ物に毒物を入れられるのを防ぐよう厳命したにちがいない。

――頼職のそばに近寄れぬぞ。

天井裏の梁に張り付いた飛助は戸惑った。

頼職の寝ている周囲に四人、左右の座敷に三人ずつ宿直を置いて不寝番をさせていたのだ。これでは、いかに飛助でも宿直の隙を見て、頼職の枕元に近付くことはできない。

食事に毒を盛ることもむずかしかった。台所の警戒が厳しいだけでなく、頼職は食膳を枕元に運ばせ、箸をつける直前に毒味をさせていたのだ。

　——だが、かならず隙はある。

　飛助は焦らずに機をみることにした。

　侵入術の極意は、侵入そのものにもあるが、目的を達成するため屋敷や城内に長期間潜伏できるかどうかにある。

　飛助は梁に張り付いたまま動かず、座敷の気配だけをうかがっていた。用意した兵糧丸と竹筒の水で飢えと渇きに耐えていた。

　三日経った。飛助は、まだ御寝之間の天井裏から動けなかった。


　そのころ、幸真は本丸御殿の座敷で田沼意行と会っていた。田沼の方から幸真に会いにきたのである。

「加納さま、殿は上さまに奥医を差し向けていただくよう、神山さまを遣わしたようでございます」

　田沼は幸真の顔を見るなり言った。

「将軍家の奥医か」

　幸真は、その奥医がくる前に、頼職の命を奪わねばならないと思った。生前に頼職を診断すれば、その症状に不審を抱き、毒を摂取したとみるかもしれない。頼職が絶命したとしても、奥医から綱吉に毒殺の疑いがあることが上申されれば、新之助も吟味を受けるだろう。

——それは、まずい。

と、幸真は思った。新之助が頼職の毒殺や豊臣家の嫡孫であることなどを口にするはずはないが、疑念が晴れなければ、紀州藩を継げなくなる可能性が出てくる。

「それで、殿のご容体は？」

幸真が訊いた。幸真も田沼に対したときは、家臣のひとりとして頼職のことを殿と呼んでいた。

「床に伏されたままですが、お変わりないようです」

「うむ……」

飛助が二の丸に侵入して三日経っていた。家臣の間に、城内で曲者が捕らえられたという噂はないが、長過ぎる気がした。

——飛助は失敗し、ひそかに自害したのではあるまいか。

との思いが、幸真の胸によぎった。

その日、幸真は帰城してから久通や重市などに城内の噂を訊いてみたが、やはり曲者の捕縛や不審者の死体が発見されたという話はないとのことだった。

——城内で、機をうかがっているのかもしれぬ。

幸真は、飛助の忍者としての腕を信用して待つしかないと思った。

12

四日経った。

これ以上待っても状況は変わらぬ、と飛助は判断した。飛助は用意したつぼ錐を取り出し、寝ている頼職の顔の真上にあたる天井板に狙いを定めて、つぼ錐で穴をあけ始めた。錐の音が宿直の者に気付かれぬよう、頼職が会話を交わしているときや厠に立ったときだけを狙って錐をもんだ。

穴があくと、深夜になるのを待って、飛助は穴から細い糸の先にわずかな重りをつけて垂らした。

こうした場合も考え、用意したのは行灯の明りに溶ける薄茶の糸である。幸いなことに宿直のなかに、頼職の顔に目をむけている者はいなかった。

スルスルと伸びた糸の先は、眠っている頼職の左耳のあたりに垂れ下がった。これでは、役に立たない。飛助はすこし、糸を上げた。

うまく、糸の先が頼職の口にとどくのは至難である。

だが、ここにも飛助の独自の技があった。飛助は、細い一尺ほどの針金を糸と同じ穴から差し込み、針金を巧みに曲げて糸を操ったのである。

糸の先が、頼職の口に伸びた。頼職は、すこし口をあいたまま熟睡している。

飛助は、毒液の入った竹筒から、液をすこしずつ糸に垂らした。液はタラタラと糸をつたい、頼職の口へ、一滴、二滴と落ちた。

三滴落ちたとき、ふいに頼職は口を閉じて横をむいた。眠りながらも、何か異変を感じたのかもしれない。

飛助はすこし糸を上げ、毒液を垂らすのを待った。しばらく経つと、頼職がまた顔を天井にむけた。

飛助はさらに三滴、頼職の口に毒液を垂らした。頼職は、かすかに呻くような寝息を洩らしたが、目を覚まさなかった。

――頼職の首級、飛助がもらいうけたぞ。

飛助が漆黒の闇のなかでつぶやいた。ほとんど表情をかえない飛助であったが、このときは双眸が蛇《くちなわ》のようなひかりを放っていた。

「でかした！」

飛助から報らせを聞いた幸真は、思わず声を上げた。

「頼職の命は、あと四、五日でございます」

そばにいた茂平が、断定するように言った。

「これで、邪魔者はいなくなる」

ついに、敵の大将の首を取ったのである。これで、紀州藩を継ぐ者は新之助しかいない。

茂平の言うとおりになった。飛助があらたに毒を盛った翌朝、頼職は目覚めたが、気分がすぐれぬ、と言って、朝餉も口にしなかった。そして、その夜から昏睡状態に陥ったのである。

急遽、紀州藩の御典医が呼ばれ、懸命の治療がほどこされたが、頼職は意識を取りもどさなかった。

頼職が息を引き取ったのは、飛助が毒を盛ってから五日目の深夜だった。頼職危篤の知らせで、二の丸に集まっていた附家老の水野重上、安藤直名、家老の三浦長門守などの重臣は、頼職の死をすぐに公表すべきかどうかで迷った。あいつぐ、藩主の突然の死に茫然自失であったといってもいい。

だが、隠しておくわけにはいかなかった。秋とはいえ、死体はすぐに腐敗するはずである。それに、将軍家へ奥医の派遣を依頼し、まもなく着城することになっていた。奥医が見れば、死後どれほど経っているかすぐに分かる。

重臣たちは、頼職、頼職の死を公表した。

九月八日、頼職、逝去。二十六歳の若さであった。父、光貞が死んでから、ちょうど一月後のことである。

この知らせを、幸真は自邸で聞いた。知らせたのは、久通である。

「父上、敵の大将が死にましたぞ」

久通は顔を紅潮させて言った。

「紀州の城が落ちたか」

そう言って、幸真は虎伏山にある和歌山城の方に目をやった。

いま、豊臣軍が徳川御三家のひとつ、紀州家を攻め落としたのである。

豊臣の再興を願い、紀州の地に根を下ろしてから八十数年の歳月が流れ、大助、喬政、幸真とつづく戦いであった。

だが、幸真の顔に喜色はなかった。幸真は和歌山城の先に江戸城を見すえていたのである。

頼職が死んで三日後、将軍家の奥医、井関正伯《いぜきしょうはく》が和歌山城に着いた。井関はただちに頼職を検屍したが、死後三日経っていた。すでに、腐敗し始め強い死臭を放っている。

「腎虚か、撃伏《うちふし》（脳出血）でございましょう」

井関は曖昧《あいまい》に答えるしかなかった。

三度目の大葬儀に臨み、家臣のなかには新之助側の弑虐を疑う者もいた。とくに、神山、蜂谷、水野重上などが強く主張し、新之助側の詮議まで口にしたが、多くの重臣は耳をかさなかった。そればかりか、雪崩を打ったように、新之助側にすり寄ってきたのである。無理もない。紀州藩を継ぐ者は、新之助をおいて他にいないのである。いまさら、新之助側による暗殺を主張しても頼職は生き返らないのだ。

13

頼職の葬儀を終えた二日後、加納邸に重市があらわれた。幸真は久通とともに下城し、着替えたところであった。幸真は、まだ警戒を解いていなかった。神山、蜂谷をはじめ三谷など頼職派の者が紀州内に残っていた。そのため、重市たち忍者に新之助の身辺を中心に加納邸も見張らせておいたのである。

「加納さま、三谷と思われる男が屋敷をうかがっておりました」

重市によると、網代笠をかぶった武士が屋敷の門前ちかくの路傍に立っていたという。笠のため顔は分からなかったが、兵法者らしき雰囲気をただよわせていたそうである。

「三谷だな」

幸真は確信した。おそらく、幸真か新之助を狙っているのである。

「いかがいたしましょう」

「残党は始末せねばなるまい」

幸真は今後の憂いを断つためにも残党を始末するつもりでいた。非情だが、それが戦いの掟なのである。それに三谷たちが襲ってくるのを待つ手はなかった。

「飛助たちも使って、三谷の居所をつかんでくれ。それに、小十郎とヨシたちもな」

幸真は頼職の配下だった忍者も始末したかった。小十郎たちは三谷より厄介だった。いつどこから命を狙ってくるか知れないのである。

「承知」

重市は部屋から消えた。

三谷の居所はすぐに知れた。翌日、幸真が下城するとすぐに重市が姿を見せ、

「三谷の居所が知れました。蜂谷とともに、禅窓寺《ぜんそうじ》におります」

と報《し》らせた。重市によると、禅窓寺は蜂谷家の菩提寺で、蜂谷は屋敷を出た後ずっとその寺にひそんでいたらしいという。

「ちかいな」

禅窓寺は加納邸のある吹上から数町離れた屋形《やかた》町にある古刹である。

「姿は見えませぬが、小十郎たちもちかくにひそんでいると見た方がよろしいかと」

重市が声を殺して言った。

「川村と飛助たち忍びを集めてくれ」

幸真は、この機を逃さず頼職の残党を皆殺しにするつもりだった。


その日の夕方、加納邸に八人の男が集まっていた。幸真、久通、川村、重市、三郎、弥八郎、文次郎、古坂である。念のため、飛助、茂平、雷造の三人は新之助の警護にあたらせた。幸真には、残党を始末すると同時に弔い合戦の意味もあった。頼職側との戦いで西村平蔵、矢崎武左衛門、中村惣市、須藤左之助を失っていた。その恨みを晴らすためもあって、西村の一子重市、中村の一子三郎をくわえ、子供のころか

ら新之助とともに成長してきた薬込役の者たちを同行したのである。

松や樫《かし》などの常緑樹の杜《もり》でおおわれた静かな寺だった。酉《とり》ノ上刻（午後五時過ぎ）ごろであろうか。陽は杜のむこうに沈み、辺りに人影はなく森閑としていた。

山門の前で一行は立ちどまった。このまま境内に踏み込むのは危険である。敵の忍者が飛び道具で狙っている可能性が高いのだ。

「まずは、われらが」

重市が言い、三郎、文次郎、古坂がうなずいた。いずれも忍びの心得のある者たちである。

幸真たちが山門の前でいっとき待つと、重市だけがもどってきた。

「本堂や庫裏のちかくに、忍者のいる気配はございませぬ」

重市によると、蜂谷と三谷は庫裏にいるらしいという。

「まいろうか」

幸真が山門をくぐった。すぐに、久通、川村、弥八郎がつづいた。重市は、山門をくぐるとすぐ、本堂ちかくの樫の樹陰に身を隠した。なおも、小十郎たちの攻撃に備えているのだ。三郎、文次郎、古坂も付近の物陰に身を隠しているにちがいない。

「蜂谷次左衛門、姿を見せい！」

幸真が庫裏の前で声を上げた。

そのときだった。庫裏の脇の樫の繁みのなかで、かすかに人影が動いた。と、手裏剣が飛来し、幸真が背後へ飛んだ。手裏剣は幸真の膝先をかすめて地面に突き刺さった。

一瞬遅れて、樫の樹陰と御堂の陰から手裏剣と鉄礫が飛んだ。重市と古坂が打ったのである。ザワッ、と繁みが揺れ、樫の枝葉の間からかたわらの灌木の陰へ黒い人影が飛んだ。

その人影へ、重市と古坂が疾走した。そのとき、庫裏の脇でも人影が動き、地を蹴る足音が聞こえた。別の敵の忍者に三郎と文次郎が戦いを挑んでいるようである。

いっときすると、庫裏の引戸があいた。姿を見せたのは、蜂谷と三谷だった。

蜂谷は目をつり上げ、口を引き結んでいた。肌が土気色をし、般若《はんにゃ》のような顔をしている。三谷は両腕をだらりと下げたまま川村の前に、ゆっくりと歩を進めてきた。川村と立ち合うつもりらしい。

「蜂谷、観念するがいい」

幸真が蜂谷を見すえて言った。

「わ、わしが、何をしたというのだ」

蜂谷は声を震わせて言った。

「新之助君のお命を狙った。家臣として許されるはずはない」

「そ、そのような覚えはないぞ」

蜂谷は顔をゆがめて後じさった。

「問答無用」

そう言って、幸真が刀の柄に手をかけて前に出ようとすると、ふいに、蜂谷が腰に帯びた小刀を抜いた。顔が憎悪に赭黒く染まり、体が激しく顫えだした。双眸が狂気を帯びたようにひかっている。

「近付くな！　うぬなどに、斬られるか」

叫びざま、蜂谷は立ったまま己の小刀を腹に突き刺した。

グウ、という呻き声が喉から洩れた。蜂谷は歯を食いしばって小刀を横に引いた。血と臓腑が腹部から溢れ出た。蜂谷はよろめいて倒れそうになったが、踏みとどまり、手にした小刀を喉に突き刺した。

首筋から血が噴いた。蜂谷は血達磨《ちだるま》になりながら数瞬つっ立っていたが、腰がくだけるようにその場に倒れた。地面を這おうとするように、なおも四肢を動かしていたが、やがて動かなくなった。全身血まみれである。

「蜂谷らしい最期だな」

幸真は静かに納刀した。

久通と弥八郎が、顔をこわばらせて蜂谷の死体に目をむけていた。

14

川村と三谷は、いっとき対峙したまま動かなかった。

ふたりの間合は、およそ三間。川村は青眼。三谷は刀の柄に右手を添え、居合腰に構えている。

――初太刀が勝負だ。

居合との勝負は一瞬一合で決する。

三谷が趾《あしゆび》を這わせるようにして、ジリジリと間合をせばめてきた。抜きつけの一刀の間境まで、間合をつめようとしているのだ。

川村は剣尖《けんせん》に気魄をこめて、三谷の抜刀の起こりをとらえようとしていた。

ふたりの全身に気勢が満ち、痺れるような剣気が放射されている。

三谷が斬撃の間に右足を踏み込み、寄り身をとめた。川村も動かない。数瞬が過ぎた。静寂が辺りを支配し、ふたりのまわりの大気が凝固したように感じられた。

ふいに、三谷の趾が動いた。

刹那、稲妻のような剣気が疾《はし》った。

ヤァッ!

鋭い気合を発し、三谷が抜きつけた。

間髪を入れず、川村が敵の鍔元へ突き込むような籠手をみまった。刀を振り上げて斬り込むと一瞬遅れる。咄嗟に、川村は青眼に構えたまま、切っ先を突き出すように斬り込んだのだ。

三谷の抜きつけの一刀が、川村の左の肩先を裂いた。

が、次の瞬間、三谷の刀身がダラリと下がり、たたらを踏むように体が泳いだ。川村の切っ先が、刀を握った三谷の右の前腕をとらえたのだ。

肉が深く削げた。一瞬ひらいた肉の間から白い骨が見えたが、次の瞬間右腕は赤い布を巻いたように染まった。

「お、おのれ!」

三谷は反転し、刀を構えようとしたが右腕が震えて切っ先がさだまらない。血が飛び散り、着物が蘇芳《すおう》色に染まった。

それでも、三谷は刀を振りかぶり、袈裟に斬り込んできた。気攻めも牽制もない。捨て身の攻撃だった。

川村は脇へ跳びながら、刀身を横に払った。切っ先が三谷の首筋をえぐり、血が驟雨《しゅうう》のように散った。

三谷は血を撒きながらよろよろと前に歩いたが、足をとめるとガクリと膝を折り、前につっ伏すように倒れた。動かなかった。絶命したようである。三谷の周囲は血の海だった。

川村は刀身を下げたまま三谷のそばに立っていた。返り血を浴びて赤く染まった川村の顔に憂いの翳《かげ》があった。今度の戦いで、紀州の多くの武芸者が命を断ったことが胸をよぎったのかもしれない。

「これが、合戦だ」

幸真が川村に歩を寄せて言った。

川村は黙ってうなずいた。その顔から、憂いの翳は消えている。

しばらくすると、重市たち四人がもどってきた。

「小十郎を斃《たお》しました」

重市によると、禅窓寺にいたのは小十郎と配下の忍者がふたりだったという。小十郎を古坂と弥八郎のふたりで斃し、ふたりの忍者を重市と三郎とで討ち取ったという。

「ヨシと歳三は、いなかったのか」
「はい、姿はありませんでした」
「そうか」

ふたりは紀州から去ったのだろう、と幸真は思った。雇われた忍者は、雇主を失えば姿を消すしかないのかもしれない。

幸真は重市たちに死体を始末するよう指示して禅窓寺を後にした。

九月二十一日、新之助は将軍綱吉に呼ばれ、幸真、久通、川村、それに薬込役の側近を同行して江戸にむかった。

幸真たちの顔は晴れやかだった。紀州藩を攻め落とすという当初の目的を果たした上、頼職側の暗殺の懸念も消えたのである。

数日前、頼職の側近として蜂谷とともに数々の陰謀をめぐらせた神山も、自邸で腹を切って果てていた。蜂谷が禅窓寺で死んだ二日後であった。

十月六日、新之助は五十五万五千石の紀州藩五代藩主に就任した。まだ、二十二歳の若さである。

さらに、十二月一日、新之助は綱吉より一字を賜り、吉宗と改名した。

翌日、新之助は紀州藩上屋敷御座之間で幸真と久通に会い、

「おれの名は、豊臣吉宗じゃ」

と、江戸城のある方に目をむけながら言った。

「手前は、真田幸真、脇に控えるは真田久通にございます。殿、紀州藩を豊臣の領土としたいま、向後の戦いの相手は、将軍家にございます」

幸真が低い声で言った。

「かならず、おれの手で天下を取ってくれようぞ」

吉宗は江戸城の方を睨むように見すえた。双眸が、猛虎のようにひかっている。

「真田一族、どこまでも殿にしたがい、豊臣家再興を果たす所存にございます」

幸真が絞り出すような声で言った。

そのとき、幸真の脳裏に、大坂夏の陣で真田大助が豊臣秀頼とともに薩摩に逃れて以来、豊臣家再興のために三代にわたって策略と陰謀を繰り返してきた長い苦難の年月がよぎった。

ただ、それも一瞬だった。幸真はすぐに、明日からのあらたな戦いに思いを馳せた。幸真の胸には、徳川という巨大な敵を相手に戦国時代を知謀と武勇で生き抜いた真田一族の血がたぎっていた。

（下巻につづく）

（この作品『真田幸村の遺言（上）奇謀』は、平成十八年十一月、小社より『奇謀　真田幸村の遺言』と題して四六判で刊行されたものです）

真田幸村の遺言（上）奇謀

一〇〇字書評

切り取り線

購買動機（新聞、雑誌名を記入するか、あるいは○をつけてください）

□（　　　　　　　　　　　　）の広告を見て
□（　　　　　　　　　　　　）の書評を見て
□ 知人のすすめで
□ タイトルに惹かれて
□ カバーが良かったから
□ 内容が面白そうだから
□ 好きな作家だから
□ 好きな分野の本だから

・最近、最も感銘を受けた作品名をお書き下さい

・あなたのお好きな作家名をお書き下さい

・その他、ご要望がありましたらお書き下さい

住所	〒				
氏名		職業		年齢	
Eメール	※携帯には配信できません			新刊情報等のメール配信を 希望する・しない	

この本の感想を、編集部までお寄せいただけたらありがたく存じます。今後の企画の参考にさせていただきます。Eメールでも結構です。

いただいた「一〇〇字書評」は、新聞・雑誌等に紹介させていただくことがあります。その場合はお礼として特製図書カードを差し上げます。

前ページの原稿用紙に書評をお書きの上、切り取り、左記までお送り下さい。宛先の住所は不要です。

なお、ご記入いただいたお名前、ご住所等は、書評紹介の事前了解、謝礼のお届けのためだけに利用し、そのほかの目的のために利用することはありません。

〒一〇一‐八七〇一
祥伝社文庫編集長　坂口芳和
電話　〇三（三二六五）二〇八〇

祥伝社ホームページの「ブックレビュー」からも、書き込めます。
http://www.shodensha.co.jp/bookreview/

祥伝社文庫

真田幸村《さなだゆきむら》の遺言《ゆいごん》（上）奇謀《きぼう》

平成23年9月5日　初版第1刷発行

著　者　鳥羽《とば》　亮《りょう》
発行者　竹内和芳
発行所　祥伝社《しょうでんしゃ》
東京都千代田区神田神保町3-3
〒101-8701
電話　03（3265）2081（販売部）
電話　03（3265）2080（編集部）
電話　03（3265）3622（業務部）
http://www.shodensha.co.jp/

印刷所　萩原印刷
製本所　積信堂
カバーフォーマットデザイン　中原達治

Printed in Japan ©2011, Ryo Toba ISBN978-4-396-33704-9 C0193

祥伝社文庫の好評既刊

鳥羽 亮
新装版 鬼哭《きこく》の剣
介錯人《かいしゃくにん》・野晒《のざらし》唐十郎①
首筋から噴出する血の音から名付けられた奥義「鬼哭の剣」。それを授かる唐十郎の、血臭漂う剣豪小説の真髄！

鳥羽 亮
京洛斬鬼
介錯人・野晒唐十郎〈番外編〉
江戸で討った尊王攘夷を叫ぶ浪人集団の生き残りを再び殲滅すべく、伊賀者・お咲とともに唐十郎が京へ赴く！

鳥羽 亮
闇の用心棒
齢のため一度は闇の稼業から足を洗った安田平兵衛。武者震いを酒で抑え、再び修羅へと向かった！

鳥羽 亮
酔剣
闇の用心棒⑩
倅を殺され面子を潰された侠客一家が、用心棒・酔いどれ市兵衛を筆頭に「地獄屋」に襲撃をかける！

鳥羽 亮
必殺剣「二胴《ふたつどう》」
壮絶な太刀筋、必殺剣「二胴」。父を殺され、仲間も次々と屠《ほふ》られる中、小野寺左内はついに怨讐《おんしゅう》の敵と！

鳥羽 亮
覇剣
武蔵と柳生兵庫助
殺人剣《さつにんけん》と活人剣《かつにんけん》。時代に遅れて来た武蔵が、覇を唱えた柳生新陰流に挑む！新・剣豪小説！

祥伝社文庫の好評既刊

鳥羽　亮

さむらい　青雲の剣

極貧生活の母子三人、東軍流剣術研《とうぐんりゅうけんじゅつけん》鑽《さん》の日々の秋月信介《あきづきしんすけ》。待っていたのは父を死に追いやった藩の政争の再燃。

鳥羽　亮

死恋《さむらい》の剣

浪人者に絡まれた武家娘を救った一刀流の待田恭四郎。対立する派の娘と知りながら、許されざる恋に……。

井沢元彦

野望（上）　信濃戦雲録第一部

『言霊』『逆説の日本史』の著者だから書けた、名軍師・山本勘助と武田信玄！壮大なる大河歴史小説。

井沢元彦

野望（下）　信濃戦雲録第一部

「哲学があり、怨念があり、運命に翻弄されながらの愛もある」と俳優浜畑賢吉氏絶賛。物語は佳境に！

風野真知雄

水の城　新装版

名将も参謀もいない小城が石田三成軍と堂々渡り合う！戦国史上類を見ない大攻防戦を描く異色時代小説。

風野真知雄

幻の城　新装版

密命を受け、根津甚八らは八丈島へと向かう。狂気の総大将を描く、もう一つの「大坂の陣」。